逆転美人

藤崎翔

JN047608

双葉文庫

逆転美人

はじめに

心の傷も、少しずつ癒えてきました。あの男に襲われた時の光景がフラッシュバックすることも、いくぶん減ってきました。

つらい過去を振り返り、パソコンに向かってこのような手記を書くこともできるようになりました。また、一時期は家の前に何十人も集まっていた報道陣も、今はほとんど見なくなりました。

それでも、心の傷が完全に消え、私たちの生活がまったく元通りになることは、永遠にないでしょう。私たちは心身に深い傷を負ったまま、今後の人生を生きていかなくてはならないのです。私もつらいですが、子供たちが本当に不憫《ふびん》でなりません。

この本を読んでくださっているみなさんは、すでに報道を通じて、我が家の事情をご存じだと思います。報道を見た上で、この本を手にとってくださったのでしょう。

『教え子の母を狙ったわいせつ教師逃走　美人シングルマザーを狙った凶行』

『被害者の美人母子　美しすぎるのは不幸か』

自分で書くのも恥ずかしいのですが、このような見出しが、週刊誌やスポーツ新聞をいっとき賑《にぎ》わせていました。先の二つに関しても、両方とも実際に載った見出しを紹介させていただきました。ちなみに一つ目が東都スポーツ、二つ目が週刊実態です。

東都スポーツの見出しの「美人シングルマザー」、週刊実態の見出しの「被害者の美人母子」の母の方が、この私です。一応、手記の中では香織《かおり》という仮名を名乗らせていただきます。なお、先にお断りしておきますが、この手記に出てくる人名は、私以外もすべて仮名です。

そして、謙遜《けんそん》していては今後の説明に支障が出るので、率直に表明いたします。私は、数々の記事で報道されている通り、世間一般で言うところの、美人に該当する人間です。

肌にシミや皺《しわ》ができづらく、小さめの顔の中に、二重まぶたの大きな目と、やや高めの鼻と、厚くも薄くもない唇が、ごく平均的な位置に配置されている。体型は中肉中背より少し痩《や》せている程度。――ただそれだけのことです。この形質を元々持っている私にとっては、ただの自分の顔と体です。でもそれが、私の人生に重くのしかかり、不幸を招き続けているのです。

さて、本書では、これから二百ページ以上にわたって、私が美人であるせいでいかに苦労してきたか、つらい人生を送ってきたかというテーマで語らせていただきますが、その時点で「そんな自慢話、聞いてられるか！」と怒ってしまわれるような方は、どうかここで本を閉じてくださいますよう、お願いいたします。

実際、私はこれまでの人生で幾度となく、美人であるがゆえの悩みを告白するたびに、「何それ、自慢？」などと、冷たい言葉や視線を浴びせられるという経験をしています。自慢でも何でもないのに、本当に経験したことをありのまま語っただけなのに、切実な悩みを明かすだけで、聞き手の怒りを買ってしまうのです。

まずこの時点で、美人であることは大きなハンディキャップなのだと、ご理解いただけないでしょうか。たとえば、生まれつきとても背が高い人が「部屋に入る時によく頭ぶつけちゃうんだよね～」と語ったり、生まれつきとても声が高い人が「電話に出ると子供だと思われちゃうんだよね～」と語ったり、自らの形質に起因する苦労話を人に聞かせたところで、「何それ、自慢？」と睨《にら》まれることはないでしょう。なのに、生まれつき美人と呼ばれる形質である私たちのような人間は、それに起因する苦労話を少しするだけで、途端に相手の怒りを買ってしまうリスクを抱えているのです。

間違っても私は、美人であることを鼻にかけるような、周囲の人を見下すような思いを抱いたことは、人生で一度もないと断言できます。美人であることは私の人生において、圧倒的にマイナスでしかありませんでした。厳密には一時的にプラスに働いた時もあったのですが、今までの人生の総計でいえば、間違いなくマイナスです。

世間では「美人は得だ」などと言われています。美人とそうでない人とを比べると、だいたい三千万円もの生涯賃金格差がある、なんて説もあるようです。たしかに、うまく稼げば、人より多くのお金を手にする美人もいるのでしょう。実際に飛び抜けた美人の中には、その容姿を武器に芸能界に入るような人もいます。正直な話、決してお芝居が上手でなくても、美人というだけでテレビドラマや映画の主役を射止めたり、CMに何本も出られるような女優さんが、今も昔も少なからずいるということは、みなさんの共通認識だと思います。

でも、私に言わせれば、美人であることによって、それほどまでの利益を勝ち取れる人というのは、いくつかの条件を備えているのです。

まず、生まれ育った土地が、気軽に芸能界のオーディションに参加できるぐらい東京から近いこと。または、実家が東京から遠くても、東京への交通費や滞在費が工面できるほどの経済力があることです。東京から離れたB県の貧困家庭で生まれ育った私には、それらの条件は当てはまりませんでした。

もっとも、私に負けず劣らずの田舎で生まれ育ったにもかかわらず、はるばる東京からスカウトが来て芸能界入りしてスターになった女優さんも、何人かいると聞いています。ただ、その人たちは単に強運だったとしか言いようがありません。実際、私のところにはスカウトなんて来ませんでしたし、私と同様、東京から遠く離れた田舎町で「女優さんになれるんじゃない？」「芸能界に入れるんじゃない？」などと子供の頃から周囲の人に何百回も言われながら、スカウトを受ける機会など一度もなく、芸能界と無縁の人生を送ったという女性は、全国に累計何万人もいるでしょう。むしろそんな女性の方が、実際に芸能界に入った女性よりもはるかに多いことでしょう。

それに、美人であることを金銭的利益につなげるには、最低限の自己アピール力や、社交性も必要だと思います。私には、これが致命的に不足しているのです。後で詳しく書きますが、数え切れないほどの人につらい目に遭わされ、裏切られてきた私は、学校にもあまり通えず、内向的で人嫌いな人間に成長してしまいました。そのような人間は、芸能界はおろか他の分野でも、美人であることを利用して成功をつかむなどということは不可能なのです。

美人であることの利益を特に享受できなかった私の現状は、この通りです。

決して豊かではない経済状況で、最愛の夫とも、父親とも死別し、元々住んでいた家も全焼してしまい、精神状態はもうボロボロです。その上、最愛の娘が昨年末から、車椅子生活となっています。私は四十歳手前の現時点ですでに、平均的な一般人の一生分をはるかに超える苦労と悲しみを味わってしまった自負があります。

そんな苦労をしながらも、娘と幼い息子を抱え、どうにか前を向こうとしていた矢先に、あの男による恐ろしい犯罪の被害に遭い、またしても深いトラウマを抱えることになってしまいました。そうして深く傷付いている状況でさらに、私の夫や父が亡くなっているこことについて、まるで私が殺したかのような記事を書かれ、人間性を疑わざるをえないような報道をされ、精神的に限界を迎えてしまいました。

はっきり言って、私はつい最近まで毎日のように、自殺を考えていました。でも、それを思いとどまらせてくれたのは、娘と息子でした。この二人の天使たちがいなかったら、私はとっくに自ら命を絶っていただろうと思います。

最悪の状態は脱したとはいえ、今でも私は、心身も金銭面もギリギリの状態で生きています。みなさん、これでも美人が得だと思いますか？　私には到底思えません。私は、世間一般の「美人は得だ」というイメージとは正反対の、まさに「逆転美人」とでもいうべき、不幸ばかりの人生を送ってしまっているのです。

世間の人々の好奇心の標的にされ、苦しんでいるさなかに、週刊実態の出版元である四葉《よつば》社から、手記を書くオファーをいただきました。

はっきり言ってしまえば四葉社も、私たち家族を苦しめた中の一社です。下世話な好奇心に基《もと》づいて、私や家族について、いらぬ記事をたくさん書いてくれました。

ただ、週刊実態は、極端にひどいデマなどは書かなかったので、各マスコミの中では比較的ましな方でしたし、手記を出版してもらえば、私たちに関する真実を、世の中に正しく発信することができます。四葉社の担当編集者さんも「真実をちゃんと公にして、あらぬ誤解を解きましょう」と言って手記出版を勧めてきました。そうはいっても結局、四葉社はよくも悪くも話題の人物である私の手記を売って、利益を得たいだけだということも分かっています。

それでも、考えた末に、すべてを承知の上でオファーを受け入れることにしました。

最大の理由は、興味本位で好き勝手に、虚偽の情報もたっぷり交えて、私たち家族について書かれることに、ほとほと嫌気が差していたからです。今後そういったことが起きないようにするには、私自身の手で真実を書くしかないと思ったからです。

この手記を通じて、まずは私の半生について知っていただきたいと思います。ただ、読み終わった時には、みなさんに同じ思いを抱いてもらいたいのです。

人を容姿で判断する「ルッキズム」は、もう世の中全体でやめていこう、と。

私は、いわゆる美人に分類される形質で生まれてきたために、様々な苦労を強《し》いられてきました。その一方で、私のような人をやっかみたくなってしまうほど、容姿で苦労してきた方々も大勢いらっしゃるのでしょう。――なんてことを言うとまた、「上から目線だ」なんて文句を言う人がきっといると思いますが、「いわゆる美人の立場から、そうでない人を憐れみ共感する」ことを「上から」だと思ってしまう感覚こそ、ルッキズムに毒されてしまっているのです。

人の容姿に、上も下もないのです。社会のあらゆる場面から、人を容姿で判断してしまうという悪しき風習を取り除いていくべきなのです。世の中のすべての人が、今まで捕らわれていた因習から解放され、ルッキズムが世界中から完全に消滅してしまえば、誰も苦労しなくて済むようになり、もっとみんなが生きやすくなるはずなのに、現状はむしろ逆のようにすら感じます。

それこそ、たとえば各テレビ局のアナウンサーの選考基準に、明らかに容姿の項目が含まれていることは、もはや公然の秘密と言うべきでしょう。近年の若いアナウンサーたちは、容姿が選考基準に含まれていなかったとは到底思えないほど、いわゆる美男美女ばかりで占められています。しかし、約四十年生きている私は断言できます。三十年ほど前までは、ここまでではありませんでした。男女とも、いわゆる美男美女ではないアナウンサーがたくさん活躍していました。それでよかったのです。なぜなら、本来アナウンサーに求められる能力というのは、ニュース原稿を正確に読んだり、番組の司会をしたり、スポーツ中継の実況をしたり、いずれも容姿とはまったく関係ない、滑舌の良さや語彙力などに基づく能力のはずだからです。

この手記を通じて、人を容姿で判断することの愚かさを感じてほしいというのが、私の心からの願いです。可愛いとか美人とか、人生で何千回も言われてきましたが、得をしたことなどほとんどなく、逆に苦労ばかりを味わい、ここ十年ほどは輪をかけてひどい不幸続きで、とうとう忌まわしい事件にまで巻き込まれてしまった。——そんな私の哀れな半生を知っていただくことで、ルッキズムが結果的に多くの不幸を生んでしまうのだと実感していただきたいのです。『逆転美人』という本書のタイトルには、「美人は得だ」という世間のイメージとは逆転してしまっている私の現状に加え、その人生を、愛する子供たちのために、今後少しでも逆転させたいという願望も込められています。

私のような無学の人間が急いで書いた、拙《つたな》い手記で申し訳ありません。長くなるとは思いますが、あの忌まわしい事件に至るまでの私の半生について、ありのままをお伝えしたいと思います。

幼い記憶

まずは、幼い頃のことから書かせていただきます。

はっきり言って、私の家はずっと貧乏でした。二十代前半で夫と一緒に住むようになるまで、私は平屋建ての家にしか住んだことがありませんでした。

私が生まれた佐藤《さとう》家（もちろん仮名）は、父と母と私の三人家族でした。父も母も、愛情を持って私を育ててくれました。ただ残念ながら、二人とも正規雇用の安定した仕事に就いたことはなく、お金には縁がありませんでした。

私が子供の頃の日本には、まだ専業主婦家庭が多かったと思いますが、母はずっと職を持っていました。逆に、父が仕事をせず家にいた期間もたびたびありました。母は、田舎のスナックでホステスをしていた時期もあったようでした。晩ご飯を早めに作って夕方から仕事に出かける母に向かって、父が冗談半分で「お前はキレイだから、金持ちに口説かれて俺のことを捨てないでくれよ」なんて言うのも聞いたことがありました。当時の幼い私は、母の仕事内容もよく分かっていませんでしたが、母が世間で言うところの美人に当たるということは、子供心にも分かっていました。

父が合計で何回仕事を変えたのか、見当もつきません。古びた平屋建ての玄関周辺には、いつも作業服や安全靴が置いてあったので、父の仕事は肉体労働が多かったのだと思います。でも父は決して頑健な体ではなく、むしろ華奢《きゃしゃ》なぐらいでした。

また、父は何度も「うまい儲《もう》け話があるんだ」と母に言っては、「だめ、そんなのにお金出しちゃ」とどやされていました。「これで前の損が取り返せると思うんだ」などと父が言っていた記憶もあります。どうやら私が生まれる前か、まだ赤ちゃんだった頃に、父は一度儲け話に乗って失敗していたようでした。結局詳細を聞いたことはありませんでしたが、とにかく我が家はそういった事情で、ずっと貧しい暮らしでした。

そんな中、私がどうやら他の子たちとは違うようだと自覚するきっかけになったのは、小学校低学年の期間に、合計三回も誘拐されそうになったことでした。

一度目は、まだ小学校一年生になりたての私が、ランドセルを背負って下校していた時でした。

「お嬢ちゃん可愛《かわい》いね。おじさんのおうちに来ない？」

そんな、今にして思えば典型的にもほどがある言葉を、通りすがりの男にかけられ、私は「やだ、行かない」と拒んでいるうちに怖くなって泣いてしまい、それに気付いた通りすがりのお婆さんが「どうしたの、大丈夫？」と声をかけてくれて、男はそそくさとその場を立ち去りました。

今だったら、スマホで警察を呼び、警察が周辺の防犯カメラの映像を確認して、男の行方を追い……と、すぐに捜査が始まったことでしょう。でも当時は、まだ元号が平成になったばかりの頃ですから、屋外の防犯カメラというのはほぼ皆無だったでしょうし、携帯電話を持っている人もきわめて少なく、各家庭の固定電話しかなかった時代です。その後お婆さんが「怖かったねえ」などと声をかけてくれたのは覚えていますが、たぶん警察までは呼んでくれなかったのだと思います。

二度目は、それから一年も経たないうちに起きました。私が家の近所の公園で遊んだ帰り道、前方からやってきた車が目の前で停まり、運転席の窓が開いて、男が私に声をかけてきたのです。

「お嬢ちゃん、お父さんが会社で事故に遭っちゃったって。すぐこの車に乗って！」

普通の家の子供だったら、男の魂胆にまんまと引っかかって車に乗せられて、地獄の門を叩くようなおぞましい目に遭わされてしまったかもしれませんが、我が家ではそのとき、ちょうど父が失業していたのが結果的に幸いしました。その日も家でごろごろしている父を公園へ出かける前に見たばかりでしたし、「会社で事故に遭う」なんてことは、会社に勤めていない以上はありえないと、さすがに幼い私でも分かりました。

私はその男を無視して、一目散に家まで走りました。声をかけられた現場は、家まで百メートル余りと、子供の足でもそう遠くなかったので、無事に逃げ帰ることができました。車をUターンさせたり、路上駐車して私を走って追いかけて強引に連れ去るほどの執念は、その男にはなかったようでした。

その後、家でぐうぐう寝ている父を見て、やっぱり事故には遭っていなかったのだとほっとした記憶はありますが、それから警察を呼んだような記憶はありません。小学校一年生だったか二年生だったか忘れましたが、とにかく低学年だった私の中では、不審者に遭ったから警察を呼ばなければいけないという意識よりも、とりあえず不審者から逃げ切れてほっとしたという気持ちと、父が快適そうに寝ているのだから起こさないでおこうという思いの方が勝ってしまったのでしょう。

そして、三度目の被害に遭ったのが、小学校二年生の時でした。その時が、最も恐怖が大きかったのを覚えています。

母と一緒に来ていたスーパーの店内で、私が母から少し離れて歩いていたところ、知らない男から突然、「こっちにおいで」と声をかけられて手をつかまれ、外の駐車場に強引に連れ出されそうになったのです。

私はその時、恐怖で声が出ませんでした。過去二回の被害では、直接体に触れられたことはなかったので、その時の恐怖の大きさは過去二回とは桁違いでした。

ただ、男に手を引っ張られる私の姿に気付いた母が、大声を上げてくれました。

「香織！　香織！　大変、娘が誘拐される！」

母が叫ばなければ、私は本当に車で連れ去られてしまったかもしれません。母の叫び声によって男は慌てて私から手を離し、駐車場の端に停めた車まで走って、飛び乗って逃げて行きました。

「大丈夫ですか？」

「怖かったねえ」

「さらわれそうになったの？」

「店の電話で一一〇番しよう」

続々と集まってきたお客さんや店員さんから言葉をかけられて、すぐに警察を呼んでもらいました。しばらくしてパトカーがやってきて、私は母と一緒に、警察官から話を聞かれました。しかし、私をさらおうとしたあの犯人が、のちに捕まったという話を聞くことはありませんでした。あの時、慌てて走り去っていった犯人の車のナンバーを、母も私も、それに他のお客さんたちも、誰一人確認してはいませんでした。そうなったら、当時の田舎のスーパーでは、屋外はおろかレジにすら防犯カメラは設置されていなかったでしょうから、犯人が捕まらなかったとしても無理はありません。結局、幼い頃の私をさらおうとした不審者は三人とも、野放しにされたままだったのです。今思えば恐ろしい限りです。

そんな時代でしたから、私たちは自衛に努めるしかありませんでした。その日、家に帰ってから、母に厳しい口調で言われたのを覚えています。

「香織、気を抜いたらおしまいなんだからね」

さっきまで心配してくれていた母に、まるで怒っているような口調で言われたので、私はショックを受けました。

「香織は美人なの。私も苦労したけど、香織は間違いなくもっと苦労する。変な人に誘拐されそうになることも、嫌いな男に近付かれることも、この先まだ必ずあるからね。一歩外に出たら絶対に気を付けるんだよ」

美人――母の口からその言葉を聞いた時、「やっぱりそうだったんだ」と思った記憶があるので、たぶん小学二年生の時点ですでに、私にはなんとなく自覚があったのでしょう。実際に友達からも何度か「香織ちゃんは美人だよね」「可愛いよね」などと言われていた気がします。

母は、私に言い含めた後、吐き捨てるようにつぶやきました。

「美人は得なんて言われるけど、誰も分かってない。本当は損ばっかりなんだから」

今なら分かります。美人であることを生かす能力や行動力がある人は、本当に得をできるのだと。そして、そのようなノウハウは、おそらく母親から娘に受け継がれたり、また身近にいる別の美人から伝えられたりするのだと。

しかし我が家は、母も私も、そのノウハウを持たずじまいだったのです。そんな美人は、損ばかりの人生を歩んでしまうのです。代々貧しい家で育ち、また内向的な性格で、目立たないように振る舞おうとしても目立ち続けてしまった結果、私も母もこの後、ますますつらい日々を送ることになってしまうのです。

もっとも、小学校低学年のこの時はまだ、将来降りかかる不幸など、何も予見できていませんでしたが――。

小学校

三回誘拐されかけたあたりから、私は周囲から色眼鏡で見られるようになりました。

プライバシーが重視されるようになった現在なら、連れ去り未遂事件が発生したことは周知されても、被害者が誰だったのかということまでは分からないよう配慮がされるかもしれません。でも、１９８３年秋生まれの私が小学校低学年だった90年代前半なんていうのは、高額納税者の名前が強制的に発表されていたような、個人のプライバシーなどまるで配慮されていなかった時代でした。連れ去り未遂事件の被害者が私だという話は、毎回すぐ広まっていました。

「香織ちゃん、また誘拐されたの？」

「お前またかよ～」

「しょっちゅうさらわれるって、ピーチ姫みたいだな～」

子供は残酷です。私はそんなデリカシーのない言葉もよくかけられました。もっとも、テレビゲームが家になかった私は、ピーチ姫というのがクッパという化け物にさらわれ、マリオという髭面《ひげづら》の男に毎回救助される役回りだということも知りませんでしたが。とはいえ、そうやってからかわれる方が、まだ気が楽でした。困るのが、同級生の女の子から、どこか含みのある表情で、こんな言葉をかけられた時でした。

「香織ちゃんみたいに可愛いと大変だよね～」

果たしてどう返答するのが正解なのか、当時の私には分かりませんでした。というか、実を言うと、大人になった今でも分からないのです。

人生で何千回と経験しているのですが、「可愛いね」「美人だね」という言葉を、特に同じ女性からかけられた時、「そんなことないよ、私可愛くないよ」なんて否定すれば、「そんなわけないじゃん。本当は自分が可愛いと思ってるんでしょ？」などと冷たく言い返されることがほとんどで、かといって「うん、まあね」なんて肯定しようものなら、「香織ちゃん、自分が可愛いって認めちゃったんだけど〜」などと冷たく笑われてしまうのです。否定しても肯定しても、最終的には冷たい目を向けられ、イヤな奴扱いされてしまう。どちらを選んでもバッドエンドという救いのないゲームなのです。

私がもっと口が達者な人間だったら、この難解極まりないゲームもうまく対処できたのかもしれません。でも私は、小さい頃から今に至るまで、口下手で引っ込み思案な人間です。四十歳手前でたどり着いた、容姿を褒められた時にとるべきリアクションは、「苦笑いで無言のまま、否定とも肯定ともつかない感じで首を傾ける」という、なんとかその場をやり過ごすだけの、コミュニケーションとしては落第点の方法しかありません。今なおこの程度なのですから、小学生の私に正解が分かるはずがありませんでした。私は週に何度も「香織ちゃんって可愛いね」「美人だよね」などと言われ、リアクションの粗を探されて茶化され、何も言い返せずにため息をつく。そんな不毛なやりとりを強いられました。

小学校低学年頃の、特に女の子だと、何か嫌なことをされたらすぐに泣くという自衛手段を持っていた子も多かったと思います。でも私は、悔しくても嫌でも、うまく泣くことができない子供でした。これは私の偏見かもしれませんが、嫌なことを言われたりしただけですぐ泣ける子というのは、たとえばきょうだいとのケンカ中に泣くことで保護者から守ってもらえたり、買い物中に欲しい物があった時に泣くことで買ってもらえたり、「泣いた結果メリットが得られた」という成功体験を持っていたのではないかと思います。

それに対して私は、一人っ子でしたし、生まれた時からずっと貧しい家庭環境だったので、泣いたところで状況が改善することなどほとんどありませんでした。だから、誘拐されそうになったことを茶化されても、「香織ちゃん可愛いね」からの嫌味コンボを食らっても、涙は出ず、ただ気持ちが沈むだけでした。今思えば私は、小学生の頃からすでに、人間関係に疲れていました。

もちろん、私に対して容姿のことを特に言わない女の子もいました。実際に小学校三、四年生の頃は、特に仲のいい女子のクラスメイトが三人いました。仮にAちゃん、Bちゃん、Cちゃんとさせていただきます。

休み時間に一緒に遊んだり、体育の時間などに二人一組で何かする時は、三人のうちの誰かとペアになっていました。人見知りで、予期せぬところでやっかみを受ける私は、この三人と離れたら友達なんて誰もいなくなるかもしれないという危機感を抱いていたので、とにかくこの三人だけは絶対に大事にしようと心に決めていました。

私が通っていた小学校は、三年生になる時と五年生になる時の、隔年でしかクラス替えがなかったので、三年生と四年生の間は、AちゃんBちゃんCちゃんと私の四人グループにいることで安心できました。

しかし、その三人との友情も、やがて崩れ去ってしまったのです――。

体育の授業があった日、私は下校の前にふと気付きました。ブルマがなくなっていたのです。

序章となったのは、小学校四年生の二学期の事件でした。

ブルマというのも、若い読者の方には説明しなければ分からないかもしれませんね。今の若い人にとっては、ブルマといえば、ドラゴンボールのキャラクターしか知らないかもしれません。――いや、今の若い子はドラゴンボールすらよく知らないのかな？まあとにかく、ブルマというのは、女性用下着とほぼ同じ形状の紺色のショートパンツで、当時は学校の体操服として、女子が穿《は》くことが義務づけられていたのです。

下着と同じ形状ゆえ、羞恥心を覚えるのはもちろんのこと、それを穿いて運動しているうちに本物の下着がはみ出してしまう、はみパンと呼ばれる現象も起き、当事者である女子児童からはすこぶる評判が悪い穿き物でした。でも当時、女子の児童生徒は男子と同じハーフパンツの体操服を着用することは許されず、ブルマが嫌なら夏でも長ズボンを穿くしかなかったのです。なぜあんな児童ポルノさながらのルールがまかり通って、保護者たちから特にクレームが出ている様子もなかったのか、今思えば悪い意味で理解を超えていますが、当時すでにブルマは、もはや男たちの性欲をそそるアイテムと化していて、女子中高生がお金欲しさに自らのブルマを売り、愚かな男の客がそれを買う「ブルセラショップ」という店まで出現していたほどでした。そうやってブルマのイメージが悪化したことで全国的にブルマ廃止の流れが強まり、私たちの小学校も翌年から廃止になるのですが、私のブルマが紛失したのは、その直前の時期でした。

ただ、私もはじめのうちは黙っていました。もしかしたら私がうっかり紛失したのかもしれないと思ったからです。でも、毎週のようにブルマがなくなり、ストックがどんどん減っていくと話は変わってきます。そこまで行くとさすがに私のミスなどではなく、何者かによる犯行としか思えませんでしたし、たとえ一枚数百円の物でも盗まれてしまうのは、貧しい我が家にとっては一大事でした。ブルマの追加購入のために家計に負担をかけるわけにはいかないことは、四年生にもなれば重々分かっていました。

結局、たぶん五、六枚目のブルマがなくなった日の、帰りのホームルームの前に、私はそっと教室を出て、担任の先生を廊下で待ち構えて、他のクラスメイトに見られないようにそっと告げたのでした。

「先生、私のブルマがなくなりました。実は、前から何回もなくなってて……」

当時の担任は、定年間際で戦争体験もあった、大ベテランの女の先生でした。先生は「あら、本当？」と驚いてすぐ教室に入ると、クラス全員に大声で言いました。

「ちょっとみんな、香織ちゃんのブルマがなくなりました！　探してあげて〜」

あちゃ〜、と私は心の中で嘆きました。内密に解決してほしいと思ってこっそり相談した意味は、一瞬でなくなってしまいました。私が子供の頃はまだざらにいた、戦争体験のある大ベテランの先生というのは、大変な時代をくぐり抜けてきたためか、よくも悪くも細かいことは気にしないタイプの人が多かった気がします。

　それから数分間、クラスのみんなで私のブルマを探すという、私にとっては地獄のような時間になりました。半笑いのクラスメイトたちの好奇の目にさらされながら、ロッカーやベランダなどを探すうちに、「お前の机に入ってんじゃねえか？」「やめろ馬鹿」なんて男子の悪ふざけまで始まってしまって、「こら、ふざけるんじゃないよ！」と、戦中仕込みの先生の怒鳴り声が響き……結局、私のブルマは見つからず、ただ私に恥辱が与えられてクラスが嫌な空気になっただけで、その日の学校は終わりました。

「ブルマ盗《と》ったの誰だろうね〜。美人さんは大変だよね〜」

「案外、ただお姉ちゃんとか妹が持って行っただけかもしれないけどね〜」

「だったら超迷惑なんだけど〜」

　おそらく当時からすでに私を快く思っていなかったであろう、あまり親しくないクラスメイトの女の子たちが、わざと私に聞こえるように話しながら帰っていきました。兄弟も姉妹もいない私が、使用後のブルマを持って行かれる訳もないのですが、反論したところで私が傷付くだけだということは分かっていたので、ただ我慢してやり過ごしました。

一方、仲良しのAちゃん、Bちゃん、Cちゃんは、心配そうに私の周りに集まってくれました。

「香織ちゃん大変だったね〜」

「ひどいよね、犯人」

「絶対捕まってほしいよね〜」

私は、三人に励ましの言葉をかけてもらいながら下校しました。

帰る道すがら私たちは「あいつはスケベだから怪しい」「あいつも盗んでそう」などと、何人かの男子のクラスメイトを名指しするという、今思えばひどい会話を交わしていました。でも、仲間内の陰口だけでとどめれば実害は伴いません。ブルマを盗むなどという行動に移してしまう犯人よりは、よっぽどましだったと思います。

もっとも、そんな私たちの犯人予想は、見事に裏切られたのですが——。

その翌日、私が登校すると、教室の前の廊下に、担任の先生が立っていました。ただでさえ始業時間前に先生が教室の前にいるのは珍しいことなのに、その両脇には教頭と教務主任の先生までいました。いったい何事かと、クラスメイトたちも少しざわついているのが分かりました。

と、その三人が私を見つけて、揃って近付いてきたのです。

「佐藤さん、ちょっといいかな」

私は教室に入る前に、三人の先生に囲まれて職員室へと連れて行かれました。明らかに尋常ではない事態に、クラスメイトや通りすがりの児童たちもみな目を丸くしたり、友達同士でささやき合ったりしていました。正直私も、ブルマを盗まれた件の話だろうと察してはいたのですが、ここまでものものしく職員室まで護送されるとは思っておらず、何かよっぽどのことを言われるのかと緊張しました。

そして職員室に入ると、担任の先生から、思っていた通り、いや思っていた以上の、よっぽどのことを言われたのでした。

「香織ちゃんのブルマを盗んだ犯人が分かったの——。二組の、D先生だったの」

「えっ⁉」

D先生というのは、私が通う四年一組の隣の、二組を担任する、三十歳ぐらいの若い男性教師でした。教え子たちからの人気もあっただけに、まさかそんな先生が犯人だなんて、予想をはるかに超えた衝撃でした。

「私もびっくりしたんだけどね、昨日の放課後、D先生が帰り際に鞄から何か落として、『落としましたよ』って私が拾ったら、それが香織ちゃんの名前入りのブルマだったの。私が『これどういうことですか』って問い詰めたら、D先生はぶるぶる震えて泣きながら、自分が盗んだって白状して……」

担任の先生の説明に、教務主任の先生が付け足しました。

「先生がこんなことをしたっていうのは、許されないことだからね。ひとまず今日からはしばらく、僕がD先生の代わりをやって、二組には後日、別の先生が担任として来ることになる」

「それで、佐藤さんには悪いんだけど、D先生が来なくなった理由については、あんまりお友達とかに言わないでね。混乱するといけないから」

教頭先生にそう言い含められて、私は職員室を後にしました。

しかし先生たちは、子供の間の噂《うわさ》話の伝達速度を見くびっていました。私は誰にも言わなかったのに、D先生が私のブルマを盗んでクビになったという話は、ほんの数日で、四年生どころか他の学年の児童にまで知れ渡ってしまいました。

「あの子でしょ、D先生にブルマ盗まれたの」

「あんなに可愛いから狙われたんだろうねえ。名前何だっけ」

「四年一組の佐藤香織っていうらしいよ」

登下校中や、廊下を歩いている時、上級生のそんな話し声が聞こえてきたこともありました。当時の子供社会には、プライバシーのプの字もありませんでした。

やがて隣の四年二組には、非常勤の先生が赴任してきました。それで事態が収束に向かえばよかったのですが、残念ながらこれが、さらなる災難の入口だったのです。

二組に赴任してきたのは、四十代ぐらいの女の先生だったのですが、ヒステリックに怒鳴ることが多く、その声が隣の私たちの一組にまで聞こえてくることもありました。しかもその頻度は、だんだん多くなっていきました。四年二組の新担任は、子供たちをうまくまとめられず、クラスの雰囲気は日に日に荒れていってしまいました。

そうなると、さらに残酷な風潮が広がりました。

「D先生の方がよかったよね〜」

「新しい先生ほんと最悪なんだけど〜」

そんな声が、休み時間に二組から遊びに来た子たちから、よく聞かれるようになりました。そして、その矛先がとうとう、私に向いてしまったのです。

「ねえ、佐藤さんだっけ。なんでD先生のことチクったの？」

「あんたが我慢すればよかったんだよ」

ある時、会話したこともない二組の女子二人から、面と向かって言われてしまいました。私はショックで何も言い返せませんでした。

それから何ヶ月か後、私たちは五年生に進級しました。私たちの学年は一クラス三十数人で三クラスあり、二年に一度のクラス替えがあったので、前年に二組だった子たちから十数人が、私と同じ五年三組になりました。この級友とあと二年過ごすという状況だったのですが、のっけから試練が待っていたのでした。

「あんたのせいで去年大変だったんだからね」

「マジで佐藤さんのせいだから。あの外れの先公当てられたの」

私はそんな言葉をぶつけられ、去年二組だった子たちから嫌がらせをされるようになったのです。「外れの先公」呼ばわりされた臨時教員は、すでに任期を終えて学校を去っていて、残ったのは彼女のせいで性格が粗暴になった元四年二組の児童だけでした。特に女子たちが、私の席の横を通るたびに机を蹴ってきたり、ドッジボールで私を集中的に狙ってボールをぶつけてきたりと、あからさまに私を敵視してきました。

それでも、さすがにこれは理不尽すぎると、立ち上がってくれた子もいました。以前から仲がよかったAちゃんでした。

「D先生が変態だったのに、被害者の香織ちゃんが責められるのはおかしいでしょ！」

Aちゃんは、クラスの中でも特にハキハキ物を言う女の子になっていました。前年まで仲良しだったAちゃん、Bちゃん、Cちゃんのうち、五年生でも同じクラスになれたのは、残念ながらAちゃんだけだったのですが、彼女が私に意地悪する子たちにも躊《ちゅう》躇《ちょ》なく立ち向かってくれたので、いじめの深刻化はどうにか防がれていました。

ところが、そんな五年生の、初夏のある日。

本当の地獄が、幕を開けたのでした——。

理不尽すぎた日々

ある朝。登校後にAちゃんに「おはよう」と声をかけると、ぷいとそっぽを向かれて無視されてしまったのです。

「あれっ……おはよう」

聞こえなかったのかと思って、私はもう一度声をかけてみましたが、Aちゃんは挨拶《あいさつ》を返してくれるどころか、私を一瞥《いちべつ》して舌打ちしました。

ぞくっと鳥肌が立ちました。これはまずいと、嫌な予感がしました。

仕方なく、ほとんど喋《しゃべ》ったこともなかった同級生の女の子に「私、Aちゃんに何かしちゃったかな」と聞いてみました。すると、思わぬ答えが返ってきました。

「ああ、なんか、香織ちゃんがE君のこと取ったたって怒ってるみたいよ」

E君というのは、五年生から同じクラスになった男の子でした。

その女の子は、さっと周囲を見回してから、私に告げました。

「ていうか、あんまり教室で話しかけてこないで。私も何言われるか分かんないから」

こうして、私とAちゃんの友情は、その日を境にあっさりと消え去ってしまったのです。三年生の頃から、かれこれ二年以上育んできた友情が、こんなにもあっさり、それまでの日々が幻だったかのように消えてしまうとは、前日まで思ってもいませんでした。仲が良かった女友達が男性に恋をして、その男性が私を好きになってしまったせいで、女友達に絶縁されてしまう。――このような不可避で理不尽な災難を、私はのちにまた経験することになるのですが、小学五年生にとってはあまりに酷な仕打ちでした。

Aちゃんに嫌われてから、私への嫌がらせは日に日にエスカレートしていきました。勝ち気なAちゃんは、味方だった頃はとても心強い存在でしたが、ひとたび敵になると、元々私をいじめていた子たちと結託して、いやそれどころか彼女たちを先導して、私をいじめるようになってしまいました。噂で聞いただけなので真偽は分かりませんが、Aちゃんは E君のことを本気で好きになって、勇気を出して告白したところ、E君は私のことが好きなのだと聞かされた上に手痛く振られてしまい、そのせいで私を逆恨みしたようでした。恋愛が絡んだ同性からの恨みは本当に恐ろしいのだと、私は小学校五年生にして思い知らされたのでした。

私の机には、毎朝登校するたびに「バカ」「調子乗るな」「性格ブス」などと落書きをされていることが当たり前になりました。また机の中には、石や落ち葉や虫の死骸が入っていたり、木工用ボンドがぶちまけられていたりしました。私が毎朝それに気付くたびに、教室の後ろからクスクスとAちゃんたちの笑い声が聞こえるのですが、一度その笑い声に振り向いてしまった時、「何見てんだよ」と怖い顔で睨まれ、始業時間まで丸めた紙くずを私に投げつける的当てゲームが始まってしまったことがあったので、私は机に何をされても無反応で、落書きを消して中の異物を片付けるしかありませんでした。そうやって毎朝、心を殺して始業時間を迎えたのち、掃除の時間に「あ、手が滑っちゃった〜」などと芝居をされながら机や椅子を倒されたり、体育の時間や下校時に上履きや靴を隠されたり、その中に画鋲《がびょう》を入れられたりすることにも、黙々と耐えなければいけませんでした。——のちに、ある学園物のテレビドラマで、上履きに画鋲を入れられた主人公が「痛い」と声を上げ、靴下に血が滲《にじ》んでいたものの、そのまま画鋲を取り除いて平然と歩き出すシーンを見たことがあるのですが、あのドラマの関係者の中には、実際に靴に画鋲を入れられた経験のある人などいなかったのでしょう。実際に画鋲を踏んでしまった時の激痛といったらなく、私は翌日まで足を引きずって歩かなければいけませんでした。もっとも、それ以来私は靴を履く時に必ず警戒するようになったので、十回以上靴に画鋲を入れられながら、踏んでしまったのは一回だけでしたが。

——と、ここまで読んで、もしかしたら読者の方の中には、「いじめを先生に相談すればよかったじゃないか」と思っている方もいるかもしれません。そうすればちゃんと対処してくれたんじゃないか、と。

断っておきますが、私は担任の三十代の女の先生に、幾度となくいじめ被害を相談していたのです。先生がAちゃんたちいじめっ子を呼び出して注意すると、いじめはちょっとの間は止むのですが、一週間も経てばまた元通り復活してしまいました。そこで私がまた先生に相談すると、「しつこいねえ」とか「香織ちゃんの方にも原因があるんじゃない？　もっとうまくやらないと」などと言われてしまったのです。あの先生もまた、学生時代は人をいじめる側の人間だったのでしょう。いじめられる側の痛みが分かる人だったら、絶対にあんなずさんな対応はしなかったはずです。

私は、クラスの女子たちのいじめと、それを事実上放置した担任の先生に耐えかねて、徐々に不登校気味になってしまいました。

それでも、救いがまったくないわけではありませんでした。たまに私が登校した時、いじめっ子の女子たちがニヤニヤと邪悪な笑みを浮かべながら私を取り囲もうとしたのを見た男子グループが、「おいおい、やめとけよ」と一声かけて、助けてくれるようなこともあったのです。男子に咎《とが》められると、女子たちのいじめはいったん止むのでした。

その「いったん」が、あるのとないのとでは大違いでした。

また、私が学校を休んだ日に大事なプリントが配られた際には、男子たちが家まで届けてくれるようになりました。この時期の我が家は、両親ともに仕事があって、平日の昼間は家に私しかいなかったので、いつも私が受け取りました。

「はい、これ、プリント」

彼らはいつも三、四人で、プリントを持ってきてくれました。私が「ありがとう」とそれを受け取ると、彼らはいつもニヤニヤしながら、お互いに小突き合っていました。

私が小さく会釈しながら玄関のドアをそっと閉めると、「いひひ」「おい、照れてんじゃねえよ」なんてささやき合う声が、ドア越しに聞こえるのでした。

そのうちに、プリントの隅に男の子たちからの手書きのメッセージが入るようになりました。「早く学校に来てね」というメッセージとともに、アニメのキャラクターの絵が入っていたり、ドラゴンボールのフリーザのイラストに「ドドリアさん、ザーボンさん、佐藤さん、学校に来るんですよ！」という吹き出しが付いていたりしました。

そんなプリントを家で見ていると、父が後ろから覗《のぞ》き込んでくることもありました。

「おっ、こいつなんてなかなか絵が上手いじゃないか」

「ちょっと、勝手に見ないでよ」

私が抗議しても、父はニヤニヤ笑いながら言いました。

「こういうのをわざわざ描いてくる奴ってのは、本当は香織のことが好きなんだよ。どうだ、香織はそいつらの中に好きな子はいるのか？」

「別に……そんなの、いないよ」私はぶっきらぼうに答えました。

でも、しいて言えばE君かな――。なんて、心の中で考えてもいました。

E君は、快活で勉強もできて、私を助けてくれる男子グループの中でもリーダー格と言っていい男の子でした。またE君は絵も上手で、あのフリーザの絵も彼が描いたのだということは分かっていました。

そして、そのE君というのが、Aちゃんが片思いをして振られた相手でした。

Aちゃんが E君に愛の告白をした際、E君が私を好きなのだと言ってしまったせいで、Aちゃんは私を逆恨みしていじめるようになった——。つまりE君は、私とAちゃんの友情を崩壊させてしまった張本人でもあるのですが、だからって彼を責めるのも酷な話です。好きでもない女の子を振ったことは、何ら悪いことではありません。

そんなE君が、私にプリントを届けに来て、気を引くようなイラストまで添えてくれている。たぶんE君はまだ私のことを好きなのだろうということは、子供心に察していました。いっそのこと、私とE君が両思いになってしまうことが、Aちゃんへの最大の仕返しになるのではないか——なんて計略すら、私は頭の中で立てていました。

と、そんな時。我が家で大きな事件が起きたのです。


「きゃああっ、大変!」

ある夜、入浴中だった母が、突然お風呂から悲鳴を上げました。

居間でテレビを見ていた父が「ゴキブリでも出たか?」と立ち上がり、お風呂に向かいました。でも、今に至るまで虫が大の苦手である私と違い、母はそこまで虫が苦手でもなかったので、もしかしてトカゲとかヘビとか、もっと大きなとんでもない生き物が現れたんじゃないかと内心怯《おび》えながら、私は父の後に続いてお風呂に向かいました。

私の予想は、ある意味当たっていました。母が目撃したのはトカゲでもヘビでもありませんでしたが、もっと大きなとんでもない生き物ではありました。

「今、覗きがいた」

風呂の扉を薄く開け、背後の窓を指差して、母は脱衣所の私たちに報告しました。

「お風呂の窓がちょっと開いてて、向こうに人がいる気配があって、とっさに閉めようとしたら、外を逃げてく足音が聞こえた……」

「うわっ、そりゃ覗きだな」父がそう言って、憎々しい表情でつぶやきました。「くそ、母ちゃんの裸は俺のもんだぞ」

「こら、ちょっと、香織の前で……」母が小声で咎めました。

「あ、しまった」

父が慌てて私を見ました。私はたまらずうつむくしかありませんでした。——と、気まずい一幕を挟みながらも、お風呂から出た母と私に向けて、父は宣言しました。

「よし、じゃあ明日から、二人が風呂に入る時は俺がこっそり外に出て、裏に回っとく。また覗きが来たらとっ捕まえてやろう」

父は息巻いていましたが、現代の感覚だったらお風呂を覗かれた時点で即一一〇番するべき案件でしょう。でも当時は、お風呂を覗かれた程度で警察を呼ぶのは少々大袈裟《おおげさ》すぎるという暗黙の了解がありました。私も母も、その時点で「いや、これは警察を呼ぶべきだよ」などと父に進言はしなかったので、時代というのは恐ろしいものです。

それからしばらく、母や私が入浴する時は、父が家の外壁と塀の隙間に潜んで、誰か来ないか監視するというのが日課になりました。でも、その時はまだ秋口で、蚊が多く飛んでいたため、父は毎日たくさんの蚊に刺されてしまいました。

「あ〜、かゆいかゆい！」

母と私が入浴を終えるたびに、父は手足をかきむしりながら家の中に戻ってきました。

「虫よけスプレーでも買おうか」

母が言いましたが、父は強く首を振りました。

「いらねえいらねえ、そんなのに金使っちゃもったいないだろ。蚊に刺されても死にはしねえんだから」

「ムヒぐらい塗った方がいいよ」

「もったいねえっての。バッテン付けときゃかゆくなくなる」

そう言って父は、腕や脚の一つ一つの腫《は》れに、爪で×印を付けていました。丸い腫れに×印という、警察署の地図記号のようなマークを体中に刻んだ父が、まさに警察のように張り込みを一週間ほど続けた、土曜日の晩でした。

私が入浴している時に、とうとうその時が来たのです。

「こらあっ！」

父の怒鳴り声が外から響きました。次いで足音と、父のさらなる「この野郎！」という怒号。そして、ゴツッ、バチッという、人が人を殴打している音も聞こえました。

私は体を洗うのもそこそこに、急いでお風呂を出ました。髪もろくに拭かず服を着て廊下に出ると、母も早足で玄関に向かっていました。

「捕まえたぞ！」

父が、壁と塀の間の狭い隙間で、男の首根っこをつかみ、地面に押さえつけていました。街灯の明かりでぼんやり照らされた男の顔を見て、私は思わず息を呑《の》みました。

父に捕まった男は、E君だったのです——。

薄暗い中でも、見慣れた顔はさすがに間違えようがありませんでした。

そんなE君を地面に押さえつけたまま、父は何発も、彼の頭を拳骨《げんこつ》で殴りました。

「てめえこの野郎、風呂覗こうとしただろ！」

「ごめんなさい！　ごべんなさい！」

E君は泣きながら謝っていました。クラスでは人気者のE君が、学校でまず出すことのない、無様な泣き声を絞り出していました。

「てめえ、まだガキだな。この辺のガキか？　見覚えはねえけど小学生か？　それとも中学生か？」

心底怒った様子の父が、E君の前髪を乱暴につかみ、力ずくで顔を上げさせました。

「おい香織、こいつのこと知ってるか？」

父が、組み伏せたE君の泣き顔を私に向けながら尋ねてきました。

本当のことを言うべきかどうか――。私は数秒間、猛烈に葛藤しましたが、結局は首を横に振りました。

「いや……知らない」

夕闇の中で、E君がほっとした表情になったのが分かりました。

「二度とやるんじゃねえぞ馬鹿野郎。次やったら警察呼ぶからな！」

父が、E君を組み伏せていた体勢から立ち上がり、脚を蹴り上げました。E君は立ち上がり、「すいませんでした」と小声で言いながら父にぺこぺこと頭を下げると、足を引きずりながら走り去りました。

「たぶん他にも二、三人いたな。捕まえたのはあいつだけで、あとは逃げていった」

父がE君の後ろ姿を見送りながら言うと、母が改めて尋ねてきました。

「香織。今の子、本当に知らなかったの？」

「うん、見たこともなかった」私は改めて嘘《うそ》をつきました。

「じゃ、六年生か、もしかしたら中学生かもねえ。この辺の子なのか、それとも香織が可愛らしいっていう噂を聞いて、住所まで調べて覗きに来たのか……」

「この辺の奴だったら、顔ぐらい知ってるだろ」父が口を挟みました。

「じゃ、遠くからわざわざ来たのかね。嫌だねえ」母がため息をついてから言いました。

「どうしよう。学校に連絡しようか」

「いや、それはいいよ。余計ややこしくなる」私が即答しました。「ブルマ盗まれた時もそうだったし」

「ああ、そうか……」

ブルマを隣のクラス担任のD先生に盗まれ、彼がクビになった件については、学校から両親に連絡がありました。その際の私の気苦労については、両親も知っていました。

「まあ、次来たら警察に突き出してやるか……。とにかく、もう家に入ろう。あの馬鹿のせいで蚊に刺されるのも癪《しゃく》だからな」

父に促され、私たちは家に入りました。お風呂をE君に覗かれそうになったことはショックでしたし、彼に対する好感も一気に消え去りましたが、一方で微かな期待も抱いていました。もしかしたら、私に対する申し訳なさから、あるいは私に覗きの件をばらされるのではないかという恐れから、E君とその友人たちが、今まで以上に私を守ってくれるようになるのではないかと——。

その日は土曜日だったので、日曜日を挟んで月曜日、私は意を決して登校してみることにしました。E君と、その弟分のようなクラスメイトたちがちゃんと謝ってきたら、弟分たちも含めて、本心ではまだ許せないけど、表向きは許してあげることにしよう。そうすれば彼らはきっと私に感謝して、今まで以上に私を守ってくれるようになるはずだ——。そんな想像すら膨らませていました。

でも、結果は大違いでした。

覗きを企むような小学生男子の心理を、私は全然分かっていませんでした。

月曜日の朝。登校して真っ先に目に入ったのは、教室で談笑するE君の姿でした。

「階段から思いっ切り落ちちゃってさあ。マジ痛かったよ〜」

顔に残った痣《あざ》、それに父に取り押さえられて痛めた脚について、E君は周囲の友達に作り話を披露していました。そして、E君は一度たりとも、私と目を合わせようとしませんでした。先週までは「おはよう」と声ぐらいはかけてくれたのに、まるで私がいないかのように振る舞っていました。

それはE君と仲のいい男子たちも同様でした。たぶん彼らも、一緒に覗きに参加していたのでしょう。示し合わせて私の方を見ないようにしているのは明らかでした。

学校での一日が始まると、いつも通り同級生の女子からの、私への嫌がらせも幕を開けました。授業開始とともに、Aちゃんたち数人の女子が、私に向かって紙くずや消しゴムのカスを投げてきました。理科の授業で理科室に移動する時には、足をかけられて転ばされました。もっとも、この程度のいじめは従来からあったので、当時の私にとっては日常の範囲内でした。

ただ、それまでと決定的に違うのは、E君たちの男子グループが「やめろよ」と止めに入ってくれることが、一切なくなっていたことでした。彼らは相変わらず、「昨日の『ごっつええ感じ』面白かったよな」「『電波少年』も見た？」などと楽しそうに会話して、決して私の方を見ないという約束事を守り続けていました。

クラスで唯一、私を助けてくれていたグループが、他のみんなと同じように私を無視することに決めた——。その悲しき決定事項を、私は悟りました。

「E君さあ、うちのお風呂を覗こうとしたよね？　私の裸見ようとしたよね？　それでうちのお父さんに捕まって、何発も殴られてたよね？」

みんなの前で突然そう言って、E君の罪を暴露してやろうかとも、何度か思いました。でも、そんなことをしても「は、何のこと？」なんてとぼけられたら、証拠など何もないのです。それに、仮にE君の覗き未遂を立証できたところで、私の状況は何ら好転しません。E君をクラスの人気者の座から引きずり下ろせたとしても、私の苦境は少しも改善されなかったでしょう。

E君の覗きに気付いた結果、被害者である私の立場がいっそう悪くなった。そんな、とてつもなく理不尽な、救いようのない結果になっただけでした。彼らが今まで以上に私を助けてくれるようになるんじゃないか、なんて想像していた自分が馬鹿でした。彼らが私をいじめから多少助けてくれていたのは、性欲の対象である私の気を引きたいというだけの理由だったのであり、性欲の対象である私の裸を覗きたいと考えて実行し、それがばれて怖い父親が出てきて殴られた以上は、もう私は不都合な存在になったから無視することに決めた。――そんな、自己中心的で短絡的な考え方に基づいて、彼らは行動していたにすぎなかったのです。

覗きという立派な性犯罪の加害者が平然と学校生活を続け、被害者である私が苦境に立たされる。こんなひどい話はありませんでした。今考えれば、この件は正式に警察に通報してもよかった気がしますが、それでこちらが得られた利益も、せいぜいE君の親に多少のお金を請求できた程度でしょう。当時の私はそれすらも考えず、とった選択肢は単なる泣き寝入りでした。

ほどなく、私はほぼ完全な不登校になりました。六年生に進級しても、クラス替えはなく担任の先生まで同じだったので、状況が好転する要素はどこにもありませんでした。六年生の時の出席日数は、たぶん一桁だったと思います。

共働きの両親が家にいない間、教科書やドリルで最低限の勉強をして、あとはテレビで『笑っていいとも』や、アニメやドラマの再放送を見たりして、まるで宿題がない夏休みのような日々を過ごしました。とても退屈でしたが、退屈なだけの方が学校に行くよりずっとましでした。学校に行けば、苦痛と屈辱が保証されているのですから。

そんな日々を過ごしていた、六年生の三学期のある日の夕食時。私は両親からふいに告げられました。

「香織、うち、引っ越すことになったんだ」

「この借家、取り壊すことになっちゃってね」

「あ、そうなんだ……」

たしかに、それまで住んでいた借家は、いつ取り壊すことになってもおかしくないぐらいの、おんぼろの平屋建てでした。

「それで、新しい家を探してみたんだけど、家賃も安くて一番よさそうな所が、隣の市になるんだよ」父が切り出しました。

「で、そこに引っ越したら、香織も転校でき……することになるんだけど」

母は、明らかに「転校できる」と言いかけていました。私が転校することが望ましいと思っているのだと分かりました。家が取り壊しになって引っ越しを強いられるというのは、両親にとってなかなか大変なことだっただろうと今なら分かりますが、不登校になった娘を別の学区の中学校に入れてやれる、絶好の機会でもあったでしょう。

「お父さんもお母さんも、その引っ越し先の方が、職場にだいぶ近くなるんだよ。だからその点も、今までよりいいのかなって思ってるんだ。もちろん、香織の気持ちも聞かないで決めるつもりはないけど、もしよければ、そこに決めようかなと思ってて……」

「うん、分かった。そこに引っ越そう。私も引っ越したい」

私が即答すると、両親はほっとしたように顔を見合わせました。——慎重な言い回しをしていましたが、本心では学区外に引っ越して、私をいじめた同級生がいない中学校に通わせたいと思っているのはお見通しでしたし、私もそれを望んでいました。

こうして私は、小学校六年間を、一人の友人も将来に残すことなく、何の未練もなく、誰に惜しまれることもなく、卒業式に出ることもなく、不登校のまま終えたのでした。


読者のみなさん。これが、いわゆる美人として生まれてきてしまった一人の少女の、小学校卒業までの思い出です。

これでも、美人は得だと思いますか？

三度も不審者に誘拐されかけ、教師にブルマを盗まれ、それが原因で同級生から恨みを買い、親友だと思っていた女の子に突然逆恨みされ、ひどいいじめに遭い、同級生の男子に風呂を覗かれそうになり、とうとう不登校に追い込まれた。——これらの不幸の大半は、私が美人なんかに生まれていなければ、ほとんど回避できたでしょう。もちろん、痴漢に遭遇したり、親友と仲違《なかたが》いしたりということは、容姿とは関係なく起きてしまう可能性はありますが、これだけの不幸が小学生の間だけで降りかかってきたというのは、さすがに過酷すぎると分かっていただけたのではないでしょうか。

何度でも言います。私は美人として生まれたせいで、損ばかりしています。特に小学校高学年なんて、暗黒期としか言いようがありませんでした。

とはいえ、引っ越すことになったと聞いた時は、私の心に一筋の光が差していました。もしかしたら転校とともに心機一転、楽しい学校生活を送れるようになるのではないかという、わずかな希望を抱いていました。

でも、そんなに都合よくはいかないだろうという、悲観的な予感も抱いていました。

中学校入学

私の予感は当たりました。やはり、悲観的な方が――。

隣の市に引っ越して迎えた、中学校の入学式。買ったばかりの制服を着て教室に入り、一分も経たないうちに、私は異変に気付きました。

「あいつだよな」

「絶対そうだろ」

そんなささやき声を聞いて、おそるおそる周囲を見回すと、何人もの生徒が私を見ていました。これはもしかして……と思っていると、とうとう一人の男子生徒が、後ろから私の肩を叩き、話しかけてきました。

「あのさあ、君、××小学校にいた、佐藤香織さんだよね？」

彼はいきなり、私の出身小学校とフルネームを言い当てました。

「え、あ……はい……」

ここで「違います」なんて言っても、すぐに嘘がばれるだけです。私はうなずくしかありませんでした。

「やっぱりそうだ。同じ塾の奴に聞いてたんだよ」

彼が言うと、その後ろから彼の友達らしい二人の男子生徒がはやし立てました。

「何て聞いてたんだよ？」

「言えよ、超可愛い子がそっちに転校するらしいぞって聞いてたって」

私は恥ずかしくて下を向くしかありませんでした。しかし、そんな私を見てすぐ、彼らは歓声を上げました。

「おお、照れた顔も可愛い〜」

とっさに視線をそらすと、少し離れた席の女子生徒二人と目が合いました。二人は私を一瞥して、すぐに視線を外し、不愉快そうな顔で何かささやき合いました。「何あの子」と言ったようだと、口の動きだけで分かりました。

想像していた中でも最悪の状況でした。まだ入学式が始まる前の段階で、私は男子生徒の好奇心の的となり、女子生徒に反感を持たれてしまったのです。それにしても、まさか塾を通じて隣の市にまで噂が流れてしまうとは思いませんでした。塾になんて行くお金もなかった私は、そういう情報網が塾で築かれていることもまったく知らなかったのです。

私が入ったその中学校は、近隣の二つの小学校の児童が合流して入学するようになっていたのですが、当然ながら同じ小学校だった子同士は、最初から仲良く喋っていました。教室内で話し相手がおらず孤立しているのは私ぐらいでした。そんな状況で、私は早くも色眼鏡で見られてしまったのです。

それから何日も経たないうちに、私の運命は決しました。入学式が終わった後には、他のクラスから何人もの男子生徒がやってきて、ひそひそ声で会話しながら私を観察していましたし、翌日からは毎朝、教室の前の廊下に人だかりができてしまいました。

「あ、あの子だ」

「すごい、マジ女優みたい」

私が登校して教室に入ろうとすると、廊下にたむろした生徒たちがざわめきます。八割方が男子でしたが、女子も交じっていました。私はなるべく顔を上げずに、急ぎ足でさっと自分の席に着くようにしましたが、教室の前後の開いた扉から無遠慮に視線を注ぐ彼らの声はすべて聞こえてきます。それでも私は、まるで聞こえないふりをして、なるべく廊下方向は見ないようにしながら、教科書を鞄から取り出して机の中に入れたり、淡々とルーティンをこなしていくしかありませんでした。

「あいつに似てない？　ほらあの、ポケベルのＣＭの」

「ああ、広末涼子だっけ」

「それと、最近出てきたあの子にも似てるよ。えっと……ああ、深田恭子」

「お前詳しいな」

そんな男子のひそひそ声が聞こえてくるだけでも十分嫌でしたが、「そこまで可愛くないんだけど」などと、女子が聞こえよがしに言ってくるのもまた苦痛でした。さらに数日後には、上級生まで集まるようになってしまい、「おい、超可愛い子ってどこだよ」などと、不良っぽい上級生が高圧的に一年生の男子生徒に絡むような声まで聞こえてきて、朝から嫌な緊張感が走りました。

そんな見世物状態の私に、気さくに声をかけて友達になってくれる同級生の女子は、残念ながら一人もいませんでした。話しかけてくるのは男子ばかりでした。

「香織ちゃん、好きな食べ物は？」

「音楽は何聴くの？」

「どんなテレビが好き？」

「この前の『さんま御殿』見た？」

「『学校へ行こう!』は?」

口が達者で軟派なタイプの男子が五人ほど、朝や休み時間に、私に話しかけてくるようになりました。

それを無視するのも角が立つので、一応「さんま御殿、面白かったよね」なんて受け答えをすると、男子たちは喜んで、ますます会話を弾ませてしまいます。こういう時、一人でも同性の友達がいれば、彼女と会話を始めて男子との会話を自然に終わらせることもできたのでしょうが、私はクラスで唯一の、小学校から持ち越した友達が一人もいない存在です。すでに人間関係ができてしまっている子たちの間に入って仲よくなるような勇気も社交性も、私は持ち合わせていませんでした。結果的に私は、男子にばかりちやほやされている状態になり、その状態が一週間、二週間と続くと、ますますクラスの女子たちから敵視されてしまいました。

「今日もモテちゃって」

「いいねえ、モテモテで」

「男をとっかえひっかえ」

「自分のことアイドルだと思っててんじゃない?」

はじめのうちは、そんなひそひそ声がつい大きくなって、結果的に私にも聞こえてしまっている、という感じだったのですが、やがてみんな、最初から私に聞こえるように、捕まえたいならどうぞと言わんばかりのふてぶてしさで、あえて大きめの音量のひそひそ声で喋るようになりました。聞こえてもいいと思われながら背後で陰口を言われている時特有の、あの「ヒヒッ」「フフッ」という息が漏れるような忍び笑い。人生で何百回も聞いたと思いますが、今思い出しても口の中が苦くなります。

やがて、同級生の女子たちによる本格的な嫌がらせが始まりました。私の席の脇を通る時に椅子や机を蹴ったり、教室の後ろの私のロッカーの荷物を通りすがりに蹴ったり、そんな遊びを、くすくす笑いながらゲーム感覚で楽しむ女子たちが現れました。私への直接的な暴力を振るう子はまだいませんでしたが、それが出現するのも時間の問題だと、小学校でのいじめ被害の経験から私は悟っていました。

そんな状況になると、ますます男子としか話せなくなります。とりあえず男子に囲まれている間は、女子にあからさまに手出しされることはないのです。毎朝教室に入った時、また休み時間などに、私は複数の男子に囲まれて、簡単な受け答えをする。そんなことの繰り返しでした。まるで総理大臣のぶら下がり会見のようでした。

それでも、男子が壁になってくれている状況が続けば、より激しいいじめを女子から受けることはありません。陰口を言われるのと、持ち物を蹴られる程度で済むのなら、小学校よりはだいぶましかもしれない――と思っていたのですが、ゴールデンウィークを過ぎたあたりから、困ったことが起きるようになりました。

告白ラッシュが始まってしまったのです。

まず、私に頻繁に話しかけてくれていた、やや軟派なタイプの男子グループの中から一人、また一人と、「今日の放課後、屋上に来てくれないか」とか「体育館裏に来て」と呼び出されるようになりました。行ってみると案の定、「実はずっと好きだったんだ。俺と付き合ってくれないかな?」などと告白されてしまいました。

これは困りました。男子たちが世間話を交わす程度の関係でいてくれて、それ以上でもそれ以下でもない状態がずっと続いてくれれば、私は見世物なりに最小限の苦痛で学校生活を送れると思っていたのですが、そんな都合のいいようにはいきませんでした。とはいえ、告白を受け入れて男子と交際したいとも思えませんでした。当時の私は正直、恋愛感情というもの自体をあまり分かっていませんでしたし、彼らといつも会話をしていたのは、周囲の女子たちの攻撃から身を守るためという、それだけの目的だったのです。たとえれば、アブラムシがお尻から甘露を出してアリを呼び寄せ、天敵のテントウムシを追い払ってもらうようなものだったのです。

結局、男子からの告白は「ごめん、今まで通りお友達のままがいいな」と言って、みんな断っていたのですが、そうすると相手の男子は気まずくなってしまったのか、その後は私に話しかけてくれなくなりました。それが、一人また一人と続き、私の周囲からは取り巻きの男子の数が減っていってしまいました。そうして私を守ってくれる側の分母が減っていくと、必然的にガードが手薄になり、通りすがりに女子から机を蹴られたりする嫌がらせの頻度が増えていきました。いわば親衛隊となってくれる男子がこのままゼロになれば、最終的に私はいじめのターゲットでしかなくなり、いじめが激化して学校に通えなくなる。——そのことは、小学校での経験から容易に予測できました。

だから私は、決断したのです。

入学式の日、最初に私に話しかけてきた、軟派なグループの中でもリーダー格のF君。他の友人たちが私に告白しても、彼だけは告白してこなかったのは、様子を見ているようでもあり、また真打ち感を出しているようでもありました。そんな彼に「ちょっと話があるんだけど」と言われた段階で、私は覚悟を決めました。

放課後、屋上の手前の誰もいない踊り場で、F君は私に言いました。

「香織ちゃんが好きなんだ。俺と付き合ってくれないかな?」

「……よろしくお願いします」

私は告白を受け入れました。一世一代の賭けでした。

F君は軟派なタイプではあるものの、悪い人ではありません。私からF君への恋心は皆無でしたが、とりあえずF君の要望通りに付き合えば、次第にそういう気持ちも湧いてくるのではないかと思うことにしました。何より、ここでF君の告白も断ってしまえば、私の教室内での立場がいよいよ危うくなることは目に見えていました。

これほど打算にもとづいた初恋をした人は、なかなかいないと思います。いや、恋ですらありませんでした。損得勘定のみで決断した、私の初男女交際でした。

戦国風渡世術

付き合うことになると、私は毎日、F君のバスケットボール部の練習が終わるのを教室で待ってから、一緒に帰るようになりました。F君の前に振ってしまった数人の男子たちも、「Fならしょうがないか」という感じで、私たちの交際を容認してくれました。下校の道中、F君は共通の話題を頑張って探してくれました。

ただ、残念なことに、好きなテレビ番組も音楽の趣味も、F君と私はことごとく違っていたのでした。

F君はダウンタウンやとんねるずなどのお笑い番組が好きでしたが、私が好きなのは『白線流し』『ロングバケーション』『踊る大捜査線』といったテレビドラマでした。F君はお小遣いでCDを買えたため、ミスチルにスピッツにシャ乱Qに小室ファミリーと、音楽について幅広く知っていましたが、私はCDを買うお金もなく一人っ子だったため、フルコーラスを聴いたことがある歌手なんて、両親が好きだった松任谷由実ぐらいでした。バスケ部員で少年ジャンプの愛読者でもあったF君は、『スラムダンク』を猛推薦して貸してくれましたが、そもそもバスケットボールのルールもよく分からず、また不良っぽいキャラクターをはじめから受け付けない私は、残念ながら一巻で挫折してしまいました。「ごめん、二巻はもういいや」と断った私を見て、F君はとても残念そうな顔をしていました。

それでも、F君と付き合っていることが周囲に認識されていれば、クラスの意地悪な女子から嫌がらせをされることはありませんでした。友達が多くて背が高くて運動神経がよくて、そして適度に不良っぽいF君は、教室内のヒエラルキーの上位であり、その恋人である私に嫌がらせなどしようものなら、逆にその子の方がクラスの中で浮いてしまうことは目に見えています。とりあえずF君と付き合っている限りは、私は安全で苦痛のない学校生活を送ることができました。

ところが、一ヶ月少々で、予期せぬ事態が起きました。

「ごめん、悪いけど、俺と別れてくれないかな……」

F君に別れを切り出されてしまったのです。

「え、なんで?」

私が聞き返すと、F君は言いづらそうに答えました。

「なんて言うか……なんか違ったんだよね」

なんか違った。——驚くほど漠然とした理由でしたが、「やだ、別れたくない!」とすがるのも違う気がしました。私だって、別にF君のことが好きだったわけではないのです。

「分かった。今までありがとう」

結局、別れを受け入れるしかありませんでした。

ただ、その結果、F君はもう教室の中では話しかけてくれなくなりました。F君の友人たちも、やはりF君のことを気遣ってか、同様に私とは距離を取るようになりました。かつて休み時間に私を取り巻いてくれていた男子たちは、もう誰も寄ってこなくなってしまいました。

となると必然的に、私への嫌がらせが一気に増えていきました。なんといっても私は、女子の友達を一人も作らず、見た目で引き寄せた男子とばかり喋って、あげくにクラスの人気者のF君と付き合ってすぐ別れた、同性にしてみればいけ好かないことこの上ない女なのです。元々あった、通りすがりに机や椅子を蹴るような嫌がらせに加え、掃除の時間に机と椅子を運ぶ際にわざと倒されて、「あ、ごめ～ん」とにやつきながら言われたりもするようになりました。これは小学校で経験したのとまったく同じ内容のいじめで、いじめのパターンというのは学区が変わっても一緒なのだと私は実感しました。放置しておけば、このいじめがエスカレートしていくことは経験上分かっていたので、また私は不登校になるしかないのかと危機感を覚えていました。

しかし、そんな時でした。

思わぬ形で、救いが訪れたのです。

「ねえ、Fと別れたんだって？　じゃ俺と付き合ってよ」

放課後に突然声をかけてきたのは、F君の所属するバスケ部のキャプテンのG先輩でした。それまでまったく面識がなかったのですが、彼は果敢にアタックしてきました。

「Fと付き合ってる子がマジ可愛いって、みんな噂してたからさあ。いや、実際目の前で見たらマジ超可愛いし。フリーになったんなら俺と付き合おうよ」

付き合うもなにも、会話したことすらないのです。常識的に考えて、これで付き合うなんておかしな話です。――とは分かっていましたが、私は即答していました。

「はい、よろしくお願いします」

またしても、完全に打算でした。バスケ部のキャプテンの先輩と付き合っておけば、同級生からの私へのいじめは収まるだろうと考えたのです。

案の定、私がG先輩と付き合っているという噂はすぐに広まって、私への嫌がらせもぴたっと止みました。

ところが、それから一ヶ月も経たないうちに――。

「ごめん……なんか、違うわ」

G先輩からも、F君とまったく同じ言葉をいただいてしまいました。

予感はしていました。F君と同様、毎日一緒に下校するようになったG先輩ですが、やはり私との会話が長続きしなかったのです。まあ今にして思えば、無趣味で内向的な上に、貧乏でCDも漫画もゲームも買えない女子中学生と、快活で運動部のキャプテンまで務める男子中学生には、同年代ということ以外に共通点などほとんどないのです。私はもちろん口下手の極みですし、G先輩だって、しょせんはまだ中学生。口下手な相手との会話を盛り上げ続けられるほどの話術はさすがに持ち合わせていませんでした。そんな私と一緒にいて楽しいはずがなかったのです。

G先輩と私が別れたという噂はすぐ広まり、あっという間にいじめが再燃しました。しかし、そのタイミングで、今度はサッカー部のH先輩から呼び出されました。

「Gと別れたんだよね？　だったら俺と付き合ってくれない？」

それを受け入れると、いじめはぴたりと止みました。

ところがほどなく、H先輩からも告げられてしまいました。

「別れてくれないかな。なんというか……思ってたのと違って」

――と、こんなことを、私は中学校入学後、七、八回繰り返しました。

自分の身を守るため、特に好意はないけど力を持った男性と恋仲になるという、戦国武将の娘のような生き方を、私は中学一年からしていたのです。好きでもないという本音を隠して、権力のある男に付き従うなんて、名目上は恋人でしたが、愛のなさでは記録的とすら言えたでしょう。ただ、戦国時代との大きな違いは、結局私が振られてしまうことでした。私は恋愛がしたかったわけではなく、ただいじめられないために権威のある男子の庇護の下にいたかっただけなので、まさに戦国武将が側室を持ったように、二股をかけてくれても全然よかったのですが、さすがに中学生男子でそこまでのプレイボーイはおらず、せいぜい一ヶ月で別れを切り出されてしまうのでした。

それにしても、告白を受け入れた直後は、相手は毎回必ず「君みたいな可愛い子と付き合えるなんて夢みたいだよ」なんて有頂天になって喜ぶのに、最後は決まって「なんか思ってたのと違う」と別れを告げられてしまうのは、私としても不本意でした。ただ、今ならその理由も分かります。私は今に至るまで、女優やアイドルのようだと評される外見以外、何の取り柄もない人間なのです。趣味も特技もなく、勉強もできず、小学校でのいじめ被害の影響で会話も苦手で、上手に笑うことすらできない。――そんな女の外見だけに惹《ひ》かれて交際しても、あまりのつまらなさに、誰もが「思ってたのと違う」という結論に至ってしまったのでしょう。

付き合っては別れを繰り返した結果、私は「ヤリマン」「淫乱」などと陰口を叩《たた》かれるようになりました。実際には、さすがに性交渉は一度もしておらず、サッカー部のH先輩と野球部の一年生エースに強引にキスされたぐらいだったのですが、私は男子からも「ワケアリの女」のように見られ、もう告白されることもなくなりました。もちろん女子からはとっくに嫌われていました。机に「馬鹿」「死ね」「ヤリマン」などと落書きされたり、英語で使う単語カードに「ｄｅａｔｈ／死」「ｂｉｔｃｈ／淫乱」などと表と裏に書かれたものが、机の中に入れられたりもしました。小学校といじめっ子の顔ぶれは違うのに、手口は呆《あき》れるほど共通していました。

そんな、中学二年の一学期の、体育の授業でのことでした。

長きにわたってトラウマが植え付けられる、おぞましい悲劇が起きたのでした――。

激痛、そして不登校

当時、体育の種目に柔道があるのは男子だけで、男子が武道場で柔道をやっている間、女子は体育館でバスケットボールをやっていました。しかもその日、いつもは武道場と体育館に一人ずついた体育の先生のうち、一人が所用でおらず、先生のワンオペ状態になっていました。柔道の方が事故が起きたら大変なので、一人きりの先生は必然的に、男子の武道場の方に長くいることになりました。私たち女子は、先生がほとんど来ない自習状態で、体育館でバスケットボールをやっていました。

私はできるだけ気配を消し、目立たないように努めていたのですが、コートの端っこをそっと走っていた私に、いじめっ子の狙いが定められてしまいました。しかも彼女は、話もろくにしたことがなかったのに、二年生で同じクラスになってから私を目の敵《かたき》にしていた、梨沙子《りさこ》という女の子でした。

梨沙子は、おおむね美人と言っていい顔立ちでした。ただ、鼻の穴が前を向いている、いわゆる豚鼻という形質でした。もちろんそれが醜《みにく》かったと言うつもりはありません。醜かったのは彼女の心でした。彼女が進級直後から私へのいじめを率先して行《おこな》っていたことも、英単語カードに悪口を書くような凝ったいじめは彼女の発案だったことも、私は知っていました。

そんな梨沙子が、味方チームだった私に向けて、剛速球のパスを出してきました。女子バスケ部だった彼女の全力投球を、私は受け取れず、ボールを弾いてしまいました。すると梨沙子は、そのボールを取った味方に「貸して」と要求すると、またドリブルしながら私に近寄ってきて、思い切りボールを振りかぶりました。

「ちょっと……やめて……」

私はとっさに、頭部を守るべく両手でガードしました。しかし梨沙子は、重いバスケットボールを思い切り私に投げつけてきました。直後、左手の小指に痛みが走りました。

「痛っ！」

私は思わず声を上げました。突き指をしてしまった痛みでした。

「あらら、大丈夫？　ダメだよ、パスはちゃんと取らないと」

梨沙子はにやけながら私に近付くと、左小指を押さえる私を見て、ふいに思いついたように言いました。

「あ、そうだ。その小指で、指切りげんまんしよっか」

梨沙子は、痛む私の小指に、強引に自分の小指を絡めると、冷笑を浮かべました。

「もう調子に乗って、G先輩をたぶらかしたりしないでね。はい、指切りげんまん嘘ついたら針千本飲～ます……」

G先輩というのは、前に私に告白してきて少しだけ付き合った、バスケ部のキャプテンでした。この子はひょっとして、G先輩のことが好きで、私に嫉妬していたのか……などとぼんやり思っていると、梨沙子は驚くべき行動に出ました。

梨沙子は、ふいに私の左手小指を、左手全体でしっかり握りました。そして「指切った！」というかけ声とともに、思いっ切り力を入れて外側に引っ張ったのです。

ボキッ、という音が、私の細い小指から、はっきりと聞こえました。

間違いなくそれまでの人生で最大の、気絶するほどの、尋常じゃない痛みが、私の左手小指から左腕全体を貫くように走りました。

「ぎゃあああああああああっ」

私は、喉が嗄《か》れるほど絶叫して、床に倒れ込みました。体育館のステージが、全校集会などの時とは上下が逆さまになって見えました。その手前には、やはり逆さまになった梨沙子とクラスメイトたちの顔が見えましたが、その視界も霞《かす》むほどの猛烈な痛みに、私はただ身をよじりながら「あああああっ」と叫び続けることしかできませんでした。

「ちょっと〜、大声出さないでよ〜」

上下逆さまの梨沙子が、私を見下ろしながら笑いましたが、他のクラスメイトたちはもう笑顔が消えていました。梨沙子の暴力性に、さすがに引いているようでした。

「いや、梨沙子、それはやりすぎ……」

「あっ、先生来た」

クラスメイトの一人が、体育館の出入口を指差して声を上げました。私の絶叫が武道場まで聞こえたようでした。

「本当のこと言ったら殺すから。先生に言ったら殺すから」

梨沙子は、素早く私の耳元で告げると「先生、佐藤さんが突き指しちゃいました〜」と、床に倒れた私を指差しました。私は「佐藤、大丈夫か」と心配されながら、体育の先生に保健室に連れて行かれました。怪我の本当の原因を言ったら殺されるかもしれないと本気で思っていたので、脈打つたびに左腕全体にズキズキ走る激痛に耐えながらも、私は「ボールを取り損ねて突き指をしました」という嘘を、当初はついていました。

でも、医学的知識を持った大人の目はごまかせませんでした。

まず、保健室の先生に、突き指ではなく骨折していることを見抜かれ、そのまま車で病院に連れて行かれました。そこで整形外科のお医者さんにレントゲンを撮られ「これ、ただボールが当たったんじゃなくて、誰かにやられたよね?」と言い当てられました。保健室の先生にも「正直に言って」と迫られ、私は本当のことを話しました。

翌日から、私が骨折を理由に学校を休んでいる間に、事態は大きく動きました。まず、私と会う機会が少なくなるように、梨沙子が当初の二年一組から最も離れた四組に移されるという、一学期がすでに始まっている中での異例の措置がとられました。また、学校は警察沙汰にしたくなかったようですが、私を診たお医者さんが事態を重く見て通報したらしく、梨沙子は何度か警察の聴取を受けたようでした。鑑別所に送られたりはしなかったものの、梨沙子はたっぷりお灸をすえられたようでした。

その後、梨沙子は四組で仲間外れにされるようになり、バスケ部も退部しました。私はその後一度も梨沙子と会話することはなく、ただ遠目に見ただけでしたが、梨沙子は移動教室や学年集会の時などに、いつも暗い顔で誰とも話さず、一人で行動するようになっていました。暴力衝動に突き動かされて私に突き指を負わせ、さらにその指の骨をへし折ったという行動は、さすがに他の同級生にとっても恐怖の対象になってしまったようです。クラスメイトたちがささやく噂話を聞いた限りでは、梨沙子は小学生の頃からクラスの女番長的存在だったものの、その残虐性に一度火がつくと、行きすぎたいじめをする傾向があり、何度も問題を起こしていたようでした。他にも、梨沙子は父親に認知されなかった子供で、母親にも捨てられ、今は祖母に育てられているとか、そのせいで情緒に問題があるとかいう、真偽不明の噂も聞こえてきました。

クラスのヒエラルキーの上位にいたのに、一瞬の暴力衝動に突き動かされた結果、一気に周囲から孤立してヒエラルキーの最下層に転げ落ちた。——そんな梨沙子の有様は、被害者である私としては、いい気味だとも思えました。

でも、孤立しているのは、私だって同じだったのです。

私もまた、クラスの中に友達は一人もいませんでした。梨沙子が去ったことで従来のようないじめはなくなりましたが、同級生は男女とも、もう私と目を合わせようとすらしなくなりました。結局、私も梨沙子も、教室の中の腫れ物として、触れないに越したことはない存在だと、みんなに思われてしまったようでした。

小指に包帯を巻いて何日か通学してみたものの、すぐに私は学校から足が遠のきました。梨沙子が同じ教室にいなくなっても、いじめに加担したり傍観してきた他のクラスメイトは、相変わらず同じ教室内にいるのです。そんな連中に囲まれた教室の中で、誰とも一言も会話をしないまま過ごしているうちに、ふいに小指をへし折られたあの激痛のトラウマがよみがえり、呼吸が荒くなったり吐き気を催したりすることが何度もありました。そのうちに、登校中、あるいは家を出る前にも、吐き気や腹痛に襲われるようになってしまいました。

結局、私は小学校時代と同様、中学二年の夏休み前に、また不登校生活に突入してしまったのでした。

ただ、それでも私は、時々は登校しました。その目的は、給食でした。

実はその頃、我が家の経済状況はいっそう逼迫《ひっぱく》していました。中学生だったので詳しくは把握していませんでしたが、父が知人から詐欺まがいのことをされて、ただでさえ貧しいのにお金を取られてしまったということは聞いていました。また、「マルチ」という単語が頻出する会話を、両親が深刻な様子で小声で交わしているのを、私は襖《ふすま》やドア越しに何度も聞いていました。今だったら、パソコンやスマホで「マルチ」という単語を検索することもできますが、スマホなど存在せず、パソコンを所有する一般家庭もごく少数だった当時は、「マルチ」という言葉の意味をネット検索することなどできず、その忌まわしい三文字が我が家をますます貧しくしたのだということだけを、私は認識していました。

そんな状況で、冷蔵庫内の食料の一部を私の昼食に充てると、その分だけ夕食の量が減ることになります。一日の食事の総量を増やすことができる給食というのは、非常に魅力的なアイテムでした。ただ、毎朝学校に行く気にはなれなかったので、私は折衷案を考え、週に数日、給食の直前の四時間目に学校へ行くようになったのでした。そっと人目を忍んで登校し、給食を食べ、放課後までやり過ごし、誰とも会話しないまま下校する——。そんな日々を送るうちに、しだいに思わぬ噂が流れ始めました。

「佐藤さんって、モデルやってるの？」

「どこかの事務所に入ったの？」

そんな質問を、決していじめっ子タイプではない子たちに、恐る恐るといった感じでされたことが何度もありました。しまいには担任の先生にまで「芸能活動してるって聞いたけど本当？」と聞かれました。どうやら不登校で休みがちになっている間に、私がモデルとして芸能活動を始めたというデマが流れていたようでした。朝から各交通機関を乗り継いで東京に出て、夕方や夜に芸能活動をして、東京で一泊して始発に乗っても家に帰れるのは翌日の昼だから、四時間目頃からしか授業に出られない。——私の耳に入った噂話を総合すると、そんなストーリーまで出来上がっていたようでした。

結果的に、根も葉もないデマのせいで、私はちょっと一目置かれるような存在になりました。でも、たまに勇気を出して話しかけてくるクラスメイトに、芸能活動について質問される時が一番困りました。私は本当に何もしていなかったので、「私、芸能活動なんてしてないよ」と答えると、「またまた〜」と隠し事をしているとみなされてしまったのです。最初から本当のことを言っているのに信じてもらえないなんて、落ち度のないオオカミ少年のような状態でした。

結局、私は芸能活動の噂をささやかれながらも、実際はただ不登校なだけの日々を送り続けました。家でテレビを見たり、ごろごろしたり、たまに少し掃除したり……無為な時間をひたすら過ごしていました。家で教科書や問題集を開くこともありましたが、小学校時代はなんとかついて行けていた勉強も、中学校ではすっかり落ちこぼれ、もはや「どこが分からないのかも分からない」状態になっていました。

正直、高校に進学するのも気が重かったのですが、かといって中卒で生きていく覚悟もありませんでした。それに、我が家は両親とも高校を卒業できなかったそうで「高校は出た方がいいよ」と何度となく言われていたので、結局、高校受験をして、学区内で最も偏差値の低い普通科の高校に入学することになりました。

高校

もしかすると高校に行けば、今までと違う生徒たちに囲まれて、楽しい青春が過ごせるのではないか……なんて淡い希望が、叶《かな》うはずもありませんでした。

それどころか、私が入学したのは予想以上にひどい高校でした。あまり正直に書くと、差別や偏見を助長するとお叱りを受けるかもしれませんが、私自身が実際に経験した、殺伐としたあの高校の内情を、批判覚悟で隠し立てせずお伝えしようと思います。学校の名前は出しませんし、そもそも何年も前に廃校になってしまったので、同じ地域の方、特に卒業生の方が読んでおられたとしても、どうかお許しいただければと思います。

私が入った、というか私の偏差値でも入れた高校は、私も含めて勉強はほとんど、というより全くできない生徒が集まっていました。いわゆる不良の生徒も、中学校とは比べものにならないぐらい多くいました。

入学式の時点で、私は早くも絶望しました。学校に着いて早々、昇降口から入ってすぐの廊下で、私は上級生の男子生徒たちに指差され、こんな言葉を投げられたのです。

「うわ、あの子超可愛いじゃん」

「おお、本当だ！　ねえ、おっぱい見せてよ～」

慌てて目をそらして逃げましたが、その逃げた先の廊下では、「てめえ何見てんだよ」「てめえだろ見てたのは」と、男子生徒同士がつかみ合いをしていました。

ここに三年間通うなんて、とても無理かもしれない……。私はまだ教室に着かないうちに思いました。

ただ、中学校と違ったのは、周りがみんな、同じ中学出身の友達なんて多くて数人という状況であること。つまり友達ができるか不安だということに関しては、私以外も同じ条件のはずだということでした。それだったら、私もみんなと同じように友達が作れるんじゃないか――なんて思っていたのですが、その希望もあっさり砕かれました。

「あ、××中の佐藤香織ってあんたでしょ？　なんか芸能人なんだよね？」

教室に入って早々、今ではほぼ絶滅したガングロメイクの同級生の女子二人に、なれなれしく話しかけられました。

「××中の△△って知ってる？　あたしその子から聞いたの。そっちの高校に行く佐藤香織って芸能人だよって」

塾なのか部活なのか、とにかく何らかのルートを通じて、私の情報はすでに広まっていました。それも、よりによって根も葉もないデマが拡散していたのでした。

「いや、あの……それ、噂になってたんだけど、本当に違うんだ」

私は、どうにか笑顔を作って返しましたが、すぐガングロ二人組に言い返されました。

「は？　なんだよ、嘘つくのかよ。マジむかつく」

「ま、そりゃ、あたしたちのことなんて信用しねえか」

「いや、そういうわけじゃ……」

説明しようとした私の肩をつかみ、どんと壁に押しつけ、二人は笑顔で言いました。

「ていうか、芸能界で稼いだ金、ちょっと貸してよ」

「諭吉一枚でいいよ。へへへ」

なんと私は、高校生活の初日から、教室内でカツアゲをされたのです。立派な恐喝事件の被害者になってしまったのです。騒がしい教室の他の生徒たちから見れば、私たち三人はただ壁際でじゃれ合っているように見えたかもしれませんが、完全に加害者二人と被害者一人という構図でした。私はすっかり恐怖におののいていました。

でもそこで、金髪と茶髪の男子生徒二人組が、止めに入ってくれました。

「おいおい、やめろお前ら」

「女が初日からカツアゲはやり過ぎだろ」

ガングロ二人組は「邪魔すんなよ～」などと言いながらも、私から手を離しました。

よかった、助かった……と思っていたら、今度は男子二人組が私に言いました。

「じゃ、お礼にパンツ見せて」

「あ、パンツの中でもいいよ」

「ギャハハ、超スケベ～」

さっきのガングロ二人組が大笑いして、その男女四人がなぜか意気投合していました。周りの生徒たちも、気付けばこちらを見て笑っていました。

ここに三年間通うなんて、絶対無理だ――。私は初日に悟りました。

しかも、入学後に気付いたのですが、その高校には梨沙子も進学していました。梨沙子は私よりは勉強ができたはずですが、どうやら私の小指を骨折させて警察沙汰にまでなったせいで、内申点がどん底まで下がり、二次募集で私と同じ高校に進学することになったようでした。クラスは離れていましたが、一度、廊下で梨沙子とすれ違ったことがありました。彼女は柄の悪い男女の同級生に囲まれ「おいブサ子、パンおごれよ」「ほらブタ子、ブーブー鳴け」などと言われながら、泣きそうな顔で売店の方へ歩いて行きました。私と同様、梨沙子も新しい人間関係を築くのに失敗し、ヒエラルキーの下層に置かれてしまったようでした。また、梨沙子は少し見ない間に、ストレスのせいか、ずいぶん太っていました。元からの豚鼻と体型が相まって、「ブサ子」とか「ブタ子」というあだ名を付けられてしまったのかもしれません。

高校を辞めたいという私の思いは、日増しに強くなりました。通学するたびに、悪い意味での新しい発見がありました。ガラスが割れた窓や、卑猥《ひわい》な落書きが校内の各所にありましたし、一日に何度もどこかから怒鳴り声が聞こえました。数学の最初の授業はかけ算九九で、英語の最初の授業はアルファベットを正しく書くことでした。さすがにこれは簡単すぎるでしょ、と思っていたら、クラスメイトには苦戦している子がたくさんいて、おかげで私は成績上位のグループに入ってしまいました。

ただ学力が低いだけで、牧歌的な学校ならよかったのですが、私のクラスでも間もなく苛烈ないじめが蔓延してしまい、無気力な中年男性の担任教師はそれを止めようともしませんでした。まず標的にされたのは、小柄な男子生徒のI君でした。彼は休み時間がくるたびに理由もなく暴力を振るわれ、使い走りをさせられ、登校中に学校の近くの田んぼに落とされ、全身泥だらけで泣きながら教室に入ってきたこともありました。最後は、教室の中で制服に火をつけられ火傷して、「もう勘弁してくれよおっ！」と号泣した翌日から登校しなくなり、ゴールデンウィーク後には中退してしまいました。

「Iが来ねえとつまんねえなあ。次は誰で遊ぶか」

いじめグループが、そう言って平然と笑っているのを物陰から聞いた時は、寒気がしました。そして、彼らが「〇〇いいんじゃない？」「××も面白いかもな」と何人かの名前を挙げている中に、「佐藤」という私の名前があったのも聞こえてしまいました。

「あのかわいこちゃんが来なくなったら寂しいだろ」「だったら来なくなる前に俺たちでやっちゃおうぜ」「バカ、さすがに捕まんだろ」なんて会話まで聞こえました。

私は、次のいじめのターゲット候補の何番手かには入っている。そして、私を強姦《ごうかん》したいと思っている同級生もいる。――それを思い知った時点で、私も一刻も早く中退したいと、ますます気持ちが大きく傾いていきました。

でも、そんな日々を変えてくれたのが、伊藤《いとう》先生だったのです。

初恋

伊藤先生は、私たちのクラスの副担任で、英語担当でもありました。二十代後半で、ハンサムな男性教師ということでクラスの女子たちからはかなり人気がありましたが、人を見た目で判断するルッキズムのせいで苦しみ続けてきた私は、そんな理由で好感を持ったわけではありませんでした。

伊藤先生のすごいところは、元々まったく勉強する気のない生徒たちの心も掌握して、面白い授業をしていたところでした。

その高校では、生徒に授業をまともに受けさせるだけでも簡単なことではなく、誰も聞いていないのを分かっていながら小声でぼそぼそと喋るだけで、生徒が私語をしようが廊下に出ようがまるで注意せず、チャイムが鳴ったらすぐ帰っていくような定年間際の先生も何人かいました。そんな中で、教師の中では最も若手だった伊藤先生の、生徒を叱ることなく世間話などに興味を持たせて注目させ、そこからスムーズに授業に入っていくやり方は、見事としか言いようがありませんでした。

たとえば「昨日のテレビ見た?」という話から「まあテレビって日本語では言うけど、これはテレビジョンの略なんだね。『ｔｅｌｅ』で始まる単語は他にもあって……」と英単語の授業に入ったこともありましたし、当時のヒット曲の話題から授業に入ったこともありました。特に、当時人気だった小室ファミリーの歌詞の中の英語というのは、英語教師から見ると突っ込みどころ満載だったようで、「音楽家にケチを付けるのもお門違いかもしれないけど、安室奈美恵のこの曲の歌詞って、英文法的にはメチャクチャとしか言いようがないんだよね」といった話は何度もしていました。――もっとも、当時は日本中の英語教師が、小室哲哉さんに話のネタを提供してもらって、内心感謝していたのかもしれませんが。

とにかく、伊藤先生の授業だけは、不良生徒でもみんな席に着いていました。若手なのに、カリスマ性すら感じさせる先生でした。

そんな伊藤先生が、私に声をかけてくれたのは、私がいよいよ本気で中退を考え始めていた、五月の半《なか》ば頃のことでした。

「どうした？　元気ないな。もしかして学校やめたいとか思ってる？」

放課後の廊下で突然声をかけられ、しかも図星を突かれて驚く私に、伊藤先生は優しく語りかけてきました。

「佐藤さん、君はたぶん、本気で勉強に励めばできる子だと思うんだ。色々な事情があって、中学時代は勉強に集中できなかったんじゃないかな？」

私は戸惑いながらも、うなずいて答えました。

「私……正直もう勉強はあきらめてます。どこが分からないかが分からないんで」

「まあ、この高校の生徒はほとんどがそうだろうな。で、大半の子が中退しちゃうか、勉強を完全に捨てて高校に遊びに来て、ただ思い出作りだけして卒業していく」

伊藤先生は、周囲に誰もいないのを確認して声を落とし、私を見つめました。

「でも、君は違うように見える。君は本当はやればできるし、やる気もあるんじゃないかな？　まあ、俺の勘が外れてるだけだったら悪いけど」

私は驚きました。それまでの人生で、私にここまで期待してくれた大人など、一人もいなかったからです。

「それに、一つ耳寄りな情報がある。まあこれも、他の先生に聞かれると怒られちゃうんだけど……」先生はまた辺りをさっと見回してから、静かに語りました。「たとえば、今から国語だけ、あるいは数学だけ頑張っても、それだけを仕事にするってのは難しい。でも英語は例外なんだ。英語という教科だけは、その一つだけを極めれば、通訳とかツアーガイドにはなれる。もちろん他の教科も頑張って大学に進学できれば、もっと大きな可能性が広がるけど、英語は、最悪それだけできれば、将来の職業に直結させられるんだ。普通科の高校で教わる中で、そんな教科は英語だけなんだよ」

「ああ、なるほど……」

私は思わずうなずきました。伊藤先生はさらに語りました。

「もちろん、その理屈で言えば音楽や体育も、それだけを極めれば、ミュージシャンやスポーツ選手という職業に直結させられるし、成功すれば大金持ちにもなれる。でも、実際にはそんな可能性はゼロに近い。競争率が高すぎるからね。プロを目指す人数、分母が大きいのに対して、それが叶う人数、分子があまりにも小さすぎる。――一方それに対して、高校レベルの英語を完璧に身につけられれば、売れっ子ミュージシャンやスポーツ選手と比べたら収入は足元にも及ばないけど、食べていくことなら十分できる。職種を選《え》り好みしなければ、高卒でもそれなりに安定して専門性の高い仕事に就ける。それが英語っていう教科なんだよ」

伊藤先生の理路整然とした説明を聞いて、真っ暗だった私の未来に、ぱっと光が差した気がしました。今から英語を頑張れば、ちゃんと手に職をつけて、明るく生きていけるかもしれない——。それは、私の人生において初めて灯《とも》った、明るい将来への希望でした。

「よかったら、俺と一緒に本気で勉強してみる？」

「はい！」

私は伊藤先生に、笑顔で大きく返事をしました。

それから週に数回、私は伊藤先生に個別授業をしてもらうようになりました。平日は放課後の教室、土日はファミリーレストランやカラオケボックスなどで、英語を教えてもらいました。ありがたいことに、そういったお店の代金も先生が払ってくれました。

私は元々、中学生レベルの基礎もできていませんでしたが、伊藤先生のおかげで、分からないままずっかり放置していた過去完了形などの文法も、徐々に理解できるようになりました。

「俺が思ってた通りだ。香織は勉強ができないわけじゃない。今まできちんと教わる機会がなかっただけだ」

伊藤先生にそう言われて頭を撫《な》でられると、とても嬉《うれ》しくなりました。

私はいつしか、伊藤先生に恋をしていました。

やがて休日の個別授業は、ファミレスやカラオケボックスの代金を払わせてしまうのがさすがに申し訳なかったので、「うちでやっていいかな?」という伊藤先生の申し出を受け、私が先生のマンションを訪れるようになりました。先生は学校で軟式野球部の顧問を務めていて、休日の午後から部活に出るため、私に会えるのは午前中だけでしたが、私は毎週土日のどちらかの午前中に、先生の部屋に通うようになりました。

それから、先生と私が男女の仲になるまでに、時間はかかりませんでした。

伊藤先生の家での、たしか三度目の授業の後だったと思います。「キスしていい?」と、あまりにも自然に尋ねられ、私は黙ってうなずきました。いつかはこうなる予感はしていました。そして私も、それを望んでいました。

キスの後、ゆっくりと服のボタンを外され、最後までいってしまったのは、正直なところ想定外ではありました。でも、私の初めてを捧げる相手が伊藤先生だったことには、これっぽっちも後悔はありませんでしたし、痛がる私を優しくフォローしてくれたので、そういった配慮もすごく紳士的だと思いました。

すべてが終わった後、伊藤先生はふいに、私の隣で添い寝しながら頭を抱えました。

「ごめんね、俺、教師なのに、香織が好きだっていう気持ちに押し流されて、こんなことを……。もしこれが学校にばれたら、俺はもう教師を続けられなくなっちゃう」

「えっ……」私は慌てて言いました。「大丈夫ですよ。私、絶対誰にも言わないです」

「本当か？」

「当たり前じゃないですか」

「よかった、ありがとう」伊藤先生は安堵した様子で微笑み、私を強く抱きしめました。

「香織、俺とお前は教師と生徒であり、今日から恋人同士だ。でも、このことは誰にも言っちゃダメだ。いいな」

「はい」

「俺たち二人だけの秘密だ」

そう言って伊藤先生は、生まれたままの姿の私に、またキスをしてくれました。

それ以来、私は毎週末、先生の部屋に行って、個別授業を受けた後に、必ずベッドで愛し合いました。伊藤先生の存在のおかげで、高校に通うことはまったく苦ではなくなりました。クラスのいじめっ子たちも、カリスマ教師といえる伊藤先生に私が目をかけられていて、英語の成績もぐんぐん上がっていることには気付いていたようで、私は一目置かれた存在になり、いじめのターゲット候補からも脱したようでした。

そんな頃に私は、梨沙子が高校を中退したという噂を聞きました。やはり「ブサ子」などと呼ばれていじめられる生活に耐えられなかったようです。私は梨沙子に勝ったのだと強く思いました。ほんの数ヶ月でドロップアウトした梨沙子に対し、私は伊藤先生という素敵な恋人を作って、高校生活を一気に充実させていたのです。

やがて、学校は夏休みに入りました。その夏休みは、私のそれまでの人生で最も幸せなひとときでした。もちろん伊藤先生は夏休み中にも仕事がありましたが、会える時間はそれまでより格段に増えました。私は週に三、四日先生の部屋に行き、勉強したり愛し合ったりして、土日にはデートにも行きました。人目につかないようにドライブするだけだったり、家や学校から離れた個室のレストランやラブホテルに行くだけでも、私にとっては大冒険でした。

そんなある日のドライブ中、いつも乗せてもらう伊藤先生の車の助手席で、ピアスを拾ったことがありました。

「ん、何これ?」

私がそれを差し出すと、伊藤先生は少し間を置いてから説明しました。

「ああ、それ、軟式野球部の吉田のやつだ。なんだ、ここに落ちてたのか、もったいない。――いや、実はこの前ね、あいつが学校に停めてた自転車が盗まれたから、家までさっと送ってやったんだけど、次の日に会ったら、ピアスをなくしたって騒いでてね。結局見つからなくて、あいつ新しいの買っちゃったんだけど、まさか俺の車に落としてたとはなあ。まったく、校則違反なのにピアスしてるからこんなことになるんだよ」

伊藤先生は前を向いて運転しながら、苦笑して話しました。

「流行《はや》ってるのか知らないけど、そんな女物みたいなピアスしてさ。まあ、やめさせたってどうせ聞かないから、好きにさせてるけどな」

「そっか……。お人好しの先生は大変だよね」

私は伊藤先生と笑い合いました。

伊藤先生と会うために外出が増えた理由について、両親には「友達と遊びに行く」とか「友達の家で勉強する」と説明していました。小学校高学年以来、私に友達など一人もいなかったことは両親も知っていたので、高校でそんな友達ができたのだと、手放しで喜んでくれました。先生と男女の仲になっていることを知られたら、さすがにまずいとは思っていたので、親を欺く少々の罪悪感はありましたが、私にとって夢のような夏休みは続いていきました。

「高校卒業したら、すぐ結婚したいな」

ある時私は、先生と愛し合った後、添い寝しながら言ってみました。先生は照れたように笑うだけで、何も言いませんでしたが、きっとそんな日が来ると、私は確信すらしていました。

そんな、甘く幸せな日々が、いつまでも続くと思っていたのですが——。

夏休みが明ける直前、突然、伊藤先生と連絡が取れなくなってしまったのです。

当時はまだ、私は携帯電話を持っていませんでした。だから伊藤先生の携帯電話にかける時はいつも、家の電話や公衆電話からかけていて、番号もすっかり暗記していたのですが、八月末に突然、何度かけてもつながらなくなってしまいました。

もしかして、伊藤先生に何かあったんじゃないか。交通事故にでも巻き込まれてしまったんじゃないか――。そう気を揉《も》んでいると、始業式の前日に、我が家に電話がかかってきました。その電話は、担任の先生からでした。

「明日の始業式、早めに登校して、まず職員室に来てくれるかな？　君と伊藤先生の関係のことで、ちょっと話があって……」

私と伊藤先生の交際が、学校側に知られてしまったのだ。それが問題になって、伊藤先生は私からの電話に出られなくなっていたのだ――。すぐに悟りました。

でも、私たちは真剣に交際していたのです。学校側に何を言われようと、後ろめたいことは何もありません。伊藤先生のためにきちんと説明しようと、私は決心しました。

翌朝。私はいつもより三十分も早く登校し、覚悟を持って職員室に向かいました。まだ他の生徒が誰もいない廊下を歩いて、職員室に着くと、そこには担任の先生と、大きくお腹が出た中年男性の教頭先生が、困ったような顔で私を待ち構えていました。

「おはよう。それじゃ、中へ」

担任の先生が、始業式早々疲れ切った表情で私を迎え入れ、職員室の奥の小部屋に案内しました。そこに伊藤先生がいるのかと思いましたが、彼の姿はありませんでした。

ここからは私一人で、伊藤先生の立場を守らなくてはいけないんだ。伊藤先生と私は決して不適切な関係だったわけではなく、心から愛し合っていたし、高校を卒業したら結婚する約束もしていたのだと、ちゃんと伝えなければならないんだ——。緊張しましたが、それよりも強い使命感を持って、私は真摯に訴えました。

「私と伊藤先生はお付き合いしていました。でも真剣な恋愛だったんです。伊藤先生を処分なんてしないでください、お願いします！」

私が開口一番、一息で言うと、担任と教頭先生は驚いた表情になりました。そして、二人とも困った顔を見合わせた後、教頭先生が、おずおずと私に言いました。

「いや、でも、あのね……伊藤先生には、婚約者がいるんだよね」

「…………えっ？」

何を言われたのか、理解するまでにずいぶん時間がかかってしまいました。

「しかも最近、その婚約者の女性が妊娠してることが分かったらしいんだ。彼女は伊藤先生が前に勤めてた高校の元生徒で、今十九歳なんだけど——」

ショックのあまり言葉を失った私に対して、担任と教頭先生は、言葉を選びながら説明しました。

「その婚約者もね、伊藤先生の前の学校で、まあ学園のマドンナというか、すごく可愛らしい子だったみたいでね。その子と伊藤先生が、まあそういう関係になっちゃったっていうことで、それが問題になって、英語の授業力は抜群に評価されてたのに、うちのような指導困難校に流れてきたっていうのは、こっちも当然把握はしてたんだけど……。その女子生徒とはちゃんと、結婚を前提に交際をしてるし、うちの学校でもまた女子生徒と関係を持ってしまうようなことは絶対ないって、伊藤先生が約束してくれたから、こっちもそれを信じて働いてもらってたんだけどね。まさか君にも手を出しちゃうとはねえ……。まあ、君もショックだろうけど、我々も参っちゃったよ。伊藤先生は常習犯だったんだねえ」

「その婚約者の女性の親御さんから、先週学校に連絡があって、僕らも今回のことを知ったんだ。伊藤先生が、娘と結婚を約束して、妊娠までさせたのに浮気をしてると――。で、あちらの方で探偵を雇ったらしくて、君と伊藤先生がデートしてるところや、あとはその……ホテルに入ったところも、写真に撮られてたということでね」

「まあ、本来なら、不純異性交遊は校則違反で、停学処分もありえるということになってはいるんだけど、君の場合は相手が本校の教師だからね。言葉巧みに誘惑されて逆らえない状況だったとか、そんな場合は処分を下すのもよくないだろうし、だからこっちとしても、ちょっと困ってるんだけども……」

その後、私は職員室で、先生たちとどんな話をしたのか、結局のところ停学処分になったのか、よく覚えていません。ただ、そういえば伊藤先生におかしなところもあったな、とぼんやり思い返していました。

軟式野球部の顧問だった伊藤先生が、土日の午後から部活に出るという理由で、私と午前中に自室で会って、体を重ねて昼に帰らせていたのは、後から考えればおかしかったのです。普通の部活は、土日に練習をするとしたら午前中からで、顧問の先生が午後だけ行くというのはおかしいですし、そもそも軟式野球部なんて同好会レベルで、休日に練習をしていたなんて聞いたことがありませんでした。間違いなく伊藤先生は、私を帰らせた後で、午後や夜に本命の婚約者と過ごしていたのでしょう。

それに、ドライブの時に私が助手席で見つけたピアスも、間違いなく婚約者の物だったのでしょう。「軟式野球部の部員が落とした」などという言い訳に騙《だま》されてしまった私も、後から思えば子供だったとしか言いようがありません。

私は、ショックすぎて現実感がないまま職員室を出て、地に足が着いていないような状態のまま、歩いて教室に入りました。すると私の机には「愛人」「失楽園」「魔女の条件」などと落書きがされていました。——若い読者の方のために解説しますと、「失楽園」というのは、この少し前に大ヒットして映画化もドラマ化もされた、不倫をテーマにした小説で、「魔女の条件」というのは、松嶋菜々子さん演じる女性教師と、まさか将来ジャニーズ事務所の副社長になるなんて誰一人予想もしていなかった滝沢秀明さん演じる男子生徒が、禁断の恋に落ちるという内容のテレビドラマです。もっとも、どちらの作品も主人公の男女は純愛を貫いていたので、伊藤先生と私の関係とは似て非なるものでした。伊藤先生と私の、ただ男性教師が女子生徒をたぶらかして二股をかけていたという話は、映画にもドラマにもなりようがない、ＹｏｕＴｕｂｅの【胸糞注意】の動画になるのが関の山の、醜悪きわまりないストーリーでした。

そして、私が来たことに気付いたクラスメイトたちが、一斉に騒ぎ立てました。

「おっ、おはよう。伊藤っちの愛人さん！」

「愛人さんいらっしゃ〜い」

「ギャハハ、新婚さんみたいに言うなよ〜」

「香織ちゃん、超エロいよなあ。伊藤と不倫セックスしまくってたんでしょ？」

「俺にもヤラせてよ〜。俺の後こいつも、童貞だから優しくしてやって〜」

「おい、うるせえよバカ！」

クラスの男子たちは笑いながら、卑猥な言葉を次々にかけてきました。噂はみんなに伝わっているのだと、私はすぐに悟りました。一方、女子たちは、憎しみの視線を一斉に私に向け、より敵意にあふれた言葉をぶつけてきました。

「マジこいつ、可愛い顔して超ヤリマンじゃん」

「伊藤ちゃん、もうクビでしょ？　あんたのせいだからね。マジむかつく」

私は、絶望に打ちひしがれながら、ゆっくりと周囲を見回しました。クラスメイトたちは、みな私に顔を向け、薄笑いを浮かべるか睨みつけるかしていました。

この教室に、いやこの学校に、もう味方など一人もいないのだと、私は悟りました。

それもそうです。そもそも私の味方は、伊藤先生だけだったのです。でも彼の正体は、教え子の美少女をたぶらかして関係を持つという、教師にあるまじき行為を繰り返していた、とんだ性欲の塊だったのです。学校に来る唯一の目的が伊藤先生だった私が、この先も登校する理由など一つとしてありませんでした。中学時代に私をいじめた梨沙子が中退したと聞いた時、「勝った」などと思ったのも大間違いでした。あの時点で私も、破滅への一途をたどっていたのです。私も梨沙子と同様の、いや梨沙子以上の、高校生活に大失敗した負け組だったのです。

私は無言で帰り支度をして、「え～、帰っちゃうの～」「俺にも一発やらせてよ～」などという言葉を背中に浴びながら、教室を出ました。当然その日が最後の登校になりました。もっとも、一年生の夏休み後に退学してしまうことは、その高校においては特に珍しいことでもありませんでした。

両親から乞《こ》われて通った高校を、あっさり退学することになってしまったわけですが、学校から両親にも、この件についての連絡が行っていたようで、両親はただ「つらかったね、大変だったね」と声をかけてきただけで、それ以上は何も言いませんでした。

初めての労働

私の初恋と、その数ヶ月後の初失恋は、おそらく世の中にもそう経験した人がいないぐらい、つらいものだったと思います。自殺しなかった自分を褒めてあげたいです。

高校を辞めてしまったので、私はとりあえずアルバイトをすることにしました。落ち込んではいましたが、何もかもやる気をなくして家に引きこもる、というような気分ではありませんでした。小中学校時代の不登校だった頃に、もう飽きるほど引きこもってしまいましたし、家は相変わらず貧乏だったので、何もしないよりは働いた方がいいだろうと思いました。

とはいえ、高校の関係者に会うのは嫌だったので、我が家から高校とは反対方向に四、五キロ離れた、高校学区外のコンビニでアルバイトすることに決めました。最初の面接で、経済的理由で高校を中退したと嘘の説明をしたところ、三十歳ぐらいで長めの髪をうっすら茶色に染めた店長からは「ああ、そりゃ大変だね」と軽めに同情されただけで、より詳しく聞かれることはありませんでした。履歴書を書いたのも初めてで、作文もろくに書けない私は自己PR欄にすら苦戦してしまいましたが、店長はほとんど読んでもいないようでした。

正直、この時期の私は、人生を半分以上投げ出していました。心から愛していた伊藤先生に裏切られ、どうせこの先、生きていてもろくなことがないのだろうと思っていました。この職場でも嫌な思いをするようだったら、もう自殺したっていい。そんな思いすら抱いていました。

でも、私はここで初めて「集団の中で受け入れられて快適に生活できる」という経験を得られたのです。

自分で言うのもなんですが、私はその店の看板娘になりました。アルバイトを始めて一ヶ月ほどの、まだ仕事も満足に覚えていない時に、店長からこう言われたのです。

「香織ちゃんが入ってからね、売り上げが伸びてるんだよ。去年までは、夏が終わると売り上げが一気に下がってたんだけど、明らかに香織ちゃん目当てのお客さんが来てるし、たぶん香織ちゃん効果だよ。いや〜、美人を入れるとこうも違うんだな」

私は恐縮して「ああ、どうも……」なんてあいづちを打つことしかできませんでしたが、生まれて初めて他人の役に立てて、内心とても嬉しく思っていました。この社会で美人と定義される顔に、望んでもいないのにたまたま当てはまってしまった私は、他人のことも自分のことも、不幸にすることはあっても幸せにすることなんてないと思っていました。しかし、勤務先の店の売り上げが伸びるというのは、誰のことも不幸にせず、他者に貢献できたということです。それは人生で初めての経験でした。

実際に、私目当てのお客さんが何人も来ていることは自覚していました。レジ打ちしている時に「めっちゃ可愛いねえ」と男性客から言われたり、いったん「ありがとうございました」と送り出した男性客が戻ってきて、電話番号を書いた紙を渡してきたり、そんなことが週に何回もありました。

普通のラブレターならまだしも、「今度俺とホテル行こうよ」から始まる、それ以降はとてもここには書けないような卑猥きわまりない手紙を渡してきた人もいましたし、タヌキのイラストの下に「あたなたのことたがすたきになったてしまたいました」という文と電話番号が書かれた手紙を渡されたこともありました。

これに関しては、私も最初は意味が分からなくて、同じ昼勤に入っていた先輩の美希《みき》さんに見せたところ、しばらく考えた後で解説してくれました。

「これ、たぶん『あなたのことが好きになってしまいました』って読ませたいんだろうね。最初にタヌキが描かれてるから、『た』を抜くってことで――。でも、『あなたのことが好きになってしまいました』っていう元の文章の中に『た』が二つも入っちゃってるから、これ全然成立してないよね。書いた人マジ馬鹿でしょ。元の文章の『た』まで取っちゃったら『あなのことがすきになってしまいまし』っていう意味不明な文章になっちゃうもんね」

ちなみに、この美希さんは、私の初バイトの日から最終日まで、二人一組の昼勤のほとんどでコンビを組んだ、最もお世話になった先輩でした。二十歳のフリーターで、当時流行りの日焼けサロンで肌を焼いた、ギャル風ファッションの女性でした。「香織ちゃんみたいに美人だといいよねえ。男選び放題で」なんて言われたこともありましたが、私をいじめたりはしない優しい人だったので本当に助かりました。二人での勤務でいじめられていたら、私はすぐ辞めていたでしょう。

私はそのコンビニで週五日、昼間の勤務を担当しました。本当はもう一日ぐらい働きたかったのですが、労働基準法でそれ以上働くことはできないということでした。それでも、店長と美希さんと、あと男子大学生の鈴木《すずき》さんという、同じ時間帯に勤務した方々は、みんな気さくに接してくれました。

「おはよう、今日も可愛いね」とか「またお客さんからラブレターもらったんだって?」と店長から挨拶がてら言われることはあっても、誰からも嫌味を言われたり嫌がらせをされたりしないというのは、それまでの人生でなかった環境でした。職場というのは学校に比べてこんなに過ごしやすいのか、これだったらはじめから高校なんて進学しなければよかった、と後悔すらしていました。

私は、接客の声も小さかったし、決して要領がいい店員でもありませんでした。実際、本部から来た社員さんに、何度かそれを注意されたこともありました。それでも店長は「いいのいいの、美人なんだから。それでお客さんが集まってるんだから何の問題もないの」とあっけらかんと言ってくれました。美人で得をしたと心から感じられたのは、この時が初めてだったと思います。

それに、昼食を無料で食べられたのも、当時の私にとっては非常にありがたいことでした。私が働いていた店では、賞味期限切れで廃棄になった弁当やおにぎりやスイーツなどを、持ち帰ることは禁じられていましたが、店のバックヤードで食べることは許されていました。中学校までの給食ですら給食費は払っていたわけで、無料で週五日昼食を食べられて、しかもお給料までもらえてしまう。今考えたらさほど特別なことでもなかったのですが、貧乏が染みついた十六、七歳の私にとっては夢のような居場所でした。ここで一生働いてもいいとすら思いました。

お昼だけではなく、午後五時に勤務が終わると、私はいつも、おにぎりやパンを一つか二つ食べてから帰りました。無料の食料で少しでもお腹を満たして、家の食費を浮かせたかったですし、幼い頃から外食も滅多にできなかったので、廃棄のおにぎりやパンを好きなだけ食べられるだけで感激して、夢中で食べてしまったのです。しかも食後のプリンまで、廃棄になっていれば付いてくる。もはや当時の私にとっては貴族のような生活でした。

「よく食べるね〜。せっかく美人なのに、そんなに食べたら太っちゃうよ」

美希さんにはそんな言葉もかけられましたが、一日中立ち仕事をした上に、往復で十キロ近い距離を自転車で通勤していたので、まったく太ることはありませんでした。

ただ、冬になって日照時間が短くなると、怖い思いをすることもありました。

高校時代の知り合いに会わないように、あえて家から遠いコンビニを選んだこともあって、夕方五時に仕事が終わると、帰り道は真っ暗になってしまいました。——聞いた話では、都会は冬の夜道でも街灯などがあるから、本当に真っ暗な場所というのは少ないそうですが、田舎の夜道は街灯も少なく、周りは森や田畑ばかりなので家の明かりもほとんどなく、自分の自転車のライトの光だけが頼りの暗闇そのものなのです。——と、都会にお住まいの読者の方のために補足させていただきました。

そんな真っ暗な冬の夜道を、勤務を終えて自転車で帰っていた時のことでした。両脇が田んぼで、人も車もめったに通らない、片側一車線の細道を走っていたところ、後ろから車のエンジン音とライトの光が近付いてきました。私はできるだけ端に寄り、車が抜かしやすいように自転車を漕《こ》ぐペースを緩めました。

ところが、後ろから来たワゴン車は、私の横に差しかかったところで急に減速しました。そして助手席の窓が開いて、若い男が声をかけてきたのです。

「ねえねえ、お姉さん、あのコンビニの店員だよね？」

私は恐怖を感じました。とっさに目をそらし、黙って自転車を漕ぎ続けました。

「いつもこの道通って帰ってるよね？　前から可愛いなあって思って見てたんだよ～」

車の中から「おいストーカー野郎」「ぎゃはは」などと、複数の男の笑い声が聞こえました。暗い中でも、相手の男たちが不良っぽいタイプだということは分かりました。

「ねえねえ、これから俺たちと遊びに行こうよ～」

後部座席の窓も開き、別の男が声をかけてきました。四、五人乗っているようでした。

「いや……すいません」

私はか細い声で、首を横に振って拒みましたが、車はずっと並走してきました。

「いいじゃん、遊ぼうよ～。車で送ってあげるからさあ」

「真っ暗で危ないよ～。変なおじさんとかに襲われちゃうかもしれないよ～」

「って、俺たちが変なおじさんじゃね？」

「ギャハハハ、そうだな」
四、五人の男の下品な笑い声。恐怖がいっそう膨らみました。車でもバイクでもスクーターでも、誰か通りかかってほしいと切に願いましたが誰も通らず、男たちの無駄にテンションの高い声ばかりが、人けのない静かな田舎道に響きました。

「ていうかさあ……無理矢理いけんじゃね？」

「いけるよな。誰も来ねえもんな……。よっしゃ、ここで停めちゃえ！」

「おい、マジでやる気かよ、アハハハ」

男たちが、私と並走しながらそんな会話を始めました。全身に鳥肌が立つのが分かりました。たぶんあと何秒かで、男たちは私を本気で襲いに来る。車に無理矢理乗せられて拉致され、強姦される――。

なんとしても逃げなくてはいけない。私はとっさに機転を利かせました。

まず、瞬時に自転車のブレーキをかけました。そしてくるりとUターンし、来た道を全速力で漕ぎ出しました。

「あ、ちくしょう」

「逃げやがった」

男たちの声、ワゴン車のスライドドアが開く音、アスファルトに降り立つ靴音が、背後から立て続けに聞こえました。

「待てよおらあっ！」

男の叫び声とともに、タッタッタと走って追いかけてくる足音が聞こえてきました。少なくとも二人分の足音でした。追いつかれたら終わりです。私はそれまでの人生で最悪の恐怖を感じながら、とにかく自転車を漕ぎまくりました。

すると、今走っている細い道からさらに細い脇道に入った先に、家の明かりがあるのが見えました。そこに助けを求めるしかないと瞬時に悟り、私は明かりを目指して必死に自転車を漕ぎました。そこは敷地の広い瓦屋根の家でした。おそらく周辺の田畑の主の農家でしょう。トラクターが停められた庭先で自転車を降り、スタンドも下ろさずに自転車を倒したまま家の玄関に駆け寄り、私は大声を上げました。

「助けてください！　助けてください！」

そして玄関ドアに手をかけると、鍵がかかっておらず、開いてしまいました。たぶん普段から泥棒など入らないような地域だったのでしょう。「あ、開いちゃった」と内心驚いてしまいましたが、男たちに追われてパニックに陥っていた私は、迷惑など考えずに玄関の中に入って、なおも「助けてください！」と叫びました。

すぐに、ドタドタと中から足音が聞こえて、奥の引き戸が開き、廊下と玄関の明かりがつきました。現れたのは、目を丸くした七十代ぐらいのお婆さんでした。

「ちょっと、どしたの?」

「あの、怖い男に、さらわれそうになって……」

後ろを指差して言ったところで、ドアが開けっ放しだったと気付いた私は、玄関ライトの向こうに男たちが今にも迫ってくるのではないかという恐怖に駆られ、バックステップで慌ててドアを引いて閉め、元々かかっていなかった鍵までかけてしまいました。

「あの、さっき、そこの道で車に追いかけられて、中に男が四人ぐらい乗ってて……」

私は、恐怖で声が震えてしまうのをどうにか抑えながら、ここに逃げ込んできた経緯をお婆さんに話しました。途中で、JAのロゴが入ったジャンパーを着たお爺さんも、奥の部屋から現れました。ここは老夫婦で住んでいる家のようでした。

ひと通り話を聞き終えると、老夫婦は顔をしかめて、同情的にうなずいてくれました。

「あ～、そりゃ怖かったねえ」

「警察呼んだ方がいいな。来るまで時間はかかっちまうだろうけど」

「上がっていきなさい、ね」

老夫婦は私を家に招き入れてくれました。

「いやあ、可愛らしいお嬢さんだこと。これじゃ苦労するだろうねえ」

お婆さんが間近で私を見て、しみじみとうなずきました。それまでの人生を瞬時に理解してもらえたような気がして、鼻の奥がつんとして泣きそうになってしまいました。

その間に、お爺さんが居間のダイヤル式の黒電話で、「もしもし、あのね、うちに若いお嬢さんが逃げてきたんだけども……」と電話をかけてくれました。

その後、警察が来るまでの間、「せっかくだから食べていきなさい」と、ちょうど二人で食べていたカレーライスを勧められ、私が遠慮するのも聞かず、お婆さんが鍋からよそい始めてしまいました。実はその日は、昼もコンビニで廃棄になったカレーを食べていたのですが、そんなことは言えるはずもなく、私は「ありがとうございます。本当にすみません」と恐縮して何度も頭を下げつつ、カレーをいただきました。

お爺さんが言っていた通り、三十分ほど経ってようやくパトカーが来ました。私は改めてご夫婦に丁重にお礼を言ってから、外に出てパトカーに向かって会釈しました。

パトカーからは、二人の男性警察官が出てきました。一人は五十代ぐらいのベテランで、もう一人はまだ二十代ぐらいの若手のようでした。

「ああ、あなたが、被害に遭った方ですか？」

「はい、そうです……」

それから私はパトカーの後部座席に乗せられ、名前や電話番号などの個人情報を聞かれたのち、先ほどの拉致未遂事件の一部始終を説明しました。

「なるほどねえ……。で、そいつらが乗ってた車のナンバーとかは見てない？」

話を聞き終えたベテランの警官が、けだるそうな口調で私に尋ねてきました。

「ああ、見てないです……」

とてもそんな余裕などありませんでした。逃げるのに必死だったのです。

「まあ仕方ねえか……。じゃ、車種は分かるかな？　まあ、はっきり分かんなくても、セダンとかワゴンとか、そんな大雑把な区別でもいいから。あとは大きさも、このパトカーより大きかったか小さかったか、それぐらいなら分かるよね?」

「あ、はい。ワゴンタイプの、このパトカーよりも大きい車でした」

「で、何色の車だったかな?」

「ああ、色は……」

そこで私は言葉に詰まりました。辺りが真っ暗だったこともありましたが、明るい色だったか暗い色だったかすら全然思い出せないことに、自分でも驚きました。

「すみません。色は、暗かったんで全然思い出せないです……」

申し訳ない気持ちで答えると、ベテランの警官は、はあと小さくため息をついてから、さらに質問してきました。

「じゃ、乗ってた男の顔とか特徴は覚えてない? 四、五人乗ってたって聞いたけど、その中の誰か一人でも」

「ええっと……」

しばらく思い出そうとしましたが、嘘を答えるわけにもいかず、正直に言うしかありませんでした。

「すみません。暗かったし、目を合わせないようにしてたし、詳しくは思い出せないです。不良っぽい感じだったとは思うんですけど……」

詳しい証言がほとんどできなかったのが、我ながら歯がゆい限りでした。もっとも、今だったら被害者の証言がこの程度でも、警察が付近の防犯カメラを確認したりはするでしょう。でも、当時はまだ二十世紀。屋外の防犯カメラというのは都会にもまだ少なかったと思いますし、田舎の農村部などもってのほかでした。

「まあ、一応捜査はしてみるけど、ちょっと難しいかなあ。ナンバー不明のワゴンっていうだけじゃなあ……。もうちょい見ててくれたらよかったんだけど」

ベテラン警官が、小さく舌打ちしながら言いました。

「……すみません」

思わず謝ってしまいましたが、後から不満が湧いてきました。必死に逃げたのに、とてもそんな余裕はなかったのに、犯人の特徴を瞬時に記憶できなかった私が悪いかのように言われたのは納得できませんでした。

その後、警官二人は、私に「ちょっと待ってて」と声をかけた後、私が逃げ込んだ家の老夫婦にも話を聞きに行きました。一人残されたパトカーの中から、ふと外を見ると、数十メートル先に人だかりができているのが、パトランプの光に照らされて見えました。その向こうには、家の明かりがぽつぽつ見えます。どうやら向こうの家からやってきた野次馬のようでした。その集落ではパトカーが来るのも珍しかったのでしょう。

しばらくして、二十代ぐらいの若い警察官が、パトカーに戻ってきました。彼はいったんトランクを開け、すぐ閉めるとこちらに来て、私が乗る後部座席のドアを開けて言いました。

「もし次にこんなことがあったら、この防犯ブザー使ってみて」

彼は、手のひらサイズの防犯ブザーを、私に手渡してきました。

「え、もらっちゃっていいんですか?」

「ああ、もちろん」

「ありがとうございます」

私は丁重に頭を下げ、防犯ブザーを受け取りました。さっきのベテラン警官は態度が悪かったけど、この若手警官は実は親切だったのだと、救われた気持ちになりました。

「まあでも、こんなに美人だと大変だよね……」

そう言いながら若手警官は、ポケットからメモ帳のような物とペンを出して、何かを書き始めました。しばらくして、そのページを破り、私に手渡しました。

「あのさ、もしよかったら、今度合コンしない?」

「……えっ?」

「ここに連絡してくれればいいから。俺の番号とアドレス」

彼は一気に軟派な口調になりました。そのメモには「山田《やまだ》」という名前と電話番号と、当時の私にはまだ馴染みのなかった携帯電話のメールアドレスが書かれていました。

「あ、もちろん、全部こっちのおごりだからね。君みたいな可愛い子が来てくれたら、こっちも超当たり合コンだっつって喜ぶからさあ、マジで頼むわ」

いや、ちょっと待ってくださいよ。警察官のくせにやってることがさっきの不審者とあんまり変わらないんですけど。――と、心では思っても口には出せませんでした。

合コン

「本当にがっかりしましたよ。防犯ブザーをくれた時はいいおまわりさんだと思ったのに、まさか合コンに誘ってくるなんて」

翌日のコンビニで、お客さんがいない間に、私は事件の一部始終を美希さんに話しました。

ところが、美希さんから返ってきたのは、予想外の反応でした。

「ってことは、警察官と合コンできるってこと？　私行きたいんだけど！」

「えっ……？」

「あと、夕勤の渡辺《わたなべ》さんも絶対行きたいって言うはず！　だから三対三でいいかな？」

被害者の未成年女性を合コンに誘うなんて、ひどい警察官だ――という話をしたはずなのに、まさかその合コンの開催に向けて話が進むとは思いませんでした。私の怒りは置き去りにされてしまったようでした。

にわかには信じられず、私は改めて、怒った口調で言ってみました。

「いや、でもひどくないですか、その警察官。被害者を合コンに誘うって……」

「まあ、独身の警察官が香織ちゃんに出会っちゃったら、合コンぐらい誘うでしょ。ていうか、公務員ってマジ安定してるんだよ。せっかく誘われたんだから絶対行った方がいいよ!」

むしろ美希さんの方が「なぜそんなことも分からないのか」といった様子で、私を諭してきました。レジ横のフライドチキンを揚げながら、油にも負けないほどの熱い口調で、さらに美希さんは語りました。

「マジでこんなチャンスないよ。この不景気に永久就職なんてできちゃえば最高なんだから。あっちは何人来るかな? こっちはとりあえず三人確定ってことでよろしくね」

「あ、でも……」

「マジで人生かかってるから、絶対その合コン開いてよ!」

美希さんが、本部の社員が視察に来ている時の「いらっしゃいませ」より大きな声で私に命じてから、遠い目でつぶやきました。

「私なんて、どこかでいい男捕まえなきゃ、ここで野垂れ死ぬだけなんだからさ……」

「おい、この店を『野』扱いするな!」

店の窓にクリスマスケーキのポスターを貼りながら話を聞いていた店長が、ツッコミを入れてきましたが、美希さんは無視して語りました。

「でもマジで、警察官と合コンなんて、なかなかない大チャンスだよ。——まあ、男全員、第一印象で香織ちゃんに行っちゃうのは確定だろうけど、うちらは最初からおこぼれ狙いだからね。彼氏が公務員だったら不景気でも最強っしょ。問題なさそうだったらすぐ結婚してもいいわ」

「いいよなあ、女は」店長が苦笑しながら言いました。

私は当時、世の中が不景気だということもよく分かっていませんでした。そして女性の中には、収入の安定した男性と結婚することで生活の安定を得ようと考えている人がいるのだということも、その時初めて知りました。

「じゃ香織ちゃん、昼休憩の間に、そのおまわりさんに電話かけちゃってよ。電話番号のメモは今持ってる？」美希さんが言いました。

「えっと……ああ、財布の中かな」

パトカーの中で受け取ったメモをとっさに財布に入れた記憶があったので、ポケットから財布を出すと、やはり札入れの中に「山田」と書かれた紙切れが見えました。

「ああ、ありました」

「よし、じゃ相手も昼休みならすぐつながるだろうから、お願いね。バックヤードの壁際にある店の電話、使っていいからさ」

窓にポスターを貼っていた店長が、また美希さんの言葉に振り向きました。

「おいおい、店の電話を私用に使うな！　せめて美希のケータイ使ってくれよ」

しかし美希さんは、薄笑いを浮かべて返しました。

「嫌ですよ、通話料もったいないもん。ていうか、店長だってこの前、店の電話から友達にかけてましたよね。『来週キャバクラ行こうぜ』っていう声、聞こえてましたよ。次に本部から社員さんが来た時、あの件をばらしたっていいんですよ」

「うっ……くそ、しょうがない」

こうして店長からの許可が下り――というより店長への脅迫が成功し、私は若手警官の山田さんに、昼休憩の間に電話をかけました。

「もしもし、ゆうべお世話になって、電話番号をもらった佐藤ですけど……」

私が言うと、小さく息を呑むような音の後、相手の男性が言いました。

「え、ああ……どうもどうも、その節は」

声はたしかに昨夜の山田警官のようでしたが、なんだかやけに堅苦しい口調でした。

「すいません、誘っていただいた合コンなんですけど、同僚に話したらすごく乗り気で、三対三でどうかって言ってるんですけど……」

「あ、はい、かしこまりました。ちょっと、少々お待ちくださいませ」

山田さんの口調はまるっきり別人のようでした。もしかして本当に別人にかけてしまったのではないかと、ちょっと心配になりましたが、しばらく電話の向こうで物音がした後、また声が聞こえました。

「いや、ありがとう。マジうれしいよ。……ごめんごめん、さっきまで署の中だったけど、もう外に出たから大丈夫」

彼が前夜の軟派な口調に戻りました。やっぱりあの山田さんでした。そもそも前の夜も、合コンに誘われるまでは彼のことをまともな警察官だと思っていたのです。まともなふりをしている時と本性を出している時の、彼のギャップはかなりのものでした。

「で、三対三って言ったよね？　いや〜ありがとう。こっちもあと二人おまわり集めるわ。で、次にかける時って、この番号で大丈夫？」

「あっ、いや、これは職場の電話なんで……」

「あ、そっか。でも、ゆうべ番号聞いてたよね。え〜っと……そうだ、佐藤香織ちゃんだ。ケータイは持ってないから家の電話だったね」

山田さんは、捜査で聞いた私の個人情報を、自分用にもメモしていたようでした。

「じゃ、こっちのメンツとか店とか決まったら、香織ちゃんちに電話していいかな？」

「ああ、はい……」

通報者の個人情報を私的に使っていいはずがないのに、合コンをしたいという欲に負け、堂々と流用することを宣言した山田さん。今だったらこんな行為は、まったく申し開きもできないレベルでアウトだと思います。でも、まだ二十世紀だった当時は、こんなことが許されていた……ということはさすがにないでしょう。プライバシーが今ほど重視されていなかった時代とはいえ、あの行為は当時でもアウトだったはずです。

「香織ちゃん、夕方まで仕事だって言ってたよね？　じゃ、家に電話するのは、夜七時ぐらいがいいかな？　それぐらいの時間って、他に電話かかってくることある？」

「いや、あんまりないです」

「じゃ、なるべく香織ちゃんが電話取ってね。ほら、通報がきっかけで知り合った警官に、娘が合コンに誘われてるなんて、親御さんに知られたらやべえからさ、アハハ」

その自覚はあるのかよ、と私は内心呆れましたが、口には出せず、「はい」と表面上は素直に返事をしました。

その数日後の夜、家にかかってきた電話に出ると、やはり相手は山田さんでした。

「こっちも三人集まったよ。××っていう居酒屋に、次の土曜日の六時集合でいい？」

「ああ、はい……」

私の家の最寄り駅から二つ先の駅前の、居酒屋の詳しい場所を伝えられて、合コンの日取りが決まりました。

そして、いよいよ迎えた、合コン当日。

「香織ちゃん、お待たせ〜」

居酒屋の前にやって来た美希さんと、夕勤の渡辺さんは、ともにかなり気合の入ったメイクでした。二人ともしっかりとアイラインが入り、ちょっとした刻み海苔ぐらいのマスカラを睫毛《まつげ》にまとわせ、唇には天ぷらをたくさん食べた後のようなテカテカのグロスが塗られ――なんて、馬鹿にしているのかと思われるかもしれませんが、当時のギャル系勝負メイクというのは本当にこんな感じだったのです。

それに服装も、美希さんは普段はまず着てこないチューブトップに、下着が見えるのではないかと思うぐらいのローライズジーンズ。ニットの上着を羽織ってはいましたが、寒さで体調を崩してしまわないか心配になるほどでした。渡辺さんは、デニムのミニスカートに、野ウサギを両足で踏んだまま歩いてきたのではないかと思うようなムートンブーツを履いていました。こんなモコモコの靴で雨に降られたら乾かすのが大変だな、なんてことばかり私は考えてしまいました。

一方、私は普段バイトに行く時と同じ、パーカーにジーンズとスニーカーという服装でした。もちろんジーンズはしっかり股上があります。

「ちょっと佐藤さん、めっちゃ普段着じゃ〜ん」

渡辺さんが私の服装を見て笑いました。渡辺さんと私は、昼勤と夕勤の交代時に挨拶をするぐらいしか面識はありませんでしたが、心の窓を遠慮なくノック、というか心の窓を叩き割るぐらいの勢いで、フレンドリーに話しかけてきました。

「まあでも、香織ちゃんは普段着でも楽勝だもんね〜」美希さんが言いました。

「そっか。うちら相手に本気を出すまでもないってことか」と渡辺さん。

「いや、そういうわけじゃなくて、ただオシャレな服を持ってないだけで……」

私は慌てて弁解しましたが、二人は構わず話し続けました。

「フリーザが悟空相手に、手を使わないで戦ったみたいなもんだね」と美希さん。

「マジで？　でも最後は悟空がフリーザに勝つじゃん」と渡辺さん。

「ていうか私たち二人とも悟空？」

「あ、じゃあ私ベジータにするわ」

「じゃ、うちらフュージョンしちゃう？」

「フュージョン、はっ！　ってやつ？　ウケる〜」

「アハハハ」

二人はハイテンションではしゃいでいました。美希さんは渡辺さんと話す時は、こんなにテンションが上がって楽しそうなのか。つまり美希さんは、私の前では少しテンションを落としているのか——ということにも気付いてしまい、ちょっとした疎外感も覚えました。自分と仲良しだと思っていた人が、他の人と話す時、自分と話す時よりずっと楽しそうに見えて悲しくなる、というのは「根暗な人あるある」かもしれません。

ほどなく、男性の警察官三人も現れました。

「いや～、お待たせ。今日はどうもありがとう」

山田さんが挨拶すると、他二人も私たちを見て挨拶代わりに言いました。

「ていうか、三人とも超可愛いじゃん！　プッチモニかと思っちゃった」

「俺も、キャンディーズかと思っちゃった」

「キャンディーズって古いな！」

その掛け合いに、美希さんと渡辺さんが「ウケる～」と手を叩いて笑いました。

この時すでに、合コンというのは私のような低テンション型人間には不向きのようだと後悔し始めていましたが、私たちは居酒屋に入り個室に案内され、簡単な自己紹介を交わし、私以外の五人はとても楽しげな雰囲気で、合コンが始まってしまいました。

「香織ちゃんも飲むでしょ？」

お酒のメニューを指しながら、警官の一人が当然のように、私に言いました。

「いや、私、まだ未成年なんで……」

「堅いなあ。そんなルール守ってる奴、警察にもいないよ」

山田さんが笑いました。――今ではさすがに考えられないと思いますが、お酒は二十歳になってからというルールを、世の中全体で、少なくとも表面上は守るようになったのは、ここ最近のことだと思います。もちろんこんなルールは、空き巣にとっての南京錠ぐらい簡単に破れてしまうので、今でも破る人は少なくないと思いますが、二十年以上前は、誰一人本気で守らなくて当然というのが暗黙の了解でした。さすがに警察官が守らなかったのは、当時も大問題だったと思いますが。

「じゃ、全員生でいいね。すいません、生六つ」

「あの……生、というのは……」

私が小声で美希さんに尋ねると、先に山田さんが答えました。

「ああ、生ビールのことだよ」

「可愛いなあ。生が生ビールだってことも知らないのか」

「生って、エッチな意味じゃないからね」

男性警官たちがにやつきながら私に言って、美希さんと渡辺さんが「やめてよ～」「最低～」と笑いました。でも私は、その最低な方の意味もよく分からず、ただ苦笑いするしかありませんでした。

その後、生ビールが運ばれてくると、みんなで乾杯したのち、男性陣がすぐ「一気、一気」と自ら飲み始め、続いて私たちにも飲ませました。今の私はビールも大好きなのですが、初めて飲んだ印象は苦くておいしくない炭酸飲料でしかありませんでした。

「じゃ、マジカルバナナやろうよ」

二杯目のビールを飲みながら、山田さんが提案しました。

「いいね〜」

「じゃあ、俺から時計回りでいくよ。マジカルバナナ」

「バナナといったら黄色」

「黄色といったら――」

ああ、このハイテンションがずっと続くのか……。そう思うと、まだ酔ってもいないのに頭痛がしてきました。

しかも、このマジカルバナナというのが、私にとっては思わぬ鬼門だったのです。

「黄色といったらチーズ」

「チーズといったらピザ」

ここで私の番になりました。

「ピザといったら………」

「ブッブー！」

「ちょっと香織ちゃ〜ん」

「すいません……」

この時初めて気付きました。私は、マジカルバナナが全然できなかったのです。

分からない人のために説明しますと、マジカルバナナというのは当時、保育所や介護施設のレクリエーションにも採用されるほど全世代的・全国的に流行した、視聴率で敵無しの状態だった『マジカル頭脳パワー』という人気テレビ番組で生み出されたゲームです。ルールは昔からある連想ゲームと同じで、リズムに合わせて「○○といったら××」「××といったら△△」と、一人ずつ順番に言っていくだけ。私はテレビで何十回も見たことがあったし、学校でクラスメイトがやっているのも聞いたことがあったのですが、その合コンで初めて、実戦経験が一度もないことに気付いたのです。

その後も、マジカルバナナの私のターンはほぼ全部ミスで、全然盛り上がりませんでした。「バナナといったら黄色」の後をつなげることすら、当時の私には困難でした。一、二秒の間に、バナナ以外の黄色い物を思い浮かべて、リズムに合わせて言う——。練習すれば簡単にできることだと今なら分かるのですが、あの時の私は、自分のせいでゲームが滞っているというプレッシャーでなおさら頭が真っ白になり、自分の番でただ沈黙するだけの、笑いにもならない失敗をし続けてしまいました。

何度やってもできない私を気遣って、男性陣が「じゃ、山手線ゲームにしよっか」「たけのこニョッキにしよっか」とゲームを替えてくれましたが、私は何をやってもダメでした。「１ニョッキ」「２ニョッキ」とタイミングを計って両手を上げることさえ、私には困難だったのです。もはや、若者五人に一人だけお婆さんが交じっているような状況でした。きょうだいも友達もいなかった私は、こういうゲームが苦手だと自覚する機会すらなかったのです。

私のせいでどんなゲームも長続きせず、結局、警官の男性三人が、順番にコールをしながら一気飲みをして場を盛り上げていました。私は正直、人がお酒を飲む姿を見ても楽しくはなかったのですが、美希さんも渡辺さんも「飲んで飲んで」などと一緒にコールして盛り上がっていたので、私も一応、コールに合わせて手拍子はしていました。

男性陣はだんだん、飲み比べ競争のようになっていき、三人が顔を真っ赤にしながら飲み放題のビールを七、八杯ずつ飲んだところで、ふいに美希さんが言いました。

「あ、ちょっと、お化粧直してくる」

「うん、行こうか」

渡辺さんも立ち上がり、二人で席を立ちました。

「香織ちゃんも行こう」美希さんが声をかけてきました。

「あ、いや……」

化粧はしていないし、尿意もなかったので断ろうかとも思いましたが、酔った男三人対私一人になるのも嫌だったので、結局「はい」とうなずいてついて行きました。

三人でトイレに入りましたが、空いている個室は二つでした。

「あ、先どうぞ」

私は二人に個室を勧めました。実際はトイレが目的でも「お化粧直してくる」と言うのがマナーだということは、当時の私でも知っていました。ところが、渡辺さんは、フンッと鼻で笑って私に言いました。

「いやいや、そうじゃなくて……。合コンで女がみんなトイレに行くってのは、作戦会議ってことだから」

「ああ、そうなんですか……」

そっちのマナーは、当時の私はまだ知りませんでした。

「ていうか、作戦会議っていうより、正直ちょっとお説教したいんだけど」

頬が赤くなった渡辺さんに睨みつけられ、私は嫌な予感を覚えました。案の定、渡辺さんは私に、冷たく言い放ちました。

「香織ちゃんさあ、ぶりっ子はやめようよ」

「あ、いや、そんなつもりは……」

「ただでさえ可愛いんだから、もうそれだけで十分じゃん。あんなゲームできないふりしてさあ。自分だけ目立とうとするなんてずるいよ」

「あ、あの、違うんです……」

「ナベちゃん、香織ちゃんはたぶん本当に違う」

美希さんが、慌ててフォローしてくれました。

「ちょっと……香織ちゃんって、色々あったんだよね。高校を中退しちゃったりとか。だから、ああいうの本当に苦手なんだよね」

「はい……」

美希さんの言外に、「この子は頭が悪いからしょうがない」というニュアンスも若干こもっていたように感じましたが、まあ間違いではないので、私は渡辺さんに向かってしっかり頭を下げ、心底申し訳ないという気持ちを見せました。

「そうなの？　じゃあしょうがないけど……」

渡辺さんはため息をついてから、声を潜めました。

「ていうか、あの三人、さすがに飲み過ぎだよね」

「うん。私もちょっと途中から引いちゃった。これは二軒目は無しだよね。一応、連絡先だけ交換して、今日はここでおひらきにしてもらおっか」

美希さんがハンドバッグから携帯電話を出して言った一方で、渡辺さんはまたちらりと私を睨みました。

「まあ、マジカルバナナとか全然できないから、ああなっちゃったのもあるけど……」

「だから責めないであげて～」

美希さんが苦笑しながら、渡辺さんと私の間に入ってくれました。

「……ごめんなさい」

私はまた頭を下げました。マジカルバナナができないことを叱責されることが、日本テレビの『マジカル頭脳パワー』の収録スタジオ以外で起こるなんて、大きなカルチャーショックでした。私はとにかく早く帰りたいと心底願いながらも、今後もバイト先で会う先輩方に嫌われないように頭を下げ続け、どうにかそれ以上渡辺さんに怒られるのを回避して、また三人で個室の席に戻りました。

——ところが、そこで異変が起きていました。

「俺が香織ちゃんを見つけたんだから、当然俺だろ！」

「でも、今日は俺がずっと盛り上げてただろ！」

かなり酔ってしまった男性警官三人が、険しい表情で言い合いをしていたのです。

「え、ちょっと……」

美希さんが小さく声をかけたものの、三人は止まりません。おろおろする私たちを尻目に、彼らは怒声をぶつけ合いました。

「香織ちゃんは俺が家まで送るんだよ。お前らが残り二人を分け合えよ！」

「ざけんなてめえこの野郎！」

「俺が幹事なんだからいいだろうがよ！」

「はあ？　この店の予約したのも、割引クーポン取ったのも俺だぞ！　だから俺に香織を送らせろよ！」

警官三人は、私たちがトイレから戻ったことにも気付かないぐらい泥酔していました。そして、どうやら私のことを誰が送って行くかで揉めているようでした。ただ、そもそも私はこの日、電車で来ていたので、誰に送ってもらうつもりもありませんでしたし、三人とも私を送ることができるような酔い方ではありませんでした。論争のテーマからすでに間違っていたのです。

警官三人は、とうとう立ち上がって、つかみ合いの喧嘩を始めてしまいました。

「おい、ふざけんなこら！」

「表出ろこら！」

「馬鹿、ここでやってやるよ！」

三人とも警察官なのに、まさかこんなところで喧嘩を始めて市民に迷惑をかけるわけがない。もしかして、酔ったふりをした即興のドッキリなんじゃないか――という淡い期待を抱いていたのですが、山田さんが一人の顔面を思いっ切り拳で殴り、殴られた警官が「げうっ」と唸《うな》って鼻血を噴き出しながらよろめいたところで、その期待はあっさり崩れ去りました。

「ねえ、ちょっと、やめて……」

「やめてください」

止めに入った私たちも、「うるせえなあ！」とあっさり振り払われてしまいました。

そしてとうとう、警官が居酒屋の個室で三つ巴で殴り合うという、公務員倫理度外視のカオス状態に突入してしまいました。ついにはテーブルの上のお皿を割ってしまい、その音を聞きつけた店員さんが個室に飛び込んできました。

「ちょっと、やめてください！」

「うるせえ！」

山田さんが躊躇なく店員さんを殴りました。

「痛えっ！　店長、殴られました！　警察呼んでください！」

店員さんが個室から逃げ出して叫びました。

「待てこら！　俺たちが警察だ馬鹿野郎！」

警官三人も、店員さんを追いかけて個室を飛び出しました。

「あんたらが警察のわけないだろ！」

「何だとこらあっ！」

「痛っ、いい加減にしろ！　客だからって容赦しねえぞ、この野郎！」

「痛えっ！　そんなもんで客を殴るとは何事だっ！」

個室の外から聞こえる怒鳴り声と、ボコッとかバキッとかいう多種多様な打撃音に、
私たちは震え上がりました。

「やばい、逃げよう」

美希さんが言いました。渡辺さんもうなずき、私たちは忍び足で個室を出ました。

しかし、すぐ気付かれてしまいました。

「ちょっとお連れさん、逃げちゃ困るよ。お代もまだだし、食い逃げになりますよ！」

「ていうか、連れだったらあんたらがなんとかしろよ！」

店員さんに加え、他のお客さんにも怒鳴られ、私たちはあえなく逃亡に失敗しました。

やがて、外からパトカーのサイレンが聞こえてきました。まさか、と思いましたが、やはりパトカーは居酒屋の前に停まりました。


約一時間後――。

私は、最寄りの警察署の小部屋で、小さな机を挟んで、若い小太りの女性警官と向き合っていました。

「あんた、未成年なのにお酒飲んで、しかも食い逃げまでしようとしたんだよね？」

「いや、あの……そういうつもりじゃなかったんですけど……」

「ただで済むと思ってんのか！　ふざけんじゃないよ！　この馬鹿たれが！」

女性警官に机を叩きながら怒鳴られ、私は恐怖と理不尽さで、思わず涙をこぼしてしまいました。

私の涙を見た女性警官は、さらに激高しました。

「泣けば済むと思ったか。今まで可愛いからって泣けば見逃してもらってたのか？　何様だよ馬鹿！　警察がそれで許すと思うなよ！　刑務所に入ったら、いくら可愛くても模範囚にしてもらえるわけじゃないんだぞ！　お前いっぺん刑務所入ってみるか？」

女性警官は、その後も「馬鹿」「クズ」などと、決して豊かではないボキャブラリーで、長時間私を罵倒し続けました。私は当初、恐怖で泣いてしまいましたが、それを通り越してだんだん笑いそうになってしまいました。彼女の常軌を逸した怒り方は滑稽《こっけい》なほどでしたし、そもそも現役警察官の山田さんたちが、未成年の私に酒を勧めた上に、店で暴れたのです。私が責められるのなら、まずあの三人が責められるべきなのです。

――と、そんな私の表情の変化に、女性警官も気付いてしまったようでした。

「何、ちょっとあんた、笑ってんの？」

「あ、いえ……」

「笑ってたでしょうが今！　なんで笑ってられるんだよ！　何がおかしいんだよ？」

私は迷いましたが、こちらも内心憤慨していたので、思わず言ってしまいました。

「いや、あの……殴り合いをしたのは、警察の人ですよね？」

「ああん？」

チンピラのように睨んできた女性警官に、私は思いの丈をぶつけました。

「警察官なのに、私が未成年だって分かっててお酒飲ませて、その上ベロベロに酔っ払って殴り合いをして通報されて、一番悪いのは警察の人ですよね？　なのに私に対して怒鳴るって、身内が起こした事件の八つ当たりじゃないですか？」

「なんだお前！　いい加減にしろよ！」

女性警官が机をばんと叩いて立ち上がり、私の襟首をつかんできました。まずい、殴られる……と思ったら、小部屋のドアが開き、中年男性の警察官が入ってきました。

「おい、こらっ、もうやめとけ！」

彼が女性警官の手をつかんで、止めに入ってくれました。

「もういい、向こう行ってろ。私情を挟むなよ仕事に」

そう言われた女性警官は、不服そうな顔をしながらも、一礼して小部屋を出て行きました。それを見送ってから、中年男性警官は、にやけた顔でこちらに向き直りました。

「いや、ごめんねお嬢さん。まあ、未成年でお酒を飲んじゃったのは、こっちとしてもダメだよって怒らなきゃいけないんだけどね。でも、あんなに怒ることないよなあ」

中年男性警官は、にやけた顔を私に近付け、声を落としました。

「実は、ここだけの話ね……今の婦警、君らと合コンした山田って奴の彼女なんだよ」

「えっ⁉」

「あいつときたら、完全に八つ当たりだよね。ごめんねえ、怖がらせちゃって」

そう言いながら、彼は私の肩を触ってきました。

「まあ、お嬢さんは本当に可愛いから、今後も誘惑が多くなっちゃうだろうね。本当に、玉のように可愛いっていうのはお嬢さんみたいなことをいうんだろうね。肌もぷるぷる水々しくてねえ……。でも、お酒は二十歳を過ぎてから。それだけはお願いねえ」

にやけた顔で、私の頬や肩や背中にタッチしながら、中年男性警官は言いました。

「それじゃ、連れのみんなも待ってるだろうから、これぐらいでお説教は終わりってことでね。もう警察署なんて来ないでねえ」

中年男性警官は、最後に私の胸まで軽く触り、首筋に顔を近付けてにおいを嗅いできました。思わず鳥肌が立ちましたが、とにかく一刻も早く帰りたかったので、セクハラ行為に抗議することはできませんでした。

一時間ほどの聴取——というより罵倒とセクハラを受け終えた私は、警察署の出入口に向かいました。すると手前のソファで、美希さんと渡辺さんが私を待っていました。

「マジ最悪」

「もう二度とごめんだわ、おまわりとの合コン」

美希さんと渡辺さんが、憎々しい顔で吐き捨てました。その後、三人でなけなしのお金からタクシー代を出し合って、へとへとになって家に帰りました。

——これが、まったく誇張なしで書いた、私が初めて警察署に行った経験です。

二十年以上前とはいえ、すべてB県警の警察署で実際にあったことです。あの大暴れした警官たちに、まともな処分が下ったのかどうかも、今となっては分かりません。

皆様もご存じの通り、私は最近になって再び、事件の被害者であるにもかかわらず、

B県警の聴取を受けるという経験をしました。一度ならず二度までも、被害者である私が悪者扱いされたのです。一時はそんなB県警に追従するように、私にあらぬ疑いをかけるマスコミの報道も散見されました。さすがに今はそんな報道は下火になりましたが、今でも私にマイナスイメージを抱く人は少なくないでしょう。

どうか、B県警はこういう組織なのだということを、読者の皆様にご理解いただきたいです。もっとも二十年余り前は、県警というより所轄の警察署の不祥事だったのですが、あんな警官を育成してしまったという意味では、やはりB県警に大いに責任があったと言えますし、もしあの三人の警官がまだB県警に所属しているのなら、県内のどこかで、いつまた不祥事が起きてもおかしくないでしょう。

ひょっとしたら、あの合コンで醜態をさらした三人のうちの誰かが、今回の私の事件の捜査に関わっていて、私怨を晴らすために私にあらぬ疑いをかけたのではないか——。そんなことまで疑いたくなってしまいます。

転機

合コン事件翌日の日曜日。美希さんが二日酔いで休みを取ったため、本来は日曜休みの、私が出勤することになりました。正直言えば私も、前日飲まされたビールのせいで側頭部が少し痛かったのですが、出勤できないほどではなかったので、男子大学生の鈴木さんと二人で、昼の勤務をすることになりました。

「なんか、昨日の合コン、大変だったらしいね」

鈴木さんが声をかけてきました。噂が伝わっていたようでした。

「ええ、そうだったんです」私は苦笑しました。

「俺も友達に誘われて行ったことあるけど、苦手だよ、合コン」

「私も、できればもう行きたくないです」

「大丈夫だよ。合コンって行かなくても別に死なないから」

鈴木さんにそう言ってもらえて、少し親近感が湧きました。

鈴木さんとは、私がまだ新人だった頃にしか一緒に勤務したことがなかったので、かなり久々にコンビを組んだのですが、私の前日の愚痴を面白がりながら聞いてくれて、結果的にその一日でだいぶ打ち解けました。

鈴木さんは大学の教育学部に通っていて、将来は教師を目指しているとのことでした。つながりそうなほど濃い眉毛が、当時少年ジャンプで連載されていた『こち亀』の主人公の両津勘吉に似ていて、店長や美希さんからは時々「両さん」と呼ばれていました。バイト歴は長く、ちょうど私が任されたばかりだった発注の、分からないところを優しく教えてくれました。きっとこの人はいい先生になるのだろうな、と私は思いました。

酔っ払って不祥事を起こす警察官も、真面目で優しい教育学部の大学生も、私にとっては人生で出会ったことのない人でした。多少のトラブルはあっても、学校に通っていた頃よりはずっと、アルバイト生活の方が見聞も広がり、充実した日々でした。

ほどなく、私はお金を貯めて携帯電話を買いました。一番安いプランの契約で、電話帳に登録したのはコンビニの同僚と実家の番号ぐらいでしたが、それでも普通の若者の仲間入りをできたようで嬉しかったのを覚えています。

生きているのが苦痛ではなく、明日が来るのが嫌ではなく、しかもお金がもらえる。今考えれば、決して恵まれてなどいない低賃金のアルバイト生活でしたが、当時の私にとっては十分幸せな、いつまでも続いてほしい日々でした。

――ところが、その頃からまた、私の家族は苦境に直面していました。

まず、母が体調を崩しがちになり、長く勤めていたスーパーのパートを辞め、通院するようになってしまいました。同じ時期に父も失業してしまい、一家の稼ぎ手は私一人になってしまいました。収入が激減した上に母の治療費もかさむと、ただでさえ余裕のなかった我が家は、一気に家計が苦しくなりました。

そんな時期に、勤務先のコンビニに、恰幅《かっぷく》のいい中年男性のお客さんが来るようになりました。髪は薄く、日焼けした肌で、服装は作業着の時とスーツの時がありましたが、裏地まで清潔なのが見てとれ、左手には大きな腕時計をはめていました。何度か来た段階で店長がレジ対応をしたのですが、接客後に「さっきのお客さんの時計、ロレックスだったね。高いと百万以上するやつだよ」と興奮気味に言っていたので、腕時計に詳しくなかった私でも、そのお客さんがお金持ちなのだということは分かりました。

そのお客さんは、顔なじみになったところで「こんにちは」と私に笑顔で声をかけてくれるようになりました。そしてある時、いつものように彼が、私のいるレジに商品を持ってきて、会計を済ませたところで話しかけてきたのです。

「君、ここで何年ぐらい働いてるの？」

「えっと……二年ぐらいです」

その時、レジには私一人しかいませんでした。店長はバックヤードにいて、美希さんはレジから離れたところで品出しをしていました。

「それで時給は、七百円ぐらいか」

「あ、はい、そうです」

ぐらい、というより、まさに七百円でした。それでも最初よりは昇給していました。

そこでふいに、男性が言いました。

「君、うちの会社で働かないか」

「えっ……？」

驚く私に、男性が名刺を渡してきました。

「うちはまあ、普通の町工場なんだけどね。自慢じゃないが、特許をいくつも取ってて、業績は好調だ。ただ、少し前に秘書が辞めちゃってね。後任を探してたんだよ」

名刺には「J工業株式会社　社長」という肩書きとともに、社名と同じ苗字のJ社長のフルネーム、それに住所や電話番号が記されていました。

「うちに来てくれたら、基本給が月三十万だ。そこに残業代とボーナスも出すよ」

J社長が言いました。それはコンビニでの月収の倍以上の金額でした。

「やる気になったら、いつでもその番号に電話してくれ」

J社長は名刺を指し示して言うと、笑顔で小さく手を振り、店を出て行きました。

呆然と見送った私に、美希さんがそっと近付いて、声をかけてきました。

「今の話、聞こえちゃったんだけど、ヘッドハンティングだよね？」

「……はい？」

私はとぼけるつもりではなく、ヘッドハンティングという言葉を初めて聞いたので、聞き返してしまいました。英語で「頭」と「狩り」だから、ギロチン的なものを思い浮かべてしまいましたが、さすがに違うだろうとすぐに打ち消しました。

すると美希さんは、私の様子を察したようで、言い換えてくれました。

「えっと……引き抜き、されてなかった？　ここを辞めてうちの会社で働かないかって。一ヶ月の給料が三十万で、あと残業代とかも出るって言ってたよね？　それが本当なら、家族とかも喜ぶんじゃない？」

「ああ、はい……。この名刺、渡されました」

私は、先ほど渡された名刺を美希さんに見せました。

「J工業……まあ聞いたことはないけど、社長が直々《じきじき》にヘッドハンティングしに来たんだもんね。すごいよね」

美希さんはそっと辺りを見回した後、率直に尋ねてきました。

「で、どうする？　転職しちゃう？」

「あ、いや……でも、ここでずっと働きたいです」

私は答えましたが、美希さんはにやりと笑いました。

「そうはいっても、ここで働いても給料はずっと今のまんまだよ。三十万もらえるんだったら、私だったら転職しちゃうな」

「えっ……」

戸惑う私に、美希さんはさらに言いました。

「私も一応、いつまでもコンビニバイトじゃいけないと思って、就活っていうか、色々他の仕事も探したりしてるけどさ。この辺でいきなり基本給が三十万なんて、高卒じゃまずありえないよ。お水とかなら別だろうけど」

「ああ、そうなんですね……」

ましてや私は学歴も高校中退なので、なおさら破格のオファーなのだということは容易に察せられました。

「そりゃ私も、間違いなく店長も、香織ちゃんに辞めてほしくはないけどさ。香織ちゃんの人生だもん。こんな、どこにでもあるコンビニを優先することはないよ。自分の将来を考えて決めたらいいよ」

美希さんは、店の奥につながるマジックミラーの扉に目をやり、声を落としました。

「店長には、黙っといた方がいいよね？」

「ああ、はい……」

私は本気で悩みました。本来ならずっとこの店で働き続けたいと思っていたのです。

母の病気さえなかったら、即座に断っていたと思います。

しかし、やはりお金の魅力は絶大でした。私の給料が倍になれば、母の病気や父の失業が長引いたとしても、生活の不安はうんと減らせるはず——。そう思うと、気持ちは大きく転職の方に傾きました。

私はその日、ずっと上の空で仕事をしてしまいました。レジを打ち間違えたり、セブンスターを注文されたのにマイルドセブンを売りそうになったり、ソースのシールを剝がさないまま豚カツ弁当を電子レンジで温めたせいでソースを爆発させたり……。一日中悩み続けた結果、何度もお客さんに謝罪することになりました。どうにか仕事を終え、森や田畑に囲まれた田舎道を自転車で帰る間もずっと悩みましたが、やはり気持ちは転職の方に傾いたままでした。家に帰って両親に相談しても、答えは同様でした。

「それはありがたい話だねえ」

私の話を聞いた母は、布団の上で咳《せ》き込みながらも笑顔を見せました。

「やっぱり、香織は美人だからな。秘書にしとけば箔《はく》が付くんじゃないか」

父はそんな軽口も叩いていました。

思えば、私はそれまでの人生で、自分の意思で前向きに何かを決断したことなど一度もありませんでした。高校中退は大きな決断でしたが、あれはそうせざるをえない状況に追い込まれただけで、ただ苦痛から逃げただけでした。

家族のために、より多くのお給料をもらうために、今やっている仕事も充実しているけど、それを辞めてステップアップする。——勇気はいるけど、決断する時なのだと、私の中でも気持ちが固まっていきました。

もらった名刺に書かれた電話番号に電話をしたのは、数日後のことでした。

「あの、この前名刺をいただいた、コンビニ店員の佐藤です。ぜひ、そちらの会社で働かせていただきたいんですが」

私は緊張しながらも一息で言いました。ただ、当時はまだ「御社」なんて言葉は知らず、「そちらの会社」と言ってしまいました。

それでもJ社長は、頼もしい声で答えてくれました。

「おお、うれしいよ。うちを選んでくれてありがとう！　で、いつから来れる？」

「あ、それはちょっとまだ、店長にも言ってないんで、分からないんですけど……」

「そうか。まあ、いつから来れそうか、決まったら電話してくれればいいよ。こっちはいつからでも大歓迎だからね」

J社長は優しい言葉をかけてくれました。会計時にいきなり声をかけられた時は面食らってしまったけど、これから長くお世話になるであろう社長がいい人そうで本当によかったと、私はほっとしていました。

数日後、私は勇気を出して、出勤後に店のバックヤードで、店長に切り出しました。

「実は、親戚の会社に就職することになって、アルバイトを辞めさせていただきたいんです」

仕事中に羽振りのよさそうな社長に引き抜かれて、ここの倍以上の給料を提示されたので転職を決めました。――なんて正直に言うことはさすがにできず、嘘をちりばめて事情を伝えました。

「あちゃ～、そうか～。まあでも、就職が決まったんじゃしょうがないね。親戚の会社に入るんだったら、働きやすそうだし。よかったよかった」

夜勤明けの店長は、顔をしかめながらも、私の門出を祝ってくれました。

「本当にすみません。ありがとうございます」

嘘をついた後ろめたさを抱えながら、私は深々と頭を下げました。

「じゃ、また募集かけなきゃいけないな。でも香織ちゃんは中心選手だし、アイドルだったからなあ。どうにか昼勤の人は見つかっても、香織ちゃんレベルの看板娘はさすがに見つからないだろうから、売り上げは減っちゃうかもな。ハハハ」

困ったように店長が笑いました。私はただ申し訳ない気持ちで、何度も頭を下げることしかできませんでした。

その後、たしか一ヶ月ほどは勤務を続けたと思います。その間に昼勤の募集をかけて、私の穴を埋める週五日の昼勤に入れる人が見つかったと聞いて、一安心したところで、勤務最終日を迎えました。

「送別会やるよね？ 居酒屋とかでいい？」

私が最後の出勤のタイムカードを押したところで、店長が尋ねてきました。

「あ、いや……大丈夫です」私は苦笑しながら断りました。「未成年でお酒飲めませんし、居酒屋ではちょっと、色々あったんで」

「ああ、そうだった。居酒屋はトラウマだったね。ごめんごめん……。じゃ、どっかのレストランとかでやろっか？」

「いえいえ、大丈夫です。本当に、送別会とか何も無しでいいんで」

嘘をついて辞める罪悪感もあったし、送別会の間に少し気を抜いたら、うっかり退職の真相を喋ってしまいそうな気がしました。私は自分で気を付ければいいけど、きっと美希さんも参加してくれるだろうし、もし美希さんが酔った勢いで真相を漏らしてしまったら、気まずくなることは間違いない――。そこまで考えて、送別会は開かないようにお願いしました。

「今まで長いこと働かせていただいて、本当に感謝してます。それだけで本当に、もう十分なので」

「いやいや、こちらこそだよ。本当にありがとう」

店長は笑顔で言った後、バックヤードの時計を見て「まだ時間あるかな……」とつぶやき、マジックミラーの扉越しに店内を確認しました。レジを打っていたのは、今では推奨されていない一人夜勤に入っていた鈴木さんでした。鈴木さんは大学のスケジュールによって色々な勤務時間帯に入っていました。一方、美希さんはいつも時間ギリギリに出勤していたので、この日もまだ来ていませんでした。

それを確認したところで、店長はふいに振り向いて、私に言いました。

「あのさあ香織ちゃん、俺と付き合ってくれない？」

深い皺が眉間に入った、いつになく真剣な顔で、店長は私を見つめていました。決して、冗談で言っている様子ではありませんでした。

「えっ⁉」

突然の告白に面食らう私に、店長は早口で一気に迫りました。

「こんな時にごめん。俺ずっと香織ちゃんが好きだったんだ。で、今日が最後で送別会もないなら、もう今言うしかないから……。俺と付き合ってくれない？　ダメかな」

「あ、ああ……」

言葉に詰まった私を見て、店長はすぐに察してくれました。

「ダメ……だよね？　やっぱり」

「ごめんなさい……」私は頭を下げました。

「だよね、そりゃそうだよね。いや、俺もさ、言わなきゃ後悔するなあと思って言ったけど、まあそんなうまくいくはずないもんね」店長は悲しげに笑って頭をかきました。

「ごめんね。最終日に気まずくしちゃって悪いけど、俺はこれですっぱりあきらめるから安心して……」

と、店長が言いかけたところで、マジックミラーの扉が開きました。

「おはようございま〜す」

美希さんが出勤してきて、店長は慌てて振り向きました。

「おお、おはよう」

「あ、何か話してたんだったらどうぞ」

美希さんは私たちの様子を察して言いました。

「いやいや、大丈夫」

店長は逃げるように店内に入っていきました。それを見て少し怪訝《けげん》そうな顔をした後、美希さんはこちらを振り向きました。

「香織ちゃん、今日で最後だね。今までありがとうね」

「こちらこそ、本当に今までお世話になりました」私は深く頭を下げました。

「そういえば、送別会どうする?」

「あ、いや、私まだお酒も飲めないし、やらなくて結構です……っていうことを今、店長と話してたところです」

「ああ、そうだったんだ……」

美希さんはうなずきました。さすがに店長に告白されたことは言えませんでした。

「おっと、やばい、タイムカード……おお、一分前だ、危ない危ない」

美希さんがタイムカードを切り、制服を着るのを待って、二人でレジに行きました。

「佐藤さん、今日で最後だよね。お疲れ様でした」

鈴木さんにも笑顔で声をかけてもらい、私は「どうもお世話になりました」と挨拶をした後、最後の勤務に入りました。私にとって感慨深い最終日でも、お客さんにそれを報告するわけでもないので、それまでとまったく変わらない昼勤の一日でした。いつも通りの混み具合の通勤通学客を相手にレジ打ちをして、近くの工事現場に行くガテン系の男性客たちに「お姉さん可愛いねえ」と声をかけられて、「あ、どうも……」と苦笑気味に返すのもいつも通りでした。その後、いったん客足が引いたところで、いつも通り紙パック飲料の品出しをするために、私はバックヤードに行きました。

するといると、男子大学生の鈴木さんが、着替え終わっているのにまだ帰っておらず、バックヤードの休憩用の椅子に座っていました。

「佐藤さん、今までお疲れ様でした」

鈴木さんは、改めて声をかけてきました。

「あ……ありがとうございます。本当にお世話になりました」

さっき挨拶したけどな、と思いながらも、私はまたお辞儀を返しました。

「よかったらこれ、餞別《せんべつ》に」

鈴木さんが、持っていたバッグから、コンビニの商品ではない、高級そうなチョコレートの詰め合わせを取り出し、私に差し出しました。

「あっ……すいません、ありがとうございます」

何度か一緒に勤務しただけの私に、まさかこんなプレゼントを用意してくれているとは思わず、私は驚きながらも丁重にそれを受け取り、自分のバッグに入れました。

そして振り向くと、鈴木さんがとても緊張した表情で、つながりそうに濃い『こち亀』の両さん似の眉毛を痙攣《けいれん》させながら、私を見つめていました。

あっ、これはもしや——。予感は、一秒後に現実になりました。

「あの、佐藤さん……。もしできたら、僕と付き合ってもらえませんか？」

鈴木さんからも、店長より丁寧な口調で、愛の告白をされてしまいました。

でも、店長を断って鈴木さんは受け入れるなんて、できるはずがありませんでした。どちらも親切な男性だったけど、恋愛対象として見たことはなかったし、もしどちらか一人と付き合ったりしたら、私が辞めた後の職場の雰囲気はきっと険悪になってしまうでしょう。

「いや、あの……ごめんなさい」私は泣く泣くお断りしました。

「そうだよね……。ごめんごめん」

鈴木さんは、店長と同じように、気まずそうに頭をかきました。

「今日を過ぎたらもう会えないからさ……。正直、記念受験みたいな感じだったんだ。本当にごめんね。不快な思いをさせちゃったよね」

「あ、いえ、とんでもないです……。お気持ちだけ、ありがとうございます」

あまり長居するわけにもいきません。早く紙パック飲料を品出ししないと、今までの通学客が買っていった棚がガラガラになってしまいますし、店内で発注をしている店長に気付かれても気まずくなります。私は冷蔵室に入り、紙パック飲料のケースが重なった台車を押して出て、「すいません」と鈴木さんに一礼してから店内に戻りました。しばらくして、鈴木さんは何事もなかったかのようにバックヤードから店内に入ってきて、「お疲れ様で～す」と私たちに声をかけ、自動ドアから店を出て行きました。

その後、店長がバックヤードに引っ込んだところで、私は美希さんに尋ねました。

「あの、記念受験って何ですか?」

さっき鈴木さんに言われた言葉は、実は意味が分かっていませんでした。

「記念受験……?」美希さんは少し考えてから答えました。「ああ、たしかあれだよ。東大とか、超頭いい大学を、受かるはずもないのにダメ元で受験することだよ。私は大学なんて受けたことないけど、友達の友達でやった人がいるって聞いたことあるわ」

「なるほど……。すいません、ありがとうございました」

「誰かに聞いたの? 記念受験って言葉」

美希さんに尋ねられ、私はとっさにごまかしました。

「いや、あの……昨日テレビで見て、意味を知らなかったんで」

「ああ、そう……。あ、いらっしゃいませ～」

お客さんが入ってきて、その会話は終わりました。

OKされるはずがないけど、ダメ元で告白してみた。——鈴木さんが言っていたのはそういう意味だったのだと、ようやく分かりました。

この時、改めて自覚しました。私は、生まれつき容姿が整っているというだけの理由で、多くの男性から、たとえこちらが望んでいなくても恋心を持たれてしまうのです。美希さんを含め、同性からは幾度となく「うらやましい」とか「男選び放題じゃん」なんて言われたこともありましたが、私はこれが得だと思ったことはありません。せっかく親交を深めることができた、店長や鈴木さんのような男性とも、最終的には気まずくなってお別れするしかないのですから。

結局、店長と表面上は平静を装って「今までお世話になりました」「今までありがとう。またいつでも遊びに来てね」と言葉を交わしてお別れし、美希さんとも「本当にお世話になりました」「こちらこそ。それじゃ元気でね」と笑顔で挨拶を交わして、私は愛着のあった勤務先のコンビニを辞めたのでした。

その先に、どんな苦難が待っているかも知らずに――。

昼から夜へ

突然ですが、みなさんは、仕事を最短どれぐらいで辞めたことがありますか？

警備員の求人に「誰でもできる簡単なお仕事」と書いてあったのに、いざ応募したら、県内で最も過酷な現場といわれる巨大駐車場の整理の仕事で、音を上げて一日で辞めた、という話は、私の父の持ちネタでした。その他にも、アルバイトを一日で辞めたというエピソードなら、テレビで芸能人が話していたのを何度か聞いたことがあります。

ただ、一日で辞めたといっても、その中で幅はあると思います。一日八時間勤めた後で辞めたのか、それとも一、二時間で辞めたのか。——その点、私は世界最速レベルだろうと自負しています。

なぜなら、初出勤から十分もかからずに辞めたのですから。

私は、母から借りた女性用スーツと黒のハンドバッグを身につけ、J工業株式会社に初出勤しました。我が家の最寄り駅まで自転車に乗り、電車に乗って二駅先で降り、そこから十数分歩き、通勤時間は合計で一時間ほど。コンビニ時代より長くなってしまいましたが、破格のお給料をもらえる以上、苦にはならないと思っていました。

社名が掲げられた門の前に、約束の十分前に着くと、ほどなくJ社長が出てきました。

「ようこそ佐藤さん。それじゃ、さっそく社長室に案内しよう」

「はい、よろしくお願いします」

私は元気よく返事をして、社長の後に続いて歩きました。門の奥に、まず工場がありました。平屋建ての、一見小規模な町工場のようでしたが、駐車場に左ハンドルの車が数台停まっていたので、業績が好調なのは間違いないようだと思いました。

工場に入ると、十数人の作業服姿の工員さんたちが、こちらを振り向きました。

「ああ、みんな。今日から秘書になる、佐藤さんだ」

「佐藤香織です。よろしくお願いします」

社長に紹介され、私は深く頭を下げました。見たところ女性は一人で、あとはみんな男性の工員さんでした。何かの機械を作っているようでしたが、それが何なのかまでは、ぱっと見ただけでは分かりませんでした。

何人かの工員さんが、私を見た後、意味ありげな笑みを浮かべて何かささやき合っていましたが、それを気にする間もなく、私は社長に先導され、工場の通路を進んで奥のドアを抜けました。そこから廊下を通り、細い階段を上った先が社長室でした。

私が入室してすぐ、社長がドアに鍵をかけた時に、何かおかしいな、とは思いました。でも、私がそれを指摘するより先に、社長が言いました。

「じゃ、服を脱いで。シャワー室はそこだ」

社長は微笑をたたえながら、部屋の奥の扉を指し示しました。

「は……はい？」

混乱する私に、社長は笑いかけました。

「なんとなく察してはいただろ。まさか、全然予想もしてなかった、なんて馬鹿なことは言わせないぞ。いきなり基本給三十万の仕事なんてあるわけないんだから」

人が変わったように邪悪な表情になった社長が、私にぐっと顔を近付けました。

「秘書っていうのは建前で、俺の愛人になれ。それで給料は今までの倍以上だ。いい話だろ？」

有無を言わせず、社長は私に抱きつき、無理矢理キスをしてきました。さらに胸をわしづかみにしてきました。

「いやああっ！」

私は悲鳴を上げましたが、社長はにやついたまま言いました。

「おとなしくしろ。減るもんじゃないんだ。どうせ今までも、いろんな男とやりまくってたんだろ？」

社長はさらに強く抱きつき、私の背中を壁に押しつけました。痛みと苦しみと恐怖で、息ができなくなりました。でも、このまま強姦されるのは絶対に嫌だという思いが、私を強くしました。

社長が私の胸のボタンを引きちぎろうとしたところで、明らかな隙ができました。私は勢いよく足を蹴り上げました。そのキックがちょうど社長の股間に入りました。

「ああっ！」

社長が悲鳴を上げてうずくまった隙に、左手に掛けていたハンドバッグを探りました。すぐに目当ての物が見つかりました。

それは、防犯ブザーでした。私を合コンに誘った上に酔って喧嘩するという醜態をさらした山田警官からもらった物でしたが、性能は本物でした。ストラップ状のスイッチを思い切り引っ張ると、ビビビビビッとけたたましい音が社長室に鳴り響きました。鼓膜が破れるかと思うほどの音量でした。

「うわっ！」

立ち上がりかけていた社長が、今度はあまりの音の大きさにひるんで、たまらず両耳を塞ぎました。私はその隙にドアへ駆け寄り、鍵を開けて外に出ると、手に持った防犯ブザーをバッグに入れ、階段を全速力で下り、廊下を一目散に走りました。

来たルートを戻ってドアを開けると、さっき通った工場に入りました。けたたましい音とともに現れた私を、工員みんなが見ました。

ただ、その顔は一様に、にやついていました。

「あはは、あんなの鳴らされちゃったか」

「なんだ社長、今度は失敗かよ」

「後で一回ぐらいヤラしてもらえると思ってたのに」

男性工員たちはみな、私を見て言葉を交わしていました。

ああ、あの社長は今までもずっと、こんなことを繰り返していたのだ。そして、社員たちもそれを咎めずにきたのだ——。私はすぐに悟りました。しかも驚くべきことに、いやらしい笑みを浮かべた男性工員たちに交じって、中年女性の工員も、にやけながら私を見ていました。彼女は、私に向かって苦笑しながら言いました。

「ちょっとうるさい、もう音消してよ」

私も、今考えたらおかしな行動だったのですが、パニックになっていたせいか、言われた通り防犯ブザーのストラップの根元を押し込んで音を消してから、工場の出入口へ走りました。一度後ろを振り返りましたが、社長も工員も追っては来ませんでした。

ただ、去り際の私の背中に、男性工員の声が飛んできました。

「警察とか行っても無駄だよ。俺たちみんなしら切るからね」

私は、そのひどい言葉に一瞬足を止めましたが、彼らと会話しても意味はありません。すぐに駆け出し、工場を出ました。もちろん、二度とその場所に近付くことすらありませんでした。

今の感覚ではとても信じられないと思います。でもこれは本当に、今から二十年前、サッカーの日韓ワールドカップがあった年に、私が実際に体験した話なのです。当時は田舎の一企業にこのレベルのセクハラ、というより会社ぐるみの性犯罪が残っていたということを、私は証言します。

J工業を出て駅まで急ぎながら、交番や警察署を探して駆け込もうかとも思いましたが、当然頭をよぎったのは、最後に工員にかけられた言葉でした。

「警察とか行っても無駄だよ。俺たちみんなしら切るからね」

――本当にそうなのだろうと思いました。彼らはみんなグルなのです。

それに、私はあの最悪の合コン以降、警察のことも信用してはいませんでした。結局、警察に行ったところで私がより傷付くだけだろうと思い至り、そのまま家に帰りました。私はこれから何度、こんな目に遭うのだろう。カマキリやバッタやクモなどのように、人間も女の方が男より体が大きくて強かったらよかったのに――。帰り道で、そんなことをぼんやり考えたのを覚えています。

両親に本当のことは言えず、「今日行ってみたけど、会社の業績が悪化してやっぱり雇えないって言われた」と嘘の説明をしました。両親とも「ああ、不景気だからそんなこともあるのか」と、すんなり信じてしまいました。嘘をついた罪悪感もありましたが、本当のことを言ったところで両親の落胆が深くなるだけだし、あの社長たちを見事にやり込めるアイディアが両親から出るとも思えませんでした。

しかも、悪いことは重なるものでした。

その数日後の晩、母が吐血して救急車を呼び、緊急入院することになってしまいました。それから一週間ほどは連日母の見舞いに行き、病院のベッドで苦しそうに眠る母に付き添っていたため、次の仕事を探す余裕はありませんでした。その時期はまだ、私を気遣ってか、また私が未成年だったこともあってか、父も母自身も病名をきちんと教えてはくれなかったのですが、どうやらかなり重い病気のようだということは、さすがに私も察していました。

それでも、母はどうにか持ち直してくれました。病状が落ち着いて退院すると、次の心配はお金です。私は早く仕事を探さなければいけませんでした。

そこで思い当たったのが、前の職場のコンビニでした。

もう昼勤は空いていないかもしれないけど、他の時間帯でも働けるのなら働きたい。気心の知れた同僚とともに、決して楽ではないけど慣れた仕事をして、決して高くはないけど十分満足だったお給料をもらいたい——。そう思って、私は元の勤め先を訪れる決心をしました。辞める時に店長も「またいつでも遊びに来てね」と言ってくれていたのです。もちろん、最後に店長と鈴木さんから告白されたので、多少の気まずさはありましたが、私にとって最も働きやすいのは、間違いなくあの店のはずでした。

お客さんがあまり多くない平日の午前中に、通い慣れた道を自転車で進み、コンビニに着きました。以前のように駐車場の端に自転車を停め、私は店に入りました。

「いらっしゃいませ……あ、香織ちゃん！」

「あ～っ、久しぶり！」

すぐに店長と美希さんが気付いてくれました。店長は、発注用の機械を首から提《さ》げてレジに立っていて、美希さんはお菓子の品出しをしていました。もう一人、レジの奥でホットスナックを揚げている知らない中年女性が、私の代わりに入った新人さんなのだということも分かりました。

「どうも、お久しぶりです」私は笑顔で頭を下げました。

「あ、彼女、前に勤めてた……」

店長が私を指し示すと、レジの奥の中年女性が私を見て声を上げました。

「ああ、例のすごい美人さんの……やだ、本当にすごい綺麗《きれい》だわ〜」

「あ、どうも……」

目を見張る新人の中年女性に、私は苦笑しながらお辞儀を返しました。

「この辺まで来たの？」

「新しい仕事はどう？」

店長と美希さんが尋ねてきました。私は苦笑したまま答えました。

「それが実は、そっちの会社の方がダメになっちゃいまして……」

「ええっ？」

「だから、もう一回ここで働かせてもらえませんか？」

私は率直に言いました。正直、お願いすれば快くまた雇ってもらえるはずだと、安易に考えていました。私はつい最近まで働いていた即戦力なのだからと――。しかし、レジに立っていた店長の反応を見て、不吉な予感を覚えました。

「う〜ん……そっか〜」

店長が、困ったような顔で額を押さえました。するとそこに、お客さんが来ました。

「あ、いらっしゃいませ〜」

店長が挨拶した後、美希さんがそっと近付いてきて、声を落として私に言いました。

「香織ちゃん、いったん外で話さない？」

美希さんは、店長に目配せしてから、私を連れて外に出ました。そして、店内から見えないところまで歩いてから立ち止まり、尋ねてきました。

「もしかして、あの会社の社長、ひどい奴だった？　愛人になれとか言われた？」

「あ……はい」

まさか言い当てられるとは思わず、私は驚きながらもうなずきました。

「やっぱり」

美希さんがぼそっとつぶやきました。私は思わず聞き返しました。

「やっぱり……って？」

「正直、あんなふうに声かけてくるなんて、変な奴なんじゃないかと思ってたよ。それこそ、愛人にするつもりで香織ちゃんに声をかけたんじゃないか、ともね」

「え、そこまで分かってたんですか？」

私が驚くと、美希さんは言い繕《つくろ》いました。

「いや、でも、絶対そうだって思ったわけじゃないからね。そんなのはただの私の妄想で、あの社長が本当に秘書を欲しがってるっていう可能性もあると思ったし」

それでも私は、あの社長が悪人である可能性すら頭に浮かんでいなかったので、少しでも予感していたのなら言ってほしかった——と私が思ったのを察したのか、美希さんは言い訳するような口調で続けました。

「誤解しないで。別に私は、香織ちゃんに不幸になってほしいなんて思ってなかったよ。ただ……」

しばし言葉を切ってから、美希さんは、それまで私に見せたことがなかった、冷たい表情を浮かべました。

「もっと高い給料が欲しいからって辞めた職場で、また働きたいっていうのは、さすがに虫がよすぎるんじゃないかな?」

「えっ……」

優しかった美希さんにそんなことを言われて、私は思わず絶句してしまいました。

「まず、今この店、募集かけてないからね。ほら、バイト募集の貼り紙もしてないし」

美希さんが、店の窓ガラスを指して言いました。たしかに、アルバイト募集のポスターが、私が辞めることが決まってからずっと貼ってありましたが、今はおにぎり値引きセールのポスターしか貼ってありませんでした。

「あと……まあ、この際だからはっきり言っちゃうわ」

美希さんは、吹っ切れたように言いました。

「私、今さあ、店長と付き合ってるんだ。だから香織ちゃんに戻ってこられると困るの。だって店長、香織ちゃんが辞める日に告《こく》ったでしょ？」

「え、あ……」

言葉に詰まった時点で認めたのと同じことでした。美希さんは鼻で笑いました。

「記念受験みたいなつもりで告白した、とか店長に言われたんだよね？　私、香織ちゃんに『記念受験って何ですか？』って聞かれた時、そこまで気付いてたから」

いや、それは店長じゃなくて、その直後に告白してきた鈴木さんが言ったんです——なんてことは、説明しても無駄だと思いました。

「私、店長のことが好きになってた。あの最悪の合コンの後ぐらいかな。やっぱり身近な信頼できる人が一番かなって思ったの。それに店長も、一応は大手企業の社員だし、安定はしてるからね。将来も考えられると思ったの」美希さんは一気に語りました。

「でも、香織ちゃんがいる間は勝ち目がないとも思った。だって店長、いつも香織ちゃんのこと目で追ってたもん。まあはっきり言って、あんたのこと邪魔だと思ってた」

目の前で、私に尖《とが》った視線を向けながら話す美希さんは、かつての優しかった美希さんではありませんでした。

「でもそんな時に、あの社長が来て、香織ちゃんに声をかけてるのが聞こえた。これで香織ちゃんが辞めてくれればラッキーだと思った。まあ、最終日に店長が香織ちゃんに告ったのはショックだったけど——。でも香織ちゃんは、かっちゃ……店長のことを好きだったわけじゃないよね？　実際告白を断ったんだもんね。だったら別によくない？　ただバイト変わるだけなんだから」

もう美希さんは、店長のことを「かっちゃん」と呼ぶ仲なのだと分かりました。

「別にこの店以外でも香織ちゃんは、これから美人っていう理由で山ほど得をできるよ。それは間違いない。だから、なにもこの店にこだわることないじゃん」

「そんな……得なんて、全然してないです」

私は小声でつぶやきましたが、すぐに美希さんは言い返しました。

「そんなに美人なのに得してないんだとしたら、上手く立ち回ってないだけ。はっきり言って、頭が悪いだけだよ」

美希さんはもう、完全に私を睨みつけていました。私は鼻の奥がつんとしました。

「どうせ世の中見た目なんだよ。ブスが美人に勝つには、これぐらいしなきゃダメなの。私は、香織ちゃんがいたら店長と付き合えそうになかった。だから、あの社長が来たラッキーに乗じて、香織ちゃんに平和的に辞めてもらうように仕向けた。——結果的には、メチャクチャ香織ちゃんのこと傷付けたし、悪いことしたとは思うけど、香織ちゃんなら仕事もすぐ見つかるし、どうせ次の職場でも男にモテるんだからいいでしょ」

うっすら滲んできた視界の中で、美希さんは私に、冷たい声で告げました。

「じゃ、もうここには来ないで。まあ、来たくもないだろうけど。……あ、あと、もし店長に、今日私が言ったことばらしたりしたら、私死ぬ気で仕返しするから」

「そんなこと、しません……。失礼しました」

私は、なんとかそれだけ言い残して一礼し、踵《きびす》を返して駐車場の隅に停めた自転車に乗り、前の職場を後にしました。振り向かずに自転車を漕ぐうちに、涙がどんどんあふれてきました。

仲良くなれたと思った女性が、身近な男性を好きになり、その男性が私のことを好きだったばかりに、女性から恨みを買って友情が崩壊する。——この状況は、小学五年生の時、元々親友だったAちゃんからいじめられるようになった時以来でした。一度経験していたからといって、到底慣れることなどできませんでした。私には悪意などなかったのに、ただずっと仲良くいたかっただけなのに、なぜこんな悲しい思いをしなければならないんだろう? そんな絶望感を抱えながら自転車を漕ぎ続けました。周りに誰もいない田園風景の中、私は何度も「わああああっ!」と叫びました。そうやって苦しみを吐き出さないと、家に帰るまでに体が爆発してしまうんじゃないかと思いました。

こうして私は、人生で初めてなじむことができたバイト先に戻ることも叶わず、親切だった先輩から、最後に深く心を傷付けられた上で、無職になってしまったのでした。

しかし、娘の私が失業しようが、母の病気は配慮などしてくれません。しばらく通院を続けていた母でしたが、また体調を崩し、長期入院することになってしまいました。

明らかに深刻化する母の病状が、ただ事ではないことぐらい、私にも分かりました。そこで父を問いただすと、母が癌《がん》だということ、それもかなり進行して全身に転移してしまっていることを。やっと教えてくれました。「なんで今まで黙ってたの?」と私は詰問しかけましたが、父が涙をこぼしながら「ごめんな……」と小さな声で返したのを見たら、それ以上は何も言えませんでした。

私は、できることなら最後の時まで、母とずっと一緒にいたいと思っていました。しかし家計の苦しさから、それはできませんでした。不景気だった当時、父のような中高年男性の再就職というのは、おそらく今以上にハードルが高かったのでしょう。父の仕事はなかなか見つからず、私がすぐに仕事を探すしかありませんでした。

そんな中、その後の運命を決める出来事が起きました。

母が二度目に入院したのは、一度目より大きな病院で、我が家の最寄り駅から四つ先の駅近くにありました。そこはB県西地域の中心都市で、駅周辺に繁華街が広がり、そこかしこに夜のお店の看板が輝いていました。

農村部育ちの私は、繁華街が怖かったので、入院中の母を見舞う際はいつも、繁華街から一本離れた道を通っていました。でもある日、夕方を過ぎて日が沈んでいたために道を間違えてしまい、繁華街のど真ん中を歩いてしまいました。早めに通り過ぎようと思ったのですが、繁華街から出る曲がり角を探して歩いているうちに、黒いスーツを着た強面《こわもて》の中年男性がこちらに小走りで寄ってきて、話しかけられてしまいました。

「ちょっとちょっと、お嬢さん、この辺のどっかの店で働いてる？」

「いいえ……」私はか細い声で答えました。

「だよね、こんな美人見たことないもん！　ねえ、よかったらうちで働かない？　お嬢さんなら即戦力だよ。野球で言ったら松坂上原だよ！」

野球で言われてもよく分からなかったのですが、男性は興奮気味に名刺を差し出してきました。そこには、キャバクラという文字が書かれていました。

「え、いや……」

さすがにキャバクラで働くなんて想像もできなかった私は、首を横に振りましたが、男性は簡単には引き下がらず、強引に私の手を取り、名刺をつかませてきました。

「まあまあ、とりあえず名刺だけ持ってってよ」

と、そこにさらに、同じように黒いスーツの、別の男性がやってきました。

「え、なに、この子見つけたの？　すんげえ美人じゃん」

「おいおい、ずるいぞ。俺が先に見つけたんだ」

「堅いこと言うなよ。どうせ他のスカウトも名刺渡すに決まってるんだから」

新たに現れた男性も、名刺を取り出しました。

「よかったらうちも検討して、お嬢ちゃん」

その名刺には「ソープランド」という言葉が書かれていました。疎い私でも、さすがに性的サービスがある風俗店だということぐらいは知っていました。

「この店は客とエッチなことしなきゃいけないからね。でもうちはキャバクラだから、そういうのないからね」

キャバクラのスカウトが言いましたが、すぐにソープのスカウトが言い返しました。

「キャバクラだってアフター行って客とやりまくってんだろ」

「君はそんなことしなくても絶対稼げるから大丈夫だよ」

「ちょっとぐらいケツ触られたりはすんだろ」

「うるせえ、ソープは絶対セックスしなきゃいけねえだろうが！」

「なんだてめえ、この野郎！」

目の前でスカウト二人の怒鳴り合いが始まってしまい、私はおろおろするばかりでした。そこにさらに、何人ものスカウトの男性たちが、降って湧いたかのように集まってしまい、私を取り囲んで口々に品評し始めました。

「おお、こりゃ上玉だ。すげえ可愛いなあ」

「仲間由紀恵に似てるな」

「最近出てきた、佐々木希って子にも似てるよ」

「おい、俺の方が先だぞ」

「まあまあ、とりあえず並ぼう。ほら、ここに一列だ」

最終的に、私の前に二十人ぐらいのスカウトの男性が列を作って並び、まるでアイドルの握手会のようになってしまいました。

「うち、キャバクラの○○だからね。よろしくお願いします」

「うちはピンサロの△△。キャバクラよりお給料はいいからね」

「給料だったらうちが最高。ソープの□□。君なら絶対ナンバーワンになれるよ」

その場に並んだスカウト全員から名刺をもらい、分厚い束になったのを手に「すいません、失礼します」と断りながら、私は歩き出しました。しかしスカウトの男性たちは、なおも私についてきてアピールを続けました。

「うちはね、寮もついてるからね」

「ああ、うちの寮も同じマンションだよ」

「うちの寮の方が新築で間取りもいいよ」

「あ、汚えぞ」

「でも本当だろうがよ」

結果的に私は、黒いスーツの男性たちに囲まれながら繁華街を闊歩《かっぽ》することになってしまいました。周囲の通行人から「何これ？」「中の女の子って、極道の女？」なんてささやく声も聞こえてくる中、どうにか駅まで歩き、「それじゃ待ってるからね」「電話してね～」などという言葉を背中に浴びながら、ようやく駅に入りました。

「……っていうことがあったの」

「そりゃ大変だったなあ」

家に帰ってから、私は父に、病院からの帰り道での体験を話しました。

「これが、その人たちにもらった名刺」

「うわ、すごい厚さだな」

名刺は、ちょっとしたポケット辞書ぐらいの厚さになっていました。その束をめくりながら、父が言いました。

「さすがに風俗はあれだけど、キャバクラとかなら、そんなに悪くないかもなあ」

「……えっ？」

まさか、私がこういった店で働くことに対して前向きな言葉が父から出るとは思わず、しばし言葉を失ってしまいました。でも父は、そんな私の様子には気付かず、さらに言いました。

「本当は高級クラブなんかが一番安全だろうけど、この辺にはねえだろうしなあ」

「いや、あの……」

私は戸惑いながら、父に言いました。

「てっきり、夜の仕事なんてするなよ、なんて言ってもらえると思ったんだけど……」

「あ、ああ……」

父はばつが悪そうに、頭を抱えました。

「すまねえなあ。俺も母ちゃんも、こんな状況だからなあ。まあもちろん、嫌ならやらなくていいんだけど……」

父が悲しそうな顔で言いました。私は小さくため息をつきました。

ナンバーワン

「ご指名ありがとうございます。クルミです」

「おおっ、本当に可愛いなあ」

お客さんに褒められて、ぎこちないながらも笑顔で「ありがとうございます～」などと返せるようになったのは、コンビニでの接客経験のおかげだったと思います。元々の私には、そんなことはできませんでしたから。

私は、クルミという源氏名《げんじな》を店から付けられ、キャバクラで働き始めました。今だったら、スカウトのみなさんにもらった名刺の店をすべてインターネットで調べてから、どこが働きやすそうか見極めて勤務先を決めたと思います。でも、当時の我が家にパソコンなどはなく、携帯電話はネット接続した分だけパケット通信料がかかってしまうので長い時間は使えず、結局は名刺の束から性風俗店を抜いて並べて、目をつぶって触った名刺のキャバクラに決めたのでした。

そして私は、働き始めた月に、早くもナンバーワンになってしまいました。

美人であることを、明確な金銭的利益につなげることができたのは、この時が初めてでした。この手記の最初に「美人であることは私の人生において圧倒的にマイナスだった。厳密には一時的にプラスだった時もあるけど」といったことを書きましたが、その「一時的にプラス」だったのがこの時期です。

昼間に母の看病と家事もあったので、基本的に夜勤であるキャバクラであまり働くことはできず、週に三、四日の勤務だったのですが、それでも私は月に七十万円は稼いでいました。週三、四日勤務でこの売り上げはすごい、さすが当店歴代ナンバーワンの必殺ビューティフルスマイルの持ち主だ、時給換算でいえば歴代で断然トップだ……なんて大袈裟な褒め言葉を、黒服と呼ばれる男性店員さんたちにたくさんいただきました。

——そんな折、私は店に出勤する途中に、思わぬ人物を目にしました。

中学時代に私をいじめて、小指を骨折させた、梨沙子でした。

店の最寄り駅のホームを、彼女は私に気付かず歩いていましたが、私はすぐ彼女が梨沙子だと気付きました。彼女の目や口元は昔のままでした。ただ、鼻の穴が前を向いた、いわゆる豚鼻が、普通の形に変わっていました。どうやら整形手術を受けたようでした。

梨沙子は、豚鼻以外は美人と言ってよかったので、その整形手術で美人になれていてもおかしくなかったでしょう。ただ、残念ながら彼女は、高校時代よりもいっそう、もはや痩せられそうにないほど太っていました。

私は梨沙子を尾行しました。というより、駅を出てからも歩く方向が同じだったので、結果的に尾行する形になりました。梨沙子は繁華街に入り、私が勤務するキャバクラの手前の角を曲がり、奥まった路地裏の、ソープランドのビルの裏口から入っていきました。そのソープランドの看板には「地域最安値　激安ソープ」と書かれていました。

私はすぐ、携帯電話でインターネットに接続してみました。その頃はナンバーワンになって金銭的な余裕もできていたので、もうパケット代をケチらずネットを使っていました。そのソープランドのウェブページの、在籍するソープ嬢の写真の中に、顔の輪郭が不自然に細く、目も異様に大きく修整された梨沙子の写真が載っていました。ただ、それだけ修整されても、彼女が梨沙子であることが、私には一発で分かりました。なぜなら、彼女の源氏名が、私の本名の「カオリ」だったからです。

さらに、そのソープランドの店名で検索してみると、風俗店の客たちが匿名で好き勝手に書き込むネット掲示板も見つかりました。その店に関する掲示板には、源氏名カオリの梨沙子に対する、実に辛辣《しんらつ》な書き込みがいくつも見つかりました。

「カオリ態度もサービスも最悪」「カオリ写真詐欺。実物は八十キロ超えの豚」「痩せられないならソープ辞めろ」「上に乗られた時重すぎて死ぬかと思ったw」「カオリ、ホストに貢いでるらしい。本人から聞いた」「ホスト狂いでソープ堕《お》ちか。惨めだなw」

それらの書き込みを見て、私は圧倒的な優越感に浸りました。梨沙子は底辺の風俗嬢に成り下がっていたのです。彼女が今なお、因縁の相手である私に強いコンプレックスを抱いているのは明らかでした。あえて私の名前を源氏名にするなんて、私の記憶を引きずっている証拠です。なのに梨沙子は底辺ソープ嬢で、私はナンバーワンキャバクラ嬢。同じ繁華街で働いてはいても、圧倒的に私の方が上のステージにいるのです。

今度こそ梨沙子に勝ったと、私はその時、心から思いました。

ただ、私もナンバーワン嬢になったからといって、いいことばかりではありませんでした。新人がいきなりナンバーワンを獲《と》ると、やはり発生してしまったのが、先輩が共謀して行う嫌がらせでした。更衣室の私のロッカーの中のドレスが破られ、ヒールが折られたことが、それぞれ二回ずつありました。華やかなメイクをして着飾っていながら、醜い嫉妬にまみれていた先輩たちはまるで、見た目は宝石のように輝いて美しいのに、動物の糞や死体を食べるオサムシやセンチコガネなどのようでした。

ただ、学校でいじめられていた時とは比べものにならないほど、必ず男性が味方に付いてくれたのがキャバクラでした。それこそ、出勤したらドレスが破られていて、やむをえず「ドレス破れちゃったんです」と正直に言って私服で店に出た時は、お客さんに「私服のクルミちゃんと飲めるなんて逆に貴重だよ〜」なんて喜んでもらえましたし、ヒールを折られた時も、スリッパで出たら意外と気付かれずに、何人かを普通に接客できてしまいました。その後「あれ、スリッパなの？」と、ついに気付いてしまうお客さんが現れましたが、「ごめんなさい、実はヒールが折れちゃって」と明かしたら、そのお客さんが翌日、元の靴より高いハイヒールを買ってきてくれました。

ちなみに、そのハイヒールを買ってくれたのは、常連客のKさんでした。Kさんは、当時まだ二十代後半ながら、不動産関係の仕事で成功していて、私の最初の指名客になってくれた男性でした。

Kさんには、闘病中の母に関しても相談に乗ってもらいました。母が病院の大部屋で、周りが気になって音楽も聴けず困っているという話をしたら、Kさんは後日来店した際、ポケットサイズのポータブルカセットプレーヤーをプレゼントしてくれたのです。

「これ、ウォークマンのバッタモンなんだけど、よかったらお母さんに渡してあげて。MDのやつもあったけど、お母さんはカセットの方がなじみ深いかと思ってね」

それは、カセットテープをイヤホンで聴けるだけでなく、録音機能も付いていて、たとえばテレビの歌番組で好きな曲がかかったら、その場でテープに録音もできるという商品でした。そのKさんからのプレゼントは、入院中の母にもたいそう喜ばれました。

このように私は、意地悪な先輩たちから多少のいじめを受けながらも、未成年キャバクラ嬢として、優しい指名客からの善意と高収入を得ることに成功したのでした。

ちなみに、未成年でも多少は飲酒させられることを覚悟していましたが、その店では本当に飲まずに済みました。というのも、近所の店が以前、未成年嬢の飲酒で摘発されたため、お客さんに勧められても飲まないよう店から厳命されていたのです。警官には合コンで飲まされたのに、キャバクラが法律を厳守していたのは、なんとも皮肉でした。

やがて、一部の先輩嬢からの嫌がらせも収まっていきました。その理由は、先輩たちの中でもリーダー格のアズサさんに、私が目をかけてもらえたからでした。

「クルミちゃん、新人なのにナンバーワン獲るなんてすごいね。頑張ってるねえ」

二十代後半でベテラン嬢の域に入っていたアズサさんは、入店早々のし上がった私に共感を示してくれて、嫉妬や敵愾心《てきがいしん》など抱くことなく、優しく接してくれました。幾度となく私をご飯に連れて行ってくれましたし、相談にも乗ってくれました。一度、常連のお客さんの中に体を触ってくる人がいて悩んでいるという話をしたら、アズサさんが動きを付けて丁寧に教えてくれたこともありました。

「スケベな客に触られそうになったら、まず相手の膝に、こうやって自分の膝を着けちゃうの。これで相手と距離ができるよね。で、この体勢だとエロオヤジは太腿《ふともも》を触ろうとしてくるけど、その前に相手の両手をつかんで笑顔で喋ってやれば、相手はもう十分満足できるわけ。まあこっちも、エロオヤジの手をずっと握ってるのは嫌だけど、もっと嫌なところを触られるよりはましでしょ。肉を切らせて骨を断つってやつよ」

このテクニックを、実際にお触り好きの常連客相手に実践してみたら、効果は絶大で、お触りを完封したまま満足して帰らせることに成功したのでした。

私はいつしか、アズサさんを心から信頼するようになりました。他の先輩嬢とはあまり話さなくても、アズサさんにだけは何でも相談し、母が癌で入院していることも打ち明けました。アズサさんは「苦労してるんだね」と涙まで浮かべて聞いてくれました。

そして、ふと思いついたように提案してきました。

「そうだクルミちゃん。もしあれだったら、浄水器、買ってみたらどうかな」

「浄水器？」

「お水って、やっぱり大事らしいよ。お母さんが退院することがあったら、家で飲むお水も少しでも上質な方がいいだろうし、クルミちゃん自身の健康も大事だし――。あっ、そういえば、ちょうど知り合いからもらったパンフレットがあったわ」

アズサさんは、ハンドバッグからカラフルなパンフレットを取り出しました。

「これ、今なら安くできるって言ってたんだよね。買うなら今だと思うよ」

そこにはたしかに、通常四万円以上する浄水器が、税込一万円を切る値段で買えるということと、その値引き期間が残り数日だということが書かれていました。

「あ……じゃあ、買います」

私は即答していました。アズサさんが勧めてくれるのだから悪いものではないはずだし、その頃は安定して月収七、八十万円は稼げていたので、一万円足らずなら買ってもいいかと思えました。

その後も、アズサさんとの良好な関係は続きました。アズサさんは親身になって私の母の癌について調べてくれて、効果がありそうな商品を勧めてくれました。

「一応、私なりに調べてみたんだけどね、いいサプリがあるらしいの。私の知り合いの知り合いで、末期癌がこれで治った人がいるんだって。もちろん必ず治るっていうものではないんだけど、試してみたらどうかな？」

私はそのサプリもすぐ買いました。それからアズサさんは、私に会うたびにほぼ毎回、田舎ではなかなか手に入らないような商品や、ＮＡＳＡやＦＢＩ、あるいは国内外の名門大学が開発したという商品を、あらゆるルートで入手して私に紹介してくれました。

「ビワ茶っていうのが効くらしいよ」

「パルスブレスレットっていうのが効くらしいの」

「パワーストーンリングっていうのが効いた人もいるみたい」

アズサさんは、「必ず効く」などとは言わず、「効かなかったとしても悪くはならないから試してみたら?」という感じで勧めてくれました。私も、悪くはならないのなら、少しでも母の病状を改善してくれる可能性があるのなら試してみようと思って、アズサさんから頻繁に買うようになりました。こんなに多種多様な商品が手に入るなんて、さすがアズサさんの人徳がなせる業だと思っていました。

料金の支払いに関しては、はじめの何度かはアズサさんに直接払っていましたが、「いちいち払ってもらうのも大変だから、給料から天引きにするように店長に言っておこうか?」とアズサさんが提案してくれて、そうしてもらうことにしました。「まあ、大した金額じゃないから」とアズサさんが言ってくれていたので、私も信頼して、いつからか商品の値段も聞かなくなっていました。

母の病状は、ゆっくり悪化しているようでした。それでも私は、病院での日々を少しでも快適に過ごしてほしくて、お金を出して個室に移ってもらいました。さらに、この中の何かが効いてくれれば御の字だという思いで、アズサさんから買った様々な商品を、お見舞いの際に母に渡して「よかったら試してみて」と勧めていました。

ところがある日、私は母の主治医から病室の外に呼び出され、注意を受けたのです。

「娘さんねえ、お気持ちは分かるんですが、そろそろ控えてもらえませんか？」

でっぷり太った中年男性の主治医は、ため息まじりに私に言いました。

「色々とお母さんに勧めてるみたいですけど、まあはっきり言って、どれもインチキと言わざるをえません。サプリなんかは悪影響が出たらいけないんで、すぐやめてもらいましたけど、あのブレスレットは何ですか？　あれも癌に効くっていう触れ込みだったんですか？」

「あ、はい……」

「あんなもんが本当に効くんだったら、こっちも苦労しませんよ」

母の主治医は、ふんっと鼻で笑ってから、さらに私に説教しました。

「今後、サプリとか、体に入れる物はもうお母様に勧めないでください。それと、これはあくまでも個人的な忠告ですが、癌に効くとか癌が消えるなんて触れ込みで出てる商品は、全部インチキですから、そんな物にお金を使わない方がいいです。大事なお金は取っておきましょう。残され……今後のご家族の人生のためにね」

母の主治医は、嫌味な口調で私をなじって、去って行きました。正直、以前からずっと感じが悪い医者だとは思っていたのです。母を診てもらっている手前、何も言い返すことはできませんでしたが、私はすごく不快な気分になりました。

しかも彼が途中で一度「残された家族」と言いかけたことにも私は気付いていました。母がこのまま死んでしまうことが前提のような話しぶりに、怒りすらこみ上げましたが、母を不安にさせてはいけないので、私は平静を装って病室に戻りました。

ところが、今度は母が、ベッドの上から私におずおずと切り出しました。

「ねえ香織、前から色々買ってきてくれてるのは、どこで買ってるの？」

「ああ……職場の親切な先輩が、いろんな商品を探してきてくれてるんだよ」

「値段は、いくらぐらいなの？」

「大したことないみたいだよ。そういう手続きは先輩にやってもらってるけど」

「でも、お金は自分で払ってるんだよね？」

「うん、先輩が店長に掛け合って、お給料から天引きしてもらってる」

「お給料の額とか内訳は、給与明細で毎月ちゃんと確認してるの？」

「あ……そういえば、細かくはしてないかも」

私は気付きました。たしかに、給与明細はあまりきちんと見ていませんでした。

また、そこで私は、前の月の給料が四十万円台だったことも思い出しました。普段は七、八十万円は当たり前に稼げていたし、指名は普段以上に取れていたので、少ないとは思ったのです。ただ、お給料は指名数だけで決まるわけではなく、お客さんが飲んだお酒の値段などによっても変わるので、絶対おかしいとまでは思わなかったのでした。

「大丈夫だよ。その先輩っていうのは、すごくいい人だし」

私は笑顔で言いましたが、母はなおも不安げな表情を浮かべていました。

「本当に大丈夫。私の心配なんてしなくていいから、それよりもお母さんは、自分の体をいたわって。そうすればきっとよくなるから」

私は、どこか自分にも言い聞かせるように言葉をかけてから、病室を後にしました。


その日、家に帰ると、父が言いづらそうに話しかけてきました。

「香織。さっき母さんから電話で聞いたけど……職場で色々買わされてるんだって？」

私はまず、母がわざわざ病院の公衆電話を使って、父にその旨を伝えたことに驚きました。私に直接言っても無駄だと思われたのかと、少しショックでもありました。

「いや、買わされてるって……違うよ。自分で選んで買ってるんだよ」

私は言い返しましたが、父は眉間に皺を寄せながら告げました。

「でも、母さんの話を聞いた感じだと……それ、たぶんマルチ商法みたいなやつだぞ」

「マルチ……？」

その忌まわしい言葉は、私も忘れてはいませんでした。私が中学生の頃、正体こそなんだかよく分からないけど、マルチというものに父が騙されてしまったせいで、ただでさえ貧しかった我が家がさらに貧乏になったのです。詳しい意味は知らないままでも、マルチという三文字だけは、私の記憶にしっかりとこびり付いていました。

「俺も騙されたから分かる。俺の時と似たような手口だよ」

父は苦い表情で、私を見つめて語りました。

「商品の代金は、給料から引かれるって話なんだろ？　次の給料は……あ、もう月末だから、もうすぐか」

「うん……」

「とんでもない額が引かれてたら、その先輩とはすぐに縁を切れ」

父は厳しい視線を私に向けて、言い切りました。

「騙しただろって怒っても、『香織がまた友達に商品を売ればいいんだ』とか言い出すから。それがマルチの典型的な手口だからな」

「いや、でも……あの人は、そういう人じゃないと思う」

アズサさんを思い浮かべながら私は言いましたが、父はすぐ返しました。

「俺もそう思ってた。俺を騙したあの先輩のことをな」

それを聞いて、もう私は何も言えなくなってしまいました。

答えは、その数日後の給料日に出ました。

渡された給与明細を見ると、私の給与額が十万円台になっていました。

平均して七、八十万円稼いでいた時と、その月の忙しさはほぼ変わりませんでした。それどころか、その月は指名もさらに増えて、いつも以上に稼げていた実感すらありました。なのに、月収がコンビニ時代とさほど変わらない十万円台というのは、いくらなんでもありえませんでした。

出勤直後の更衣室で、給与明細を受け取った他の先輩嬢たちも、明細を見ながらワイワイ話していました。その中で「給料上がってんの〜？　下がってんの〜？」と、当時流行していたKICK THE CAN CREWの歌をもじりながら周囲に話しかけていた先輩が、明細を見て固まる私の姿に気付いて、私にも話しかけてきました。

「あれ、ナンバーワンさんどうしたの？　もしかして給料少なすぎる？」

「え、ああ……」

答えあぐねる私を見て、KICK THE CAN CREW先輩は笑いました。

「アハハ、図星みたいだね」

さらに、向こうで着替えていた別の先輩が、私を見て言いました。

「ああ、今その子がカモなんだっけ……あっ！　言っちゃった」

彼女は目を見開いて口を押さえましたが、その動作はひどく芝居がかっていました。

KICK THE CAN CREW先輩が、その大袈裟な芝居を見て笑いながら、私の顔を無遠慮に指差して言いました。

「ちょっとモモコ～、カモって本人の前で言っちゃダメでしょ～」

「あの、どういうことですか?」さすがに私も、黙っているわけにはいきませんでした。

「カモというのは……アズサさんの、ということですか?」

まだアズサさんが出勤していなかったので、それまで目を背けていた疑惑について聞き出すには、この時しかありませんでした。

「あ、さすがに気付いた? ていうか、そう聞くってことは自覚はあったんだね」

「私たちみんな、あんたがアズサさんと一緒にいるのを見て思ってたよ。ああ、新しいカモが現れたな～って」

KICK THE CAN CREW先輩と、モモコと呼ばれた先輩は、にやつきながら私に言いました。私は泣きそうになりながら尋ねました。

「なんで……私に教えてくれなかったんですか?」

「いや、逆になんで気付かなかったの? あんなあからさまなマルチに」

KICK THE先輩が、冷笑を浮かべて聞き返してきました。

「マルチ……」

やっぱりあれがマルチというやつだったのか――。私の頭の中は真っ白になりました。

「もしかして、マルチ商法って言葉、聞いたこともない?」

「ああ、この子ちょっと弱いのかな」

ＫＩＣＫ ＴＨＥ先輩が頭を指してくるくると回し、モモコ先輩と笑い合いました。

そんなことはありません。マルチという言葉は知っていました。父が昔、同じように騙されたことがあったんです。――なんて反論をできるわけがありませんでした。知っていて騙された方がよっぽど恥ずかしいのです。

「クルミちゃんだっけ。あんた今まで、可愛いからってチヤホヤされてばっかりで、何も知らずに生きてきちゃったんだね。かわいそうに」

「でもアズサさん、月に何回か、自分が入ってるマルチの団体のお客さん連れてくるから、その人たちに次から指名もらえばいいんだよ。あの団体がまた金払いがいいんだわ。まあ、それも誰かから巻き上げた金なんだろうけどさ」

先輩二人はニヤニヤしながら語りました。――みんな、ベテランのアズサさんに遠慮して私をいじめなくなったわけではなかったのです。私がアズサさんのマルチ商法の新しいカモになっているのを遠目に見て、陰で笑っていたのでしょう。

「あの……誰も、アズサさんのことを、店長に言ったりはしないんですか？」

私が恐る恐る聞くと、モモコ先輩は鼻で笑ってから答えました。

「いや、店長も団体の人だから。じゃなきゃ、こんなの許すわけないでしょ。二人は恋人同士で、どっちも団体の幹部クラスなの。ロマンチックだよねえ～、マルチが育んだ恋なんてさあ。私も彼氏欲しいから団体入っちゃおうかな」

「アハハ、ウケる～。マジでモモコ入ったら私何か買ってあげるよ」

先輩二人は、虚脱状態の私など意に介さず、ゲラゲラ笑って盛り上がりました。さらに他の先輩たちも、こちらの会話を聞いて口を挟んできました。

「ここ正直ヤバい店だけど、時給もバックも他の店よりいいからね～」

「店長が捕まったりしたら閉店しちゃうかもしれないけど、うちらはそれまで稼げればいいから。アズサさん以外はみんなそう思ってるよ」

先輩たちはみんな、こちらを見てにやついていました。にやつきながら小さくうなずいている人もいました。アズサさんの正体を知らなかったのは私だけのようでした。

すると、そこにちょうど、アズサさんが出勤してきました。

「おはようクルミちゃん。みんなもおはよう～」

アズサさんは、いつもとまったく変わらない笑顔で、私や他の人に挨拶しました。

私は、ふらふらとアズサさんに近付くと、思わずつかみかかっていました。

「ねえ、アズサさん、なんで私からお金取ったんですか！」

「えっ、ちょっと、どうしたの？」

目を丸くしたアズサさんの両肩をつかみ、私は涙ぐみながら訴えかけました。

「母親が入院してて困ってるって知ってましたよね？　うちが元々貧乏だっていうこと

も話しましたよね？　なんでよりによって私を狙ったんですか？　もしかして……」

母の癌を治したいという気持ちを利用して、お金をむしり取ろうとしたんですか？

あなたそれでも人間ですか？　最低です！——といった言葉をぶつけたかったのですが、
その前に、周りの先輩たちに引きはがされてしまいました。

「ちょっと、やめなよ」

「キレてんじゃねえよ」

何人もの手で後ろから引き倒され、私は床に尻餅をついてしまいました。

「あんたが馬鹿なのが悪いんだろ」

「マルチ知らないってアホすぎじゃん」

先輩たちが、文字通り私を見下し、嘲笑しながら言葉をぶつけてきました。

するとそこで、当のアズサさんが声を上げました。

「ちょっとあなたたち、やめてっ」

アズサさんは、大袈裟なほど両手を広げて私の前に立ちはだかると、「大丈夫？」と
私に声をかけて立たせてから、周りの同僚たちに向き直って語りかけました。

「あのね、いわゆるマルチ、ネットワークビジネスっていうのは、決して悪いものじゃないんだよ。むしろ、上手にやればみんなで幸せになれる方法なの。世界中すべての人を、今よりはるかに幸せにできる可能性を秘めてるのが私たちの活動なの。みんなの人

生をより良きものにしたい。それだけを思って私たちは活動してるんだよ」

手振りを交えて熱心に演説するアズサさんの瞳は、ぞっとするほど輝いていました。

「あ……そうですよね。すいません」

「失礼しました」

私を引き倒した先輩たちはみな、アズサさんに向けて頭を下げました。ただ、その表情は一様に、笑いをこらえているようでした。

アズサさんは私を振り向き、まっすぐな目で語りかけてきました。

「たしかにクルミちゃんは、今月は額面上は損しちゃったかもしれない。でもね、クルミちゃんがまた、お友達やお知り合いを誘って、商品を買ってもらえればいいの。計算上は三人見つければ、そこからクルミちゃんはずっと幸せになれるから。もちろんそのお友達っていうのも、また別の人に――」

アズサさんはその後も熱心に語っていましたが、内容は全然頭に入ってきませんでした。一つだけ確かなことは、アズサさんは私に対して、まさに父が言っていた通りの受け答えをしたということでした。「騙しただろって怒っても、『香織がまた友達に商品を売ればいいんだ』とか言い出すから。それがマルチの典型的な手口だからな」――父の言葉が、頭の中でずっと、こだまのように繰り返されていました。

アズサさんの話が一段落したところで、私は申し出ました。

「ごめんなさい、ちょっと……お化粧、直してきます」

私は荷物を持って更衣室を出ました。トイレの手前で、後ろを振り返りました。

そこには誰もいませんでした。誰も私を気にかけてなどいませんでした。

私はそのまま店を出ました。そして駅へと駆け出しました。それっきり二度と、店に戻ることはありませんでした。

バッグの中の携帯電話が、断続的に何度も振動していました。店からの電話だろうとは察していましたが、もう出る気はありませんでした。


さて、明日からどんな仕事をしようか。とりあえず、前に名刺をもらった別のキャバクラに電話をしようか。キャバクラの仕事は決して好きではなかったし、我慢しながらやっていたけど、やっぱり収入の高さは圧倒的。次こそは騙されたりせずに、ちゃんとお金を貯めることに専念しよう――。そんなことを考えながら、私は自宅の最寄り駅で電車を降り、駅の駐輪場に停めた自転車で帰宅しました。

家の玄関ドアを開けると、すぐ目の前の床に、一枚の紙が置いてありました。それは、父の字の書き置きでした。

『母さんの容態が急変したらしい。仕事中で電話に出られないようだったから、父だけ先に病院へ行ってます。』

二秒ほど、心臓が止まったかのように、私は呆然と立ち尽くしました。

はっと正気に戻り、書き置きを読み返し、バッグから携帯電話を取り出しました。

画面を見ると、店からの着信は一件で、自宅からの着信が三件入っていました。バッグの中で携帯電話が振動していたのには気付いていたものの、店からの電話だと思って出なかったのです。でも実際はほとんどが父からだったのです。出ておくべきだったのだと、私は猛烈に後悔しました。

すぐに家を飛び出し、さっき来た道を引き返しました。そもそも職場のキャバクラは、母が入院している病院のすぐ近くだったのです。わざわざ家に戻ってからまた病院へ行くなんて、ものすごい無駄足でした。キャバクラを飛び出した後、もし母に「仕事辞めちゃった」と一言でも報告に行っていれば、こんなことにはならなかったのです。

どうか母が無事でありますように――。私は必死に祈りながら、自転車を猛然と漕ぎ、駅の階段など走れるところは全部走って、病院に向かいました。電車を降りたのち、喉から血の味がするぐらい走って、通い慣れた病院の、母の病室のドアを開けました。

すると病室の中には、父に加えて、医師や看護師が何人もいました。

ベッドの上の母の顔には、白い布がかかっていました。

「ああ、間に合わなかった……」

立ち尽くす私を見た父が、か細い涙声で言いました。

私はそこで、強いめまいを覚え、卒倒してしまいました。

目が覚めると、私は病院のベッドで寝かされていました。

もしかして、母の最期に間に合わなかったというのも、気を失った私が見た悪い夢だったのではないか――。私は一縷《いちる》の望みを抱いて、目を覚まして最初に来てくれた看護師さんに「母は亡くなったんですか？　まだ生きてますか？」と尋ねました。しかし、彼女が悲しそうな表情で首を横に振った瞬間、あふれた涙で何も見えなくなりました。

私は、母を心配させたまま、最期を看取《みと》ることさえできなかったのです。

私が母のためにできたことなんて、病室を途中から個室に替えたことぐらいでした。マルチ商法に引っかかって購入した、効きもしないサプリやらお茶やらに、無駄にお金を費やしてしまい、ただ母を心配させただけで終わってしまいました。いや、ただ心配させただけどころか、主治医に説教された通り、あれがむしろ母の体に悪影響を与えてしまったのではないか、もしかしたら私が母の寿命を縮めてしまったのではないか――。そんな思いが、母を亡くしてから一日に何度も押し寄せてきて、そのたびに心が押しつぶされそうになりました。

その後、簡素な葬儀をして、母方の親戚と久々に会い……色々あったはずですが、不幸の極致にいた私の記憶はおぼろげです。とにかく私はずっと泣いてばかりで、人生の谷底にいるようでした。「気をしっかり持って」などと何人もの人に言われましたが、とても無理でした。

母の死に伴う諸々《もろもろ》の行事が済んだ後、私は働けなくなりました。ほとんど外にも出られなくなりました。家に閉じこもり、父が肉体労働の仕事に行っている間に最低限の家事をした後は、たびたび襲ってくる後悔に苦しみ、一日に何回も泣いて、いっそ母の後を追って自分も死にたいと何度も思いながら、それでは父が気の毒すぎると思い直して踏みとどまる——。そんな出口の見えない絶望的な日々を送りました。

そんな時に、私はふと、携帯電話でネット検索をしてみました。

検索バーに入力したのは、梨沙子が働いていた、激安ソープランドの店名でした。絶望の極致にいる中で、梨沙子の近況を見て、自分より落ちぶれている人間がいることを確認して安心したかったのでしょう。私の惨めな心が、携帯電話を握る親指を動かしていました。

しかし、あの激安ソープランドのウェブサイトは、もう見つからなくなっていました。そこで、風俗店の客たちが匿名で書き込むネット掲示板の方を見てみると、すでにあの店は閉店したということが分かりました。「とうとう潰《つぶ》れたな」「元々客来てなかったからな」「あんなことが起きなくてもいずれ潰れてたろ」などと書き込まれたネット掲示板をさかのぼってみて、私ははっと息を呑みました。

何ヶ月も前の書き込みに、こんなことが書かれていたのです。

「カオリ店で自殺したってマジ？」「黒服から聞いたから間違いない。待機中に部屋の中で首吊ったらしい」「俺が予約した日に臨時閉店になったの、原因それだったのか」「店で死なれてマジ迷惑って黒服も怒ってた。死ぬなら一人で死ねって」「カオリ太りすぎで態度も悪かったけど、自殺したって聞いて気の毒になってきた」「お前優しいな。俺はざまあみろメス豚としか思わんw」「まあ店にとっちゃ迷惑でしかないな」「マジで最近客減ったもんな。そんな事件があったら当然か」「客は元々少なかったけどw」

なんと、梨沙子はソープランドでの勤務中に自殺していたというのです。中学時代、私に残酷ないじめを繰り返した、あの憎き梨沙子が自殺していた――。その事実を知った瞬間、私は思いました。

梨沙子は、死ねたんだ。

すごい。うらやましい。なんて勇気があるんだろう――。

私は二つ折りの携帯電話を閉じ、そのまま床にへたり込みました。心にぽっかりと、大きな穴が空いたようでした。中学時代にいじめられ、小指の骨をへし折られて以来、ずっと恨んでいた梨沙子。彼女が教室を移されてみんなから無視され、高校もいじめられて中退し、整形してホストに貢いで私の名前を源氏名にして風俗店で働いたものの、増えすぎた体重はどうにもならず客の評判はさんざん――。そんな落ちぶれ方を見ることによって、私はつらいことがあっても「梨沙子よりはましだ。私は梨沙子には勝っているんだ」と満足感を得られていたのです。中学時代以来、直接会話をしたことすらなかったのに、梨沙子が不幸になっていることを知るたびに心の中でマウントを取って、梨沙子の不幸を心の糧にし続けていたのです。

でも、そんな梨沙子の死を知った時、私ははっと気付きました。

見下していたつもりだった梨沙子は、実はずっと、私の一歩先を歩いていたのだと。思えば、高校を中退するのも、お金が必要になって夜の街で働くのも、梨沙子の方が私より先に決断し、実行していたのです。私にとっては、どちらの決断もつらいものだったけど、梨沙子が先に実行していたのだと知ることで、無意識のうちに楽になれていたのです。梨沙子はいわば、私の人生の道しるべだったのです。

そんな梨沙子が、自殺した。

ということは、私も自殺するべきなんじゃないか――。

自殺は怖いけど、梨沙子が先に実行したのだから大丈夫。今まで通り、梨沙子の後に続いて一歩踏み出そう――。いつしか私は、そんな思いにとらわれてしまいました。

今振り返れば、無茶苦茶な理屈だったと分かります。でも当時の私には、それが進むべき道のように思えてなりませんでした。苦しいことばかりの人生を投げ出し、梨沙子が残してくれた道しるべに従って、早く楽になりたい――。後悔に満ちた形で母を失った私にとって、後追い自殺の誘引力は、とてつもなく強いものだったのです。

どん底からピークへ

ちょうどその頃、私は二十歳を迎えました。

多くの人にとって二十歳というのは、若さと希望に満ちた、最も輝かしい時期なのではないでしょうか。でも私にとっては、思い出したくもないほどつらく沈んだ、まさに人生のどん底と言える、毎日のように自殺を本気で考えていた時期でした。

ただ、具体的な方法を検討するうちに、やはり自殺というのは大変そうだということに気付きました。まずは梨沙子と同じ首吊り自殺を考えたのですが、我が家には首吊りのロープを掛けるのに適した鴨居などがありませんでした。そのため、家の外に出て、どこかの木の枝にでもロープを結んで首を吊ろうかと考えたのですが、当然ながら手が届く枝にロープを掛けても首は吊れません。首を吊った時に足が地面に着かない高さの枝にロープを結ぶ必要があり、そのためには十分な高さの台が必要でした。

そんな台を家の中で探したのですが、食卓の椅子ぐらいしかありませんでした。でも、椅子は外に持ち出すだけで目立ってしまいます。もし、椅子とロープを外に持ち出すところをご近所さんにでも見つかったら、自殺の意図を勘付かれて「早まるな！」なんて諭されてしまうかもしれませんし、逆に「引っ越しですか？」なんて声をかけられても、話を合わせるのが大変でしょう。結局、首吊り自殺は難しそうだと断念しました。

続いて、シンプルに手首を切ってみようかと思って、台所の包丁で試してみたのですが、ちょっと切って血が滲んだだけでもすごく痛くて、すぐに挫折してしまいました。実際に死ぬためには、もっと深く動脈まで切らなければいけないなんて、私にはとても無理そうでした。私のような痛がりの臆病者が自殺を成功させるには、一瞬の痛みで片が付く方法じゃないと無理だろうと思いました。

となると、飛び降り自殺しかない——。私はそんな結論に達しました。

田舎の我が家の近所には、飛び降り自殺できるほどの高い建物はありませんでしたが、最寄り駅まで行けば、その近くに五、六階建てのマンションがありました。あのてっぺんから飛び降りれば、たぶん死ぬことができる。そう思って私は、二十歳の夏のある日、死ぬ覚悟を決めて、自転車で最寄り駅まで行ったのです。

そこで運命的な再会が待っているなんて、この時は予想もしていませんでした——。

私は、駅前の目当てのマンションの駐輪場に、住人のふりをして自転車を停め、玄関から中に入ろうとしました。しかし、そこはオートロックでした。私はその時まで、オートロックという言葉をテレビなどで聞いたことはあったけど、実物を見たことはなかったのです。だから、マンションがオートロックで中に入れない可能性があることを、恥ずかしながらその瞬間まで考えてもいませんでした。

となると、他の高い建物を探すしかないか。でも、周りのビルはせいぜい三階建てだから、飛び降りて確実に死ねそうな高さでもないか。どうしよう、いったん計画を練り直すか——。駅周辺の建物を見回しながら、私はしばらくうろうろ歩いていました。

そこでふいに、背後から声がかかりました。

「あれ、佐藤さん？」

振り向くと、つながりそうなほど濃い眉毛の、見覚えのある男性が立っていました。

「ああ……鈴木さん」

そこにいたのは、コンビニ時代の同僚の大学生で、学校の先生を目指していた、そして私がコンビニを辞める日に愛の告白をしてきた、鈴木さんでした。

「久しぶりだね。元気？」

鈴木さんが笑顔で尋ねてきました。今から自殺しようとしてたんです、と正直に答えるわけにもいかず、私は心の内を隠しながら、話を合わせました。

「ええ、まあ……。鈴木さんも、お元気ですか？」

「うん。一応、今は中学校で国語の教師をやってるよ。まだまだ未熟者だけど」

教員志望だった鈴木さんは無事に夢を叶えていたようで、笑顔で答えました。不幸度

MAXの私とは対極の、充実した表情でした。

「今日は、お休みですか？」

「ああ。今は学校が夏休みで、こういう時しか有休は使えないからね。代わりに、独り身の新人だから、お盆の学校の番を任されちゃったけど」

鈴木さんがそう笑ってから、ふと聞き返してきました。

「佐藤さんは、今日は何してたの？」

「私は……」

ちょうどいい嘘が思いつかず、私は口をつぐんでしまいました。

すると鈴木さんが、察した様子で尋ねてきました。

「佐藤さん……もしかして、なんか悩んでない？」

よほど私の顔が深刻だったのでしょう。ついさっきまで自殺する場所を探していた人間からは、やはり相当な負のオーラが出てしまっていたのでしょう。

「あの、俺は今日もう予定もないし、聞き役だったらいくらでもできるけど……」

鈴木さんが、つながりそうな眉根をますます寄せて、心配そうに申し出てきました。

そこでふいに、私の中に、全部話してしまいたいという衝動が湧き上がったのです。

思えば、この時の私は、話し相手に猛烈に飢えていました。ほぼ引きこもりの状態で、毎日死ぬことばかり考えていた上に、仕事をしている父もまた、母を失ったショックが癒えておらず、家の中の雰囲気は重く沈んだまま、親子の会話すらほとんどありませんでした。そのため、突然現れた、きっと私を拒絶はしないであろう相手を前に、私は堰《せき》を切ったように話し出してしまったのです。

「実は……私、鈴木さんと一緒に働いたあのコンビニを辞めた後、社長秘書として働く予定だったんです。でも、実はその会社の社長は、私のことを秘書じゃなくて愛人にするつもりで、勤務初日にいきなり社長室で襲われて、私は慌てて防犯ブザーを鳴らして逃げたんです。それから無職になっちゃったんですけど、母が入院してお金が必要になって、ちょうど母の病院の近くでキャバクラのスカウトに声をかけられて、今度はキャバクラで働きました。そこで、今までもらったことがないぐらいのお給料をもらえたんですけど、私を可愛がってくれた先輩が、実はマルチ商法をやってる人で……」

鈴木さんとしては、まさかここまでの波瀾万丈ストーリーを、立ち話で聞かされるとは思っていなかったようで、しばらくしておずおずと申し出てきました。

「あの……もしよかったら、すぐそこに喫茶店あるから、そこで話そうか?」

「ああ、はい」

私たちは駅前の喫茶店に入りました。席に着いてからも、私は目の前の鈴木さんに全て吐き出すように、身の上話を続けました。マルチ商法で百万円以上巻き上げられたこと、それを知ったショックで衝動的にキャバクラを辞めた日に母の容態が急変し、再三父から着信があったことに気付かず帰宅してしまったせいで母の死に目に会えなかったこと。その後、自己嫌悪に陥っていた時に、私を中学時代にいじめた梨沙子が自殺していたことを知り、私もまた自殺願望を抱くようになってしまったこと——。いつしか私は、梨沙子から受けたひどいいじめのことなど、昔のことまでさかのぼって、心の闇を洗いざらい、鈴木さんにさらけ出してしまいました。

「——で、あそこのマンションの上から飛び降りようと思って、今日ここに来たんです。飛び降り自殺ができるような高い建物は、駅前ぐらいしか思いつかなかったんで」

「そんな……」

鈴木さんは、私の話を聞き終え、しばし言葉を失った後で、涙目で言いました。

「佐藤さん……。俺は、佐藤さんには絶対に死んでほしくないよ」

「でも私は、もう生きてるのがつらいんです。生きる目的も見つからないし」

「じゃあ……俺を悲しませないために生きるっていうことは、できないかな……」

鈴木さんは、悩ましげに頭を抱えて言った後、すぐに首を振りました。

「いや、そんなの、俺なんかが何様だっていう話だよね。佐藤さんにとっては何者でもない、ただバイトの最終日に勝手に告白してきた俺なんかが……」

鈴木さんが半泣きで絞り出した言葉を聞いて、私は思わず、ぽろっと答えていました。

「あ、でも……それなら、できるかも」

何も目的がなくなった、捨てるしかない私の人生に、何か目的を与えてもらえるなら、別に何でもよかったのです。それに、今ここで鈴木さんと出会えた機会を逃してしまっては、もう二度と私が生き直せるチャンスは訪れないだろうと思いました。

この人にすがろう——。私は瞬間的に、はっきりと決意していました。

「鈴木さん、今も私のことを、好きでいてくれますか？」

私は、照れもせずにそんな質問をしていました。ほんの数分前まで人生を捨てていたからこそ出た、驚くべき勇気でした。

「もし好きでいてくれるなら、今お付き合いされてる方がいないのなら、私、鈴木さんと恋がしたいです。鈴木さんのために生きていきたいです」

「え、あ、いや……」鈴木さんはあからさまに慌てた後、聞き返してきました。「あの、めちゃくちゃ嬉しいけど……本当にいいの？」

私は「はい」とうなずいてから、恥じらいのリミッターが外れたまま宣言しました。

「私、今この瞬間から、鈴木さんのために生きます」

「いや、そんな……夢みたいだよ」

鈴木さんは、泣き笑いのような表情になりながら、大きくうなずいてくれました。

元同僚と再会した日に即交際なんて、普通の恋愛とは言い難いでしょう。でも我々の祖父母以上の世代では、結婚式の日が初対面というのもざらだったということを考えると、鈴木さんは十分気心の知れた相手だったと思います。

こうして私は、この日から、鈴木さんとお付き合いすることになったのです。

とはいえ、私にとって鈴木さんは、絶望的な日常をなんとか変えるために、とっさにすがりついた相手でした。正直なところ、交際を始めた時点では、鈴木さんを心から好きになっていたわけではありませんでした。状況的には、好きでもない男子に告白されるまま付き合っていた中学時代と似ていました。

となると、必然的に不安が湧いてきました。

いつか鈴木さんにも「なんか違う」と言われ、振られてしまうのではないかと——。

中学時代の交際相手に、必ずといっていいほど言われた、別れの理由です。のちにネットで調べたら、美人と言われる女性の多くが、同様の振られ方を経験しているようでした。男性の頭の中で理想化されてしまうと、私を含め外見以上の取り柄のない女性は、最終的にいつも失望されて振られてしまうのです。

でも、鈴木さんは決して、そんなことは言いませんでした。

デートのたびに、たとえ私があまり喋っていなくても、さりげなく会話を引き出してくれました。沈黙したままでも気まずくない様子で振る舞ってくれて、毎回最後には「今日も楽しかった。ありがとう」と言ってくれました。動物園、水族館、遊園地など、世間知らずで引きこもりがちな私を、楽しい場所にたくさん連れ出してくれました。鈴木さんと一緒にいることが楽しいし、この人とならずっと一緒にいたいと、心から思えました。――これが本当の愛なのだと、やっと私は知ることができました。

プロポーズも、とても自然に切り出してくれました。ドライブ中にふと「結婚しよっか」と言ってくれて、私も自然に「うん、しよっか」と答えました。着飾ることなく、平時の自分のままで、ずっと一緒に暮らしたいから、結婚という道を選ぶ。当たり前の選択をするように、プロポーズを受け入れることができました。

こうして私たちは結婚し、私は鈴木姓になりました。（しつこいようですがもちろん仮名です。）私の人生の中にも、本当に幸せな期間が十年ほどはあったのです。これまでの人生のたった四分の一だと思うと落ち込みますが、四分の一は幸せで満たされていたのだとポジティブにとらえれば、その思い出に勇気づけられる気もします。今でも、たくさんの幸せな思い出が、記憶の中で輝いています。

忙しい合間を縫って、夫が学校の夏休みに、北海道へ新婚旅行に連れて行ってくれたこと。夏だから涼しい場所を選んだけど、涼しいを通り越して寒いぐらいで、二人とも体調を崩して旅館の部屋で寝込んでしまったのも、今ではいとおしい思い出です。

やがて、夫との愛の結晶の、娘も生まれました。仕事が忙しくてお産に間に合わず、父親になる瞬間に立ち会うことができなかった夫はとても悔しがっていたけど、出産後の私の頬にキスをして、「本当に大変だったね。ご苦労様、ありがとう」とねぎらいの言葉をかけてくれたことも、昨日のことのように思い出せます。

娘が初めて発した言葉が「ママ」だったことに嫉妬して、夫が眠そうにしている娘に「パパ、パパ」と何度も言い聞かせて、娘に泣かれてしょげていたこと。「いないいないばあ」を三十分以上、くたくたになるまでやって娘を笑わせてくれたこと。

国語教師だけあって、娘の絵本選びはずっと夫が担当してくれたこと。読み聞かせもすすんでしてくれたこと。夫のおかげで、娘は幼い頃から、動植物の図鑑やファーブル昆虫記などにも親しみ、私の幼少期よりずっと知的好奇心が育まれていたこと。私は虫が大の苦手なので見る気もしませんでしたが、夫と娘が二人で昆虫図鑑に夢中になっているのは微笑ましくもありました。

公園で、日が暮れるまで娘と遊んでくれたこと。時には厳しくしても、必ず娘を甘えさせてくれたこと。

学校の勉強を早々にあきらめた私とは対照的に、夫は教員だけあって、娘の宿題も優しく丁寧に教えてあげていたこと。私はそれを微笑みながら眺めて、娘の勉強のことは全部夫に任せておけば大丈夫だろうな、でも夫の不在時に娘が勉強のことを質問してきたら、私が勉強できないのがばれちゃうな——なんて、呑気に考えていました。

夫が三十年のローンを組んで建ててくれたマイホームで、幸せに娘を育て、やがて夫と共に穏やかに年を取っていく未来を、私は信じて疑いませんでした。

しかし、ずっと続いてほしかった幸せは、やがて終わりを迎えてしまうのでした——。

転落

崩壊の足音が聞こえ始めたのは、結婚生活も十年を超えた頃でした。

安定した生活の中で、夫の元気が徐々になくなっているのを、私は感じていました。

「何かあった?」と聞いても「ううん、何でもない」と答えるばかり。でも、夫の食欲がなくなっていき、笑顔も減っていき、何か異常が起きているのは明らかでした。

ある夜、娘が寝た後で、私は意を決して夫に尋ねました。

「ねえ、何かつらいことが起きてるよね? 正直に言って。私たち夫婦なんだよ」

すると、夫はようやく答えてくれました。

「学級崩壊、しちゃってるんだ……」

そのまま夫は、うつむきながら語りました。それは次のような内容でした。

夫は十年以上、中学校の教員として勤務してきました。しかしこの年、それまでと別の中学校に異動になり、経験したことのない荒れたクラスを担任することになりました。

私語どころではなく、授業中の暴力行為や複数生徒の乱闘さえあり、話を聞いた限りでは、私が通った高校よりもさらにひどい状況のようでした。そのクラスは前年にも中堅教師を一人退職に追い込んでいて、指導困難な生徒が十人以上いて、担任の夫だけではとても対処しきれなかったというのです。

「俺一人じゃだめなんだ。でも、校長や教頭に言っても助けてもらえないんだ。他にも崩壊してるクラスがいくつもあって……」

夫はすべてを私に話してくれた後で、涙を流していました。それほどまで追い詰められていたのに、家では決して弱音を吐かなかった夫は、我慢しすぎていたのでしょう。また、私は妻として、その弱音を受け止められる存在でいたかったのに、そうなれていなかった自分が悔しくもありました。

「無理だったら、学校を辞めたっていいと思うよ。どんなことがあっても、私は味方だからね」

私は、夫の手をしっかり握って言葉をかけました。

それから数ヶ月間、夫は職場で頑張っていました。でも、とうとう限界を迎え、教員を辞めることになりました。結局、学級崩壊を止める手立てを、管理職も市の教育委員会も打とうとせず、夫は燃え尽きてしまったようです。夫は自らの無力さに涙を流していましたが、あなた一人のせいじゃない、あなたは精一杯頑張ったのだから仕方ないと、私は懸命に慰めました。

教員を辞めてからしばらく、夫は家で虚脱状態になっていました。何も手につかない様子で、夜も眠れなくなり、心療内科を受診して睡眠薬をもらうようになりました。とはいえ、夫は徐々に元気を取り戻していって、数ヶ月経って自ら塾講師の仕事を見つけてきたので、きっとこれから再起できるはずだと、私は信じていました。

また、ほどなくして、私の妊娠も分かりました。娘ができて以来、約十年越しに二人目ができたと分かって、夫もとても喜んでくれました。

ただ、私の妊娠が、さらなるプレッシャーになってしまったのかもしれません。

その頃から、夫の毎晩のお酒の量が、徐々に増えてしまいました。また、娘の誕生を機にやめていたタバコも、再開してしまいました。ある晩、塾の仕事から車で帰宅した夫が、しばらく家に入ってこないので何かと思ってガレージを見たら、車の中で喫煙しているのを見つけた時は、私も驚いてしまいました。

「ちょっと、なんでタバコ吸ってるの？」

外に出て私が尋ねると、夫は疲れた表情でこう答えました。

「久々に吸ってみたら、気が楽になることに気付いてさ……」

それを聞いて、やめるようには言えませんでした。夫が再就職してからも精神的に張り詰めているのは分かっていましたし、毎回必ず娘や私からは離れたところで、お腹の子供にも決して悪影響を与えない場所で喫煙してくれていました。そこまで配慮して、優しさを持って家族のために頑張ってくれている以上、タバコ程度で気が楽になるなら吸ってくれていいだろうと、私は思ってしまいました。

今にして思えば、こうして一歩ずつ、最悪の事態へと近付いていたのです。

この時期から夫は、睡眠薬が効きづらくなってしまったようで、いつまでも寝室に来ず、二階の奥の書斎で夜を明かすことが増えました。遅くまで本を読んだり、塾の授業の準備をしたりしているうちに、すとんと眠りに落ちるという、夫なりの入眠方法を編み出したようでした。私は、書斎の狭いソファで眠っては疲れが取れないのではないかと心配でしたが、夫が言うには「寝ようと思って寝室に入っちゃうと眠れなくて、睡眠薬を飲んでから読書したり仕事したりして、限界を迎えて寝落ちするのが一番いいんだ」とのことでした。ただ、書斎の灰皿を見ると、日に日に吸い殻の本数が増えているようで、夫の心身の健康に関してはずっと心配が尽きませんでした。

それでも、夫が私たち家族のために頑張ってくれていることは分かっていました。塾は公立の学校と違って、生徒指導などは考えなくてもいい代わりに、授業の評判によって人事評価が決まるのだと、夫はよく話していました。夫は塾の正社員にはなれていなかったので、授業をもっと面白くして、まずは正社員を目指すのだと張り切っていました。家族のことを思ってくれる夫の頑張りと、それに伴う生活の変化を、私が咎めることなどできませんでした。

結局私は、夫が書斎で一人で夜を明かすようになったことも、タバコの本数が増えたことも、睡眠薬を飲んで寝落ちするような形で睡眠をとるようになったことも、改めさせることはできませんでした。

その結果、破滅に向けて、すべての歯車が嚙《か》み合ってしまったのでした——。

2016年9月15日。一生忘れることのできない日付です。

その夜も夫は寝室には来ず、私は一人で、二階の夫婦の寝室で眠っていました。娘も、夫婦の寝室から廊下を挟んだ位置にある子供部屋で、私より先に眠っていました。

突然、私は咳《せき》が止まらなくなって目が覚めました。どうにか息を吸っても、入ってくるのは明らかに何かが燃えた煙で、また咳き込んでしまいます。

大変だ。これは火事が起きている——。私はすぐに悟り、第二子を宿したお腹を抱えて立ち上がりました。

息を止め、無我夢中で廊下に出て、壁のスイッチを押して明かりをつけました。すでに煙がもうもうと立ちこめていました。慌てて服の袖口で鼻と口を押さえ、娘の部屋のドアを開けて照明のスイッチを押し、大声で叫びました。

「起きて！　火事だよ火事！」

中にいた娘は目を開くと、すぐに異変を察したようでした。漂う煙は、朝方に近所の森に立ちこめる霧にも似ていましたが、臭いが明らかに異なります。

「霧……？　違うよね？」

寝ぼけ眼で言った娘に対して、私は大声で叫びました。

「火事だよ！　すぐ逃げよう！」

それを聞いた娘は、すぐ私をまねて服の袖口で鼻と口を押さえ、素速くベッドから起き上がりました。この時点では、火元が我が家なのか、それとも近所の家なのかも分かりませんでした。とにかく、まずは娘を安全な場所に避難させなければなりません。

「外に逃げよう！」

私は娘の手を引いて廊下に出て、階段を下り、急いで玄関から外に駆け出しました。

そして、夜の闇の中、我が家を振り返ったところで気付きました。

二階の奥の、夫の書斎がごおごおと燃えていることに――。

「あなた！　あなた！」

私は叫びながら辺りを駆け回り、夫を探しました。しかし、どこにもいませんでした。

それもそうです。夫は、自室で火事を出した後、私たちを置いて一人で外に逃げるような真似をするはずがないのですから。

つまり、夫はまだ、家の中にいるということでした。

「鈴木さん、今消防車呼んだからね！」

隣の家に住む年配のご夫婦が、夜中なのに家から出てきて、声をかけてくれました。でも私は、一礼しただけで、すぐまた家の中に戻ろうとしました。

当然、ご夫婦が揃って、私を制止しました。

「ちょっと、だめだよ！」

「夫がまだ中にいるんです！」私は絶叫しました。

「無理よ、あなたまで死んじゃったらどうするの！」

私は、お隣のご夫婦に両脇を抱えられてしまいました。たしかに客観的に見て、もはや家に入って夫を救い出せる状況ではありませんでした。夫の書斎は二階の奥ですが、その手前の窓からも黒い煙がもくもくと上がり、窓の内側には赤い炎も見えました。中の夫が、もう生きてはいないことは、残念ながら明らかでした。

「あなた！　あなた〜！」

私はただ、燃えさかる家に向かって泣き叫ぶことしかできませんでした。傍らで娘もずっと、しくしく泣いていました。夫が遅れて玄関から出てきてくれるという奇跡をずっと願っていましたが、叶うことはありませんでした。

消防車が到着して放水し、その間に警察に事情を聞かれ……記憶は断片的ですが、夫らしき焼死体が見つかったと聞いた時の絶望感は鮮明に覚えています。我を忘れて夫の名前を叫び、人目もはばからず大泣きしてしまいました。自殺寸前だった私を救って、本当の愛を、本当の幸せを教えてくれた、命の恩人であり最愛のパートナーだった夫が死んでしまった——。まるで世界が崩壊するような絶望感でした。

その後の捜査で、出火原因は寝タバコだったと判断されました。周囲に引火して出た煙を吸って、夫は眠ったまま亡くなってしまったようでした。夫が生きながら火に焼かれる地獄を味わったのでなければ、それだけがせめてもの救いでした。

それからの記憶は、母を亡くした時のように、断片的です。

夫の葬儀には、中学校や学習塾の同僚から、たくさんの人が集まってくれました。ただ、中学校の同僚の中には、夫の学級崩壊のサポートをしてくれなかった上司も含まれるのだと思うと、その人を探し出して罵倒したいという気持ちに駆られました。夫が退職に追い込まれていなければ、あのような最期を迎えることもなかったはずなのです。結局、夫の上司だった人を葬儀の場で特定することはできませんでしたが。

葬儀の後も、火葬、納骨、焼けてしまった家の引っ越し、諸々の役所への届出……と、我ながらよく全部こなしたものだと思います。そんな中、大きなお腹を抱えた私を気遣って、小学四年生になっていた娘が積極的に家事などを手伝ってくれたのは、本当に助かりました。

ただ一方で、葬儀後に夫の両親からは泣きながらなじられてしまい、それ以来関係は疎遠になってしまいました。私が反論することなどできませんでした。義父母にとって私は、息子と共に暮らしていながら息子の命を守れなかった、愚鈍な嫁に他ならないのです。私が妻として、心を鬼にして夫のタバコをやめさせて、私と同じ寝室で眠るようにお願いしていれば、あんなことにはならなかったはずなのです。

つらい日々の中、私は人前ではできるだけ涙をこらえていました。しかし、家にいる時に、ふいに涙が出てくることもありました。そんな時、娘が「お母さんが泣いてたら、お父さんも天国で泣いちゃうよ」と声をかけてくれました。夫が愛情を注いでくれたおかげで、本当に優しい娘に育ってくれていました。

ただ、そんな娘も、一人でこっそり泣いていたようでした。子供部屋やお風呂から、何度か娘のすすり泣く声が聞こえたことがありました。それでも、人前では決して泣かない娘を見て、私も強くなければいけない、これから生まれる赤ちゃんも含め、二人を守るために歯を食いしばって頑張らなくてはいけないと、強く心に誓ったのでした。

さらなる苦難

夫を失ってから約五ヶ月後、私は第二子の息子を出産しました。

夫を亡くした悲しみは、決して消えることはありませんでしたが、二人の子供たちの母、そして夫が私に残してくれた愛を子供たちに受け継ぐ者として、生きていくことへの決意が、出産とともにみなぎっていました。

娘も、生まれたばかりの息子を見て、私を励ますように言ってくれました。

「この赤ちゃん、お父さんの生まれ変わりだね」

私もそう思わずにはいられませんでした。もちろん確率は二分の一なのですが、男の子が生まれたことから、夫の生まれ変わりだと思えてなりませんでしたし、またそう思うことで、私も娘も、夫を失った悲しみから立ち直ろうとしていたのでしょう。息子が夫の生まれ変わりなら、もう夫の死を悲しむ必要はありません。夫は私が抱っこする腕の中にいて、これから成長していくのですから、まったく寂しくはないのです。

もし子供たちがいなかったら、夫を失った直後に、私は自殺していたでしょう。今まで生きてこられたのは間違いなく、子供たちがいたからでした。まだ小学生の娘に、赤ん坊の息子。二人を育てるのに精一杯だったことが、結果的には幸いしました。家事と育児に追われ、悲しみに沈んでいる暇などありませんでした。

それに、娘が、弟である赤ちゃんにミルクをあげたりあやしたり、積極的に手伝ってくれたことも、本当に助けになりました。息子が初めて笑ったのも、歩いたのも、娘の方が私より先に見つけたくらいでした。

火災後に引っ越した新しい我が家は、周りが空き地や森や耕作放棄地ばかりの場所にぽつんと立つ戸建ての借家で、一応隣家と言える、百メートル以上離れた数軒の家も、高齢の住人が亡くなったり施設に入ったりで空き家ばかりでした。そのため、治安上は多少の不安がありましたが、赤ちゃんがどんなに大声を出しても近所迷惑にならないのは利点でした。そんな環境で息子は、のびのびと育ってくれました。

さらに、もう一つ救いだったのは、私の父親の助けがあったことでした。

結婚以降、私と父は離れて暮らしていましたが、新しい我が家は、父が私の結婚後に格安で購入して住んでいた一軒家の近所だったのです。父は、年金で隠居生活を送れるような職歴ではなかったし、格安とはいえ思い切って家を買ったせいもあって貯蓄も少なく、還暦を過ぎてもなお肉体労働に従事していましたが、週に一、二回は私たちと会って、食事をしたりするようになりました。

「お父さんは死んじゃったけど、おじいちゃんがいてよかった」

娘がある時、嬉しそうにつぶやいた言葉が忘れられません。夫は亡くなってしまいましたが、男親の役割は私の父が受け継いでくれていました。

また、夫の忘れ形見である息子も、おじいちゃん——私の父に懐いていました。父の家から我が家に来る途中に、二百メートルほどの、大きくカーブしながら下る急な坂道があるのですが、息子は小さい頃から、自転車の後ろに乗せられてその坂を下るのが大好きで、「もう一回やって〜」と何度もせがみました。私の体力では難しかったですが、私の父は、何度も自転車に息子を乗せて坂を上り下りして、息子を楽しませてくれました。父と息子はその遊びを「ジェットコースター」と呼んでいました。息子が「じいじ、ジェットコースターして」とせがみ、父が「ええ、またか〜」と苦笑しながらも、嬉しそうに自転車を押して坂を上る後ろ姿は、昨日のことのように思い出せます。

夫を亡くしてしまったけど、私たち家族と、近所に住む父とで、支え合いながらずっと暮らしていけるのだと、私は信じ切っていました。

やがて月日は流れ、息子は保育園に通うようになり、娘も中学生になりました。

その間に、私の方にも、ちょっとした変化がありました。

キャバクラ時代に常連客だったKさんと、ある日偶然再会したのです。——といっても「Kさんって誰だっけ？」とお思いの方もいるかもしれませんが、キャバクラ時代の私についてくれた最初の指名客で、先輩の嫌がらせでハイヒールを折られた私に新品を買ってくれたり、入院中の母のためにポータブルカセットプレーヤーをプレゼントしてくれた男性です。私は、買い物に訪れた店でばったりKさんと再会し、「お久しぶりです〜」と感激しながら挨拶を交わした勢いで、LINEも交換しました。もちろん私も、亡き夫への思いは消えていませんし、男女のお付き合いというほどには発展しませんでしたが、大人同士、時に頼りがいのある男性として、Kさんと電話で話したり、休日には娘や息子と一緒に食事したりもするようになりました。

一方で娘は、中学時代の私には無縁だった部活動にも取り組みました。文芸部に入って小説を書き、公募の文学賞に応募したこともありましたし、一度、たしか藤なんとか翔さんという名前の、あまり売れていないものの一応プロの作家さんを特別講師として学校に招いて、原稿の書き方などをレクチャーしてもらったこともあったそうです。

そんな、順調に思えた娘の学校生活でしたが、やがて暗雲が垂れこめてきました。娘もまた、我が家が抱える忌まわしい宿命に悩まされるようになったのです。

そう、美人であることです――。

年頃になった娘も、私と同様、世間では美人と評される顔の形質に育っていきました。そのため、中学校に入った頃から、好きでもない男子生徒から告白されたり、そのせいで同級生の女子から逆恨みをされたりと、まさに私が経験したのと同じような、不可避かつ理不尽な苦労に見舞われるようになってしまいました。二年生の時には、通学に使っていた自転車を誰かにパンクさせられたこともあったそうです。

それでも娘は、昔の私よりはうまく学校生活を送れていたようで、不登校になるようなことはありませんでした。私に隠しているのではないかと、何度か「いじめられたりしてない？」と尋ねましたが、「意地悪な子はいるけど、学校に通えなくなるほどじゃないよ」と娘は答えていたので、私もそこまで心配していませんでした。

それに、娘は中学三年生になり、高校受験を控えていました。夫が学力の基礎を構築してくれたこともあり、娘は学業につまずくこともなく、成績はずっと上位を保っていました。三年生にもなれば、みんな受験で忙しくなり、他人をいじめている暇もなくなります。娘も美人と呼ばれる容姿ゆえに、多少の苦労はしているようだけど、この様子ならきっと大丈夫だろう――。私はそう思っていました。

しかし、そんな思いは、無残に打ち砕かれたのでした。


2021年12月21日。娘にとっては、いよいよ受験を目前に控えていた時期でした。

ここからは、娘の証言をもとに書きます。

その日、娘が下校する際に、学校の駐輪場に停めてあった自転車の前輪がパンクしていました。原因は今も分かっていないということですが、前にも一度パンクさせられたことがあったので、私はきっと誰かの嫌がらせだったに違いないと思っています。

娘は、前輪がパンクした自転車を押して、夕暮れの通学路の歩道を一人で歩いていました。そこに、私の父――娘にとっての祖父が、車で通りかかったのです。

「お～い、どうしたの？」

娘の傍らで停車し、運転席の窓を開けた父に対して、娘は「自転車がパンクしちゃった」と答えました。

「じゃ、送っていこうか。自転車は後ろに積めばいいから」

父の車は、軽自動車ながら天井が高く、後部シートを畳めば自転車を積むことができました。

「いいの？　ありがとう」

娘は申し出に応じ、車に乗せてもらうことにしました。父は自転車を手際よく積み込みました。田舎の直線道路なので、路肩に駐車してそんな作業をしても、他の車はほとんど通らず、邪魔になることはなかったようです。

そして車は走り出しました。本来なら十分もかからず我が家に到着するはずでした。

しかし、あの「ジェットコースター」の遊びを何度もした、我が家の手前の急な下り坂で、私の父が運転する車は、ガードレールを突き破り、ほとんど崖のような急斜面を十メートルほど下まで転落してしまったのです。

車は大破。特に前の方は、原形をとどめないほどに潰れてしまいました。

父はほぼ即死状態でした。そして娘は、命こそ助かったものの、下半身に麻痺《まひ》が残り、車椅子生活になってしまいました。

しかも、私はその瞬間、ドンという音を聞いていたのです。家から数百メートルの地点で起きた車の転落事故は、地響きが伝わってくるほどでした。でも私は、父の命と娘の足が奪われたその音を聞いても、まさか家族が犠牲になったとは夢にも思わず、五歳の息子と「大きい音びっくりしたね～」と笑い合っただけで、その後の約一時間、のんきに息子と遊んだり、晩ご飯の下ごしらえをしたり、息子が覚え始めていたひらがなを書く練習をしたりしていたのです。今思い出しても胸が張り裂けそうになります。

その後、警察から、娘と父が事故に遭ったことを知らせる電話がありました。それを聞いた瞬間、私は思わず膝から崩れ落ちてしまいました。息子を連れ、警察署までタクシーで行ったはずですが、息子に何と説明したのか、作りかけていた夕食は結局どうしたのかなど、細部はまったく思い出せません。覚えているのは、父が亡くなったことと、遺体の損傷が激しく対面すらできないことを警察官から伝えられ、息子の手を握りながら子供のように泣きじゃくってしまい、「お母さん泣かないで」とまだ保育園児の息子に慰められてしまったことです。

貧しい生涯でしたが、娘の私と孫たちに、愛情を注いでくれた父。母に続いて、父の最期も私は看取ることができなかったのです。筆舌に尽くしがたい悲しみでした。

それでも、いつまでも悲しんでいるわけにはいきませんでした。娘の緊急手術が終わり、どうにか命は助かりそうだと聞かされ、すぐに会いたかったのですが新型コロナウイルス対策のため面会はできず、娘が意識を回復してから直接会えたのは、結局何ヶ月も後になってしまいました。その間に、身内だけで父の葬儀を行い、遺骨を引き取り、もちろん息子の育児は続き、入院中の娘を電話で励まし続け……この嵐のような期間をいったいどうやって乗り切ったのか、ほとんど記憶がありません。人間はつらすぎる記憶は脳内から消していくのだと思います。ただ、やはりこの時も子供たちがいたから、私も絶望に打ちひしがれず、どうにか耐えることができたのは間違いありません。

警察が導き出した事故の原因は、父の運転ミスということでした。あの日まで、父の運転技術が危うくなっている様子はなかったのですが、一度のミスが取り返しのつかない結果につながってしまったのです。幸か不幸か、娘に事故の記憶は、あまり鮮明には残っていないようでした。事故の際に強く頭を打ったため、記憶の一部は消えてしまったのかもしれないと、お医者さんもおっしゃっていました。

どうすればあの悲惨な事故を防ぐことができたのか――。時間を巻き戻すことなどできない以上、考えても無駄とは知りながら、どうしても時折考えてしまいます。もう高齢なのだからと、父に運転を控えさせるべきだったのか。しかし父はまだ六十代でした。田舎は公共交通機関も少ないですし、そもそも事故以前に父の運転に危険を感じたことはなかったので、やはりそれは無理だったのではないかと思います。

そうなると、必然的に許せなくなってくるのは、あの日、娘の自転車のタイヤをパンクさせた人間です。

娘は中学時代の私と同様、その美貌によって何者かによからぬ感情を抱かれ、自転車をパンクさせられたのではないか――。私にはそう思えてなりません。もし自転車がパンクしてさえいなければ、娘はあの日、父の車に乗ることはなかったのです。また、父が事故を起こすことも、運転技術の衰えでいずれ避けられなかったのかもしれませんが、私たちの家の手前の急な坂で転落し、死亡してしまうという重大な事故までは起こさず、もっと軽微な事故で済んだ可能性は十分あると思うのです。あの日、想定外だったルートを通ったせいで、父は運転操作を誤ったのではないかと思うのです。

全ての原因は、あの日、娘の自転車をパンクさせた人間です。誰に何と言われようと、私はそう思っています。

証拠がないとか被害妄想だとか、笑いたければ笑えばいいです。でも私は、正体の分からないその相手を、決して許しません。

悪夢の事件

そしていよいよ、みなさんもご存じの、あの事件へと向かっていきます。もちろん、そんな未来が待ち構えていることなど、私は知るよしもありませんでしたが——。

車椅子生活になった娘と、もし代われるのなら代わってあげたいと、何度思ったか分かりません。でも、めそめそしてばかりもいられず、現実は否応《いやおう》なく迫ってきました。娘が病院でのリハビリ期間を終えて退院すると、毎日が試行錯誤の連続でした。娘本人が一番大変だったのはもちろんですが、私にとっても、初めての車椅子介助は分からないことだらけでした。

階段はもちろん、ちょっとした段差があるだけでも、車椅子では進めなくなってしまいます。我が家は玄関の中と外、それに道路に出る手前にも大きな段差があるので、娘は一人で家の外に出ることすらできなくなってしまいました。ちょっと買い物に行ったり散歩に出る時ですら、母親の付き添いが必要というのは、思春期の女の子にとっては非常につらいことだろうと思いましたが、健気《けなげ》な娘は決してそんな気持ちを表に出すことはありませんでした。

私は車の運転免許を持っておらず、まだ保育園児の息子がいる以上、教習所に通って免許を取ることも難しい状況でした。そのため、娘を連れて遠出する時は、タクシーを呼ぶしかありません。初めて呼んだ時は、「車椅子だったら予約の時に言ってもらわなきゃ困りますよ」と怒られてしまいました。タクシーというのは大半がガソリンではなくプロパンガスで走っていて、そのボンベがあるためトランクが狭くなっていて、車椅子のような大きな荷物は積み込みづらい——なんてことは、娘が車椅子生活にならなければまず知ることはなかったでしょう。それからは、タクシー会社に電話する際にあらかじめ「車椅子を載せられますか?」と確認するようになりました。

家の中での生活も、慣れるまでは本当に大変でした。車椅子に乗る時も降りる時も、入浴も一苦労でした。トイレなんて、一日に何度も便座と車椅子の移乗をする必要があるのです。そんな介助をするうちに、私の両肩は筋肉が付いて角張ってしまいました。

ある時、息子がテレビに映った女子の競泳選手の肩を見て「お母さんみたいな四角い肩だね」と指差した時は、思わず苦笑してしまいました。

でも、娘本人の苦労は、その比ではなかったはずです。トイレには手すりを取り付け、お風呂には娘専用の入浴用の台を入れ、ひたすら練習を重ねた結果、今では娘は日常生活の動作をほぼ一人でできるようになりました。本当にすごい努力だったと思います。

娘の今後を心配しすぎて、私の方が眠れなくなってしまったこともありましたが、優しい娘は私のことを心配してくれました。ある時、娘はこんなことを言いました。

「睡眠薬とかに頼ってもいいんじゃない？　学年主任のM先生も、睡眠薬飲んでるって前に話してたし」

「ああ……そうなの」

生前の夫もそうでしたが、やはり学校の先生というのは過重労働で大変なんだな、と思いました。その時は、それぐらいのことしか思いませんでした──。

事故が起きたのが中学三年生の十二月で、その後のリハビリなどで精一杯で高校受験どころではなくなり、娘は高校浪人をすることになってしまいました。目の前で祖父を失い、自らは車椅子生活になってしまったというだけでも、十六歳になる思春期の娘にとっては計り知れない悲劇だったのに、さらに追い打ちをかけるような状況でした。

それでも、娘の懸命の努力で、どうにか日常生活を車椅子で送ることには慣れてきた、今年2022年の初夏のことでした。娘の学年主任で、数学の担当でもあったM教諭から、電話で申し出があったのです。

「よろしかったら、娘さんの学習をお手伝いしましょうか？　高校浪人は、私も過去に教え子が二人ほど経験したのですが、非常に大変ですから……」

M教諭によると、高校浪人というのは、一般的な大学浪人と違い、予備校なんてほとんど存在せず、特にこの辺のような田舎には皆無だということでした。自宅で一年間、受験のための学力を独力で維持するというのは並大抵のことではないし、まして娘のような事情も重なっていると、なおさら大変だろうと言われました。

ちょうどその頃の娘は、車椅子での生活にも慣れ、受験勉強どころではない状態からはそろそろ脱しつつありました。そのため、勉強のことを真剣に考えたいタイミングでもありました。そんな絶妙な時期に電話をかけてきたM教諭は、具体的な提案をしてくれました。

「もしよろしければ、私が週末に鈴木さんのお宅に伺いまして、娘さんの学習のお手伝いをするというのはどうでしょうか？」

その時の私は、こんな親切な先生がいるのかと、感動すら覚えていました。娘にも、M教諭からの電話の件を伝えると「M先生なら授業も分かりやすくて信頼できるから、できればお願いしたいな」と嬉しそうに言っていたので、すぐに折り返し電話をかけ、娘も乗り気なのでぜひお言葉に甘えたいと、丁重にお礼を言って伝えたのでした。

私には、中学三年生の娘の勉強を見てあげられる学力など、人生で一度も備わっていたことはなく、娘の方がはるかに学力が上だったので、M教諭の申し出はまさに地獄で仏といった心境でした。

しかし、それは地獄で仏ではありませんでした。

地獄で悪魔、とでも言うべきだったのです——。

一時期は毎日のようにテレビで報道されていたので、この手記をお読みの方の大半は、M教諭という男が何者なのか、そしてこれから何をしでかすのか、察しがついているだろうと思います。

今思えば、私がもっと警戒しなければいけなかったのでしょう。私自身が、高校時代に教師に体目当てで遊ばれた経験があったのですから——。ただ、M教諭はそんな欲望を秘めた人には見えなかったのです。五十代で、頭が禿《は》げて小柄で小太りで、もう還暦を過ぎているようにすら見えるM教諭は、いかにも人が良さそうな初老の男性でしたし、まさか常軌を逸した犯行を企てるなんて、私たちは想像もしていなかったのです。

M教諭は月に数回、娘の勉強を見に我が家に来てくれました。彼は中学校の近くに住んでいるとのことで、いつも運動のためにと自転車で来ていました。娘は家庭学習はしていたものの、やはり勉強どころではない時期が長かったため学力が落ちていて、M教諭の来訪は本当にありがたかったようでした。リビングのテーブルで、専門の数学以外の教科も丁寧に教えてくれたM教諭を、娘も私もすっかり信頼していました。

またM教諭は、車椅子の生徒にも対応してくれて、かつ娘の学力に合いそうな高校を調べて、資料を持ってきてくれたこともありました。来るのはだいたい土曜日でしたが、やがて学校が夏休みに入ると、暇を見つけては「何日に伺ってもよろしいですか？」と丁寧に電話をかけてきて、娘のために訪問してくれました。飲み物を持参してくることも多く、特にM教諭が気に入っていたのが、自動販売機で売っているペットボトルのカフェオレでした。いつも一本しか買ってこず、私がコップを持ってきて娘と二人分に分けて注いでいたのを、少し妙だとは感じていたのですが、決して家計が楽ではない我が家を気遣って、飲み物も用意してくれているのだと思っていました。

M教諭が犯行の決意を固めたのは、おそらく二つの質問が契機だったのだと思います。まず一つ目の質問は、これでした。

「お母様は、昔からこの辺に住んでらっしゃるんですか？」

「ええ、そうですね」

「僕も、大学に入ってからこの辺に住むようになって、教員になってからは何度か異動のために引っ越してるんですけど、ずっとこの辺を行ったり来たりですよ。まず、十九歳から二十代半ばまでずっと、○○地区に住んでて……」

「え、そうだったんですか？　私も昔、○○地区に住んでたんです」

私は感激して、思わず正直に明かしてしまいました。○○地区というのは、私が小学生の頃に住んでいた地区だったのです。

「へえ、奇遇ですねえ。いつ頃住んでましたか？」

「小学校を卒業するまでだから……80年代から90年代前半ぐらいですね」

「おお、僕と同じ時期だ。じゃ、道ですれ違ったこともあったかもしれませんね」

M教諭は笑顔で言いました。でも心の中では、もっと醜悪に笑っていたのでしょう。

そして、二つ目の質問は、その翌週あたりに投げかけられました。前の質問よりさらに踏み込んだ内容でした。

「そういえば、ご主人が亡くなられて、どれぐらいになるんですか？」

「ああ……もう五年以上になります」

「新しいパートナーなんていうのは……」

M教諭がさらっと尋ねてきました。この時は私も、さすがに少し踏み込みすぎなんじゃないかと思って、しばし言葉に詰まりました。

ところがそこで、娘が答えてしまったのです。

「いるよね、Kさんが」

「え、ああ……」

その数年前に偶然再会してから親交のあった、キャバクラ時代の常連客のKさんは、子供たちとも何度も会っていました。私はそんなつもりはなかったのですが、娘は「Kさんと再婚するの？」なんて私を茶化してくることもあったのです。

「ああ、そういう方がいらっしゃるんですか……。それはよかったです」

M教諭は笑顔でうなずきましたが、少し顔が引きつっているようにも見えました。

あの時、もし「そんな相手はいない」と答えていたら、のちにM教諭から愛の告白でもされたのでしょうか。そして、もし私がそれを受け入れていれば、こんな事件に発展することはなかったのでしょうか。あるいは、Kさんと交際にまでは至っていないことを正直に言って、M教諭に気を持たせておいた方がよかったのでしょうか――。今でも時々考えることがあるのですが、仮に私が違った対応をしていても、いずれあの男は、おぞましい正体を私たちに見せつけてきたのだろうと思います。

そしてついに、あの日が訪れてしまいました――。

2022年8月20日土曜日。

その日も、M教諭が我が家に来ることになっていました。

六時頃に起床し、息子を土曜保育に預けるためのお弁当を作り、自転車に息子を乗せ十分以上漕いで保育園に送り届け……と、朝はM教諭が来る日の通常通りのスケジュールでした。幼い息子が勉強の邪魔になってはいけないし、また息子も保育園は大好きなので、M教諭が来る日はよく土曜保育を利用していました。都会では難しいのかもしれませんが、私たちが住んでいるのは待機児童なんて出たこともないほどの田舎なので、土曜保育も気軽に利用できるのです。

今思えば、息子を保育園に預けていたのは不幸中の幸いでした。もし息子が家にいたら、どんな被害に遭っていたか分かったものではありません。

午後一時、予定通りの時刻にM教諭が来ました。ただ、いつもと少し違ったのは、「僕はさっき暑くて一本飲んじゃったんで、今日はお二人で」と言って、彼がいつものペットボトルのカフェオレを開栓しながら、私と娘に勧めてきたことでした。

「ああ、どうもすみません」

勧められたのに飲まないのも悪いかと思って、私はコップを二つ出し、私と娘の分を注ぎました。そして私と娘は二人とも、そのカフェオレを警戒もせずに飲んでしまったのです。初対面だったらもっと警戒したと思いますが、M教諭はもう何度も家に来ていたので、すっかり信頼してしまっていたのです。

その後、リビングで娘が勉強を教えてもらっている間、私はいつものように家事を片付けていたのですが、ふいに急激な眠気に襲われ、意識を失ってしまいました。

次に目覚めた時――私は床に仰向けに寝て、M教諭に服を脱がされかけていました。

「えっ、ちょっと！　何するんですか！」

私が声を上げると、M教諭は驚いたような表情になりました。

「おかしいな。もうちょっと効くはずだったんだけど……」

M教諭は首を傾げた後「まあいい」とつぶやき、にやりと笑って私に告げました。

「この際だから全部話すよ。授業参観の時だったかな、君を見た時に気付いたんだ。僕の天使が再び現れたって」

何を言っているのかさっぱり分からず、混乱する私に、M教諭は続けて告げました。

「覚えてないかな？　今から三十年以上前に、僕らは一度出会ってるんだよ」

そこでふいに、私の忌まわしい記憶がフラッシュバックしたのです――。

もうすっかり忘れていた、かつて私を誘拐しようとした男の顔が、驚くほど鮮明に思い出されました。今より頭髪が豊かで痩せていたけど、顔のパーツはたしかに、目の前のM教諭と同じでした。よみがえってきた周囲の風景は、スーパーの店内――。そう、M教諭は、小学校二年生の私をスーパーで連れ去ろうとした、あの男だったのです。

そういえば少し前に、二十代前半頃のM教諭と小学生時代の私が、同じ地区に住んでいたという話で盛り上がったのでした。驚いたことに、三十年以上を経て再び、M教諭は私を力ずくで我がものにするために、卑劣な犯行に及んだのです。小学二年生だった当時の私しか見ていないのに、今の私を見て、どうして同じ女だと見抜いたのか——。それが不思議でしたが、彼は誘拐に失敗した後も、何度か私を遠目に見て、成長過程を観察していたのかもしれません。私があの地区から引っ越したのは中学校に入る前です。その直前の、小学校六年生の頃の私の姿も見ていたのなら、今の私を見て同一人物だと気付いてもおかしくないと思いました。もちろん、その執着心と卑劣さは常軌を逸していましたが。

そして、もう一つ重大なことを思い出しました。そういえば、M教諭が睡眠薬を飲んでいるという話を、以前娘から聞いたことがあったのです。彼が日頃から服用している薬を、あらかじめカフェオレに混ぜて私たちに飲ませたのだと、ようやく悟りました。

「さあ、ようやく僕たちは結ばれるんだよ。おとなしくして」

M教諭は、目をらんらんと輝かせて私に馬乗りになり、服を引きはがそうとしてきました。

「やめてっ！」

私は精一杯暴れました。睡眠薬のせいか体に力が入りませんでしたが、それでもどうにかM教諭の腕をガードして、ばしばしと叩き、できる限りの抵抗をしました。

するとM教諭は、不満そうな顔になって立ち上がりました。

「仕方ないな。手荒な真似はしたくないんだけど……」

M教諭は、リビングから台所へ行って、包丁を手に戻ってきました。

「さあ、おとなしくしなさい」

包丁を突きつけ、M教諭はにやっと笑って、また私に馬乗りになりました。それでも私は、包丁を持つ彼の手を握って抵抗しました。――さすがにM教諭も、私を刺すことは躊躇したのでしょう。包丁を突きつければ、三十年以上も狙っていた女を我がものにできると、浅はかに考えていたのでしょう。また私も、今にして思えば、殺されるかもしれないから大人しくしておこうという考えが、睡眠薬の作用によってあまり働かなくなっていたのだと思います。

M教諭は、予想以上の私の抵抗にたじろいだようで、力を緩めて立ち上がると、また不満そうな顔でつぶやきました。

「なんだよ。そんなに嫌なら、先に娘の方をやるか……」

そして彼は、リビングのテーブルに突っ伏して眠る娘に目をやりました。

そこで、私のたがが外れました。

「わああああっ」

私は叫び声を上げながら、M教諭の足を渾身《こんしん》の力で蹴飛ばしました。不意を突かれたM教諭は、足払いを食らう形になって床に派手に転び、その手から包丁が落ちました。

本気で人と格闘したことなんて一度もなかったのに、私自身も驚くほどの力が出たのです。さっきまで睡眠薬のせいで体に力が入らなかったのが嘘のようでした。

私はすぐさま、床に落ちた包丁を奪い取りました。娘を守ろうという気力だけが、私を突き動かしていました。

「くそっ！」

M教諭がすぐに私から包丁を奪い返そうと、つかみかかってきました。しかし私は、躊躇なく包丁を横に払い、M教諭を切りつけました。

「ぎゃあああっ」

M教諭は顔を押さえてのけぞり、後ろに倒れました。

「殺すぞ！」

私は立ち上がり、包丁をM教諭に向けて叫びました。人生で初めて発した言葉です。もし彼が娘に危害を加えようとしたら、本当に突進して刺し殺す覚悟でした。

「くそっ……くそおっ」

M教諭は、顔を押さえて悔しがりました。どうやら頬か鼻を浅く切ったようでした。大して血は出ていませんでしたが、私の攻撃はM教諭を怯《ひる》ませるには十分でした。

その時――。家のすぐ外から、車のエンジン音が聞こえてきました。

宅配便か、それとも親しくしているKさんが来てくれたのか、何の車かは分かりませんでしたが、ここに賭けるしかないと思いました。私は必死に叫びました。

「助けてえっ！　助けてえっ！」

M教諭は「ちくしょう！」と悔しそうに吐き捨てました。私に包丁を奪われた上に、来客の車まで現れたら、さすがにかなわないと判断したようでした。彼は玄関へと走り、来客との鉢合わせを恐れてか、靴だけ持って家の中へ戻り、勝手口から外へ出て行きました。私はその間、テーブルに突っ伏して眠る娘の前に立ち、M教諭に包丁を向け続けていました。本当はM教諭を刺しに行ってやりたいぐらいの気持ちでしたが、過剰防衛になってしまうでしょうし、そこまでの行動には出られませんでした。

しばらくして、家の外から、自転車のスタンドが下りるガタンという金属音が聞こえたので、M教諭が逃げたようだと分かりました。彼はいつも、自転車を我が家の近くの空き地に停めていました。また、我が家は勝手口から出て塀を越え、藪《やぶ》の中を進むと、家の前にいる人からは見られることなく道路に出ることができます。おそらくM教諭は、車を停めたKさんもしくは宅配便の配達員さんなどに見つかることなく、自転車で逃げたのだろう。後で一一〇番通報すれば、いずれM教諭は捕まるだろうから、今はとりあえずM教諭が遠くへ逃げてしまった方がいいだろう。——私は極限状態の頭の中で、そこまで考えました。

M教諭によって性被害を受ける危険が去ったことで、私は一気に安堵しました。そこで私は、再び急激な眠気に襲われたのです。睡眠薬の効果に逆らえていた要因は気力だけだったため、気力を保つ理由がなくなった途端に、再び薬が一気に効いたのでしょう。私は床に包丁を落とし、膝から崩れ落ちました。貧血を起こした時のように倒れながらも、とっさに包丁とは反対側に倒れ込んだことを、ぼんやりと覚えています。

もしこの時、もう少し私の意識が持ってくれて、どうにか体を起こして、テーブルの上のスマホで一一〇番通報できていれば、私はあらぬ疑いをかけられずに済んだのでしょう。しかし私は、睡眠薬の作用で、あっという間に意識を失ってしまいました。

この後のことは、私が完全に眠っていた間のことも含まれているので、私以外の人の証言も含めて、時系列順に書きます。

まず、我が家に車でやってきたのは、やはりKさんでした。ただKさんは、私が悲鳴を上げた時点では、まだ車から出ていなかったようで、私の悲鳴は聞こえていませんでした。Kさんが我が家の空の車庫に車を入れ、諸々の作業をしている間に、私が悲鳴を上げ、またM教諭が勝手口から逃走していたようです。

Kさんの用件は、息子が好きな絵本の最新作を、仕事の合間に寄った本屋さんで見つけたので、わざわざ買ってきてくれたことでした。しかし、家のチャイムを何度か鳴らしても誰も出てこなかったので、留守かと思ってそのまま帰ってしまったのです。

その際にKさんが車庫へと踵を返したところ、家の前の道を、髪の薄い小太りの男性が、妙に急いだ様子で自転車で走っていく後ろ姿を見たそうです。特徴も含めて間違いなく、それがM教諭だったのでしょう。しかしKさんは、M教諭とは面識がありませんでしたし、まさかその人物が、ついさっきまで私と娘に対しておぞましい犯罪を企てていた男だとは思わず、妙に急いだ様子が少し印象に残っただけで、車に乗って我が家を後にしました。

その後、私も娘も、睡眠薬の作用で眠り続けました。おそらく三、四時間経ってから、仕事を終えたKさんが、再び我が家を訪れたのです。

Kさんは、改めて我が家のドアチャイムを鳴らしたものの、応答はありません。我が家の事情もだいたい知ってくれているKさんは、私が洗濯物を干しっぱなしで、表から見える窓も開けっ放しで、こんなに長時間家を空けることはないはずだと察し、心配になって庭に回って、窓から中の様子を見てくれました。すると、リビングのテーブルに突っ伏した娘の姿が見えて、何度チャイムを鳴らしても起きなかったということは急病でも患ったかと思い、慌てて窓に手をかけたところ無施錠だったので、そのまま家に上がって娘を揺り起こしました。そこで娘は目を覚まし、さらに奥の床で私が眠っていて、傍らに包丁が落ちていたので驚いて揺り起こした――という経緯だったようです。

その後、私が事情を説明し、それを聞いたKさんが一一〇番通報をしました。本来なら私自身が通報するべきだったのでしょうが、保育園に息子を迎えに行けるのは私だけだったし、すでに預かり時間を過ぎていたので、私は自転車で保育園へと急いだのです。一一〇番通報は人に頼むこともできますが、保育園のお迎えに親の代理で行く人の情報は、連れ去りなどが起きないようあらかじめ園側に伝えておく必要があり、Kさんのことは伝えていなかったので、私が行くしかなかったのです。その後、私は息子を保育園から連れ帰り、家に来た警察官の事情聴取に、事件のことを包み隠さず語りました。

M教諭が起こした事件の真相は、これがすべてです。これ以上でもこれ以下でもありません。

なのに、一時的とはいえ私たちは、警察に不当な疑いをかけられ、さらに一部のマスコミによって、ひどい報道被害にまで遭ったのです。

警察に疑いをかけられた理由は、いくつもあったようです。被害者が私なのに一一〇番通報をKさんにお願いしたことについても、理由は先述の通りだったのですが、警察に何度もしつこく聞かれましたし、とりわけ大きかったのが、通報が事件発生の何時間も後だったことと、そのせいもあってかM教諭の行方がつかめなかったことのようです。この手記を書いている時点でも、M教諭は行方不明のままです。手記の発売後でもいいので、ちゃんと見つかって逮捕されることを願うばかりです。

前にも書いた通り、田舎の過疎地域にぽつんと立つ我が家の周辺は空き地や森や耕作放棄地ばかりで、最も近い数軒の家も百メートル以上離れている上に空き家ばかりです。そんな地域ですから、自転車で逃げたM教諭を目撃した人もきわめて少ないでしょうし、防犯カメラのない道を選んで逃げれば、足取りもつかめなくなるでしょう。

また、辺りには手入れされていない森林もいたるところにあります。そういった森林に自転車ごと入って、奥に分け入ったところで自殺でもされてしまえば、いつまでも発見されなかったとしても不思議ではありません。とにかく、M教諭の行方が未《いま》だにつかめないことを、被害者である私たちのせいにされても困るのです。

「こんなに捜査してもM教諭が見つからないということは、実は被害者がM教諭を過剰防衛で殺してしまって、どこかに埋めたんじゃないか」

「実はM教諭と被害者がグルで、何らかの理由で事件をでっち上げたんじゃないか」

——そんな無責任な憶測で、捜査も報道もされていいはずがないのです。

それに、「幼い少女を連れ去ろうとした男が、三十年以上を経てまた同じ女性を襲いに来たなんて、さすがに前代未聞で信じがたい」といったことも警察に言われました。でも、そんなことを私に言われても困ります。M教諭の告白を聞いて一番驚いたのは私ですし、あの瞬間たしかに、小学二年生の時スーパーで連れ去られそうになった光景がフラッシュバックしたのです。あれが私の記憶の誤作動だった可能性はありますが、嘘をついたわけではないですし、M教諭が小学生時代の私と同じ地区に住んでいたことは彼自身の口からたしかに聞いたのです。

また、私が一度M教諭を切りつけてしまったことも、ますます疑われる要因になったようです。我が家の包丁からはM教諭の血液が検出され、そのことについて警察に何度もしつこく尋ねられました。さらにKさんがあの日、偶然我が家を訪れていたことも、痛くもない腹を探られる原因となったようです。私とKさんがはじめから組んでいたか、それとも予期せず私がM教諭を包丁で殺してしまい、慌ててKさんを呼んだか——というようなストーリーを、警察は描いていたようです。

ただ、こう言ってはなんですが、もし私たちが本当にそうしたのなら、M教諭を切りつけた包丁を隠すことだってできたはずなのです。なぜわざわざ私たちが疑われるような、M教諭の血が付いた包丁を家に残してしまったのか。本当に私たちが殺人犯なら、そんなへまは絶対にしないはずです。あれが家にあった理由は、私の被害が真実だからなのです。それに、Kさんが我が家をたまたま訪れたなんて都合がよすぎる、などとも警察からは当初思われたようですが、Kさんは最近は、週に何度か我が家を訪れるぐらい親しくしていました。Kさんが我が家を訪れたのは不自然でも何でもない、ごく日常的な出来事だったのです。

そして一部のマスコミも、私たちの周辺を嗅ぎ回り、事実無根の記事を書くようになりました。特にひどかったのが「魔性のシングルマザーが、交際相手の男と共謀し、娘の中学校の教諭を相手に美人局《つつもたせ》をして金をせびろうとしたら、教諭が動転して逃げてしまったのではないか」などという無茶苦茶な記事でした。「そんな見立てもネット上には書き込まれている」などと付記されていましたが、そう書けば何でもOKだと思ったら大間違いです。さらにひどいものになると、車椅子の娘も関与したのではないかという支離滅裂な憶測を並べた記事までありました。こういった何社かの報道、およびSNS上のデマに対しては、しかるべき法的措置を講じるつもりです。

ただ、そのような報道やネット上の書き込みがあふれている間に、警察の捜査は進み、私の証言が嘘でないことを示す証拠も、続々と出てきました。

M教諭に処方されていた睡眠薬と、私と娘の体内やコップから検出された成分が一致したこと。睡眠薬を混入するためのカフェオレをM教諭が買う様子が、自動販売機の防犯カメラに記録されていたこと。勝手口のドアノブからM教諭の指紋とDNAが検出され、その外の地面からは玄関に残っていたのと同じM教諭の靴跡が検出されたこと――。私の証言に沿った証拠が、科学捜査によって一つ一つ出てきたことで、警察側の私たちへの疑いは徐々に薄まっていったようでした。

また、M教諭は離婚歴があり、以来ずっと独身で、かねてから異性関係をこじらせていたようだということ。また女子生徒の間では「前から女子をいやらしい目で見ていた記憶がある」「生理的に受け付けないとみんな言っていた」「必要以上に女子生徒の体を手で触れてきた」などという悪評も流れていたこと。さらにM教諭の自宅から、女性に性暴力を振るうような内容のアダルトDVDがいくつも見つかったことも、彼の真の人間性を裏付ける手がかりになったようです。そして、M教諭が二十代前半の頃に、当時小学生だった私と同じ地区に住んでいたことも捜査によって正式に確認され、私の記憶のフラッシュバックが作り話でなかったことも分かってもらえたようです。

結局、間違った方向に行きかけた警察の初動捜査は、数々の証拠によって一週間足らずで軌道修正され、私たちへの不当な追及も止みました。未だに警察側から謝罪がないことに関しては納得していませんが、性犯罪被害者に濡れ衣を着せて冤罪《えんざい》事件にしてしまうほどには、現在のB県警は腐っていないということでしょう。

しかし、その後も事実無根のネット上の書き込みや、それを引用した一部の劣悪な報道に、私たちは悩まされ続けました。我が家の窓ガラスに小石をぶつけられて割られたことも、家の敷地内にゴミを投げ入れられたこともあります。もし悪質な報道がなければ、あんな嫌がらせをする人々も現れなかったでしょう。

そんな中、手記を出さないかというオファーが四葉社からあったので、迷いましたがお受けすることにしました。マスコミに興味本位で好き勝手に報じられたからこそ、こういうオファーもくるわけで、ここで私たちについての真実を発表しておかなければ、ただ私たちの家族が悪意と好奇心の標的にされただけで終わってしまいます。この手記を通じて、私たちの真実を一人でも多くの人に知ってもらえることを願うばかりです。

読者の皆様、ここまで長きにわたって、私の拙い手記を読んでくださってありがとうございました。子供の頃から作文もろくに書けなかったような、履歴書の自己PRさえろくに書けなかったような、ド素人の私が急いで書いた手記ですから、きっと読みづらい箇所もたくさんあったと思います。しかし、私と家族がいかに苦労してきたかということは、伝わったのではないかと思います。

私が伝えたかったのは、まず第一に、一部で報道されたような私たちに関する疑惑は、すべて事実無根であるということです。

そしてもう一つは、人を見た目で判断し優劣をつける考え方「ルッキズム」を、世の中全体でなくしていってほしいということです。

冒頭にも書きましたが、世間一般で言われているような「美人は得だ」というイメージが当てはまらない女性もいるということ、それどころか損ばかりしたあげく、恐ろしい犯罪者のターゲットにされて報道被害にまで遭ってしまう、私のような人間もいるのだということを、どうか分かっていただきたいのです。

容姿のせいで苦しい思いをしている人々は、世の中にたくさんいます。むしろ、自分の容姿についてまったく悩んだことのない人の方が少数派でしょう。世の中みんなで、自分こういった容姿で人の優劣をつける考え方を捨ててしまえば、誰もが楽に生きられて、社会全体で多くの不幸を消し去ることができるはずなのです。私と家族のこと以外に、世の中全体にとって大きなその問題も、この手記を通じて訴えたかったことです。

最後に、私自身の現状と今後について書きます。

今なお心の傷は癒えきらないまま、車椅子生活の十六歳の娘と、来年小学生になる五歳の息子とともに、これからも生きていかなければなりません。天使のような二人の子供たちに加え、心の支えとなってくれるKさんの存在もありますが、それでもまだ時折、つらい過去の記憶がぶり返し、思わず叫び出しそうになる時もあります。

しかし、私は決めたのです。

つらい過去の記憶をさかのぼる時は、両肩を見ようと——。

娘の車椅子の介助をしたり、成長していく息子を抱っこしているうちに、私の両肩はすっかり筋肉が付き、まるで競泳選手のように角張ってしまいました。この角張った肩こそが、今の私が生きている証であり、子供たちへの愛が具現化した形でもあるのです。その両肩の角を、右肩、左肩、右肩……と見ていって、ここからつらい過去をさかのぼれば、私の人生の真理が、そしてこれからやるべきことが見えてくるはずなのです。

最後までお読みいただき、ありがとうございました。

どうか、私がこの手記を出した本当の意味を、ご理解いただければと思います。

追記

このたび、『逆転美人』の増刷に際して、追記を書かせていただいております。編集者さんの話では、増刷の際にここまで長い、本の厚さがすっかり変わってしまうほどの追記を加えるのは、きわめて異例なことだそうですが、まあきわめて異例なことが起きたのは周知の事実なので、何も書かないわけにもいきません。

この追記を読んでいる方の多くは、すでに報道を見て、わたしたち家族がどんな運命をたどったかご存じだと思いますが、報道は詳しく見ていないけど話題の本だと聞いてとりあえず買ってみた方、または何年後、もしかしたら何十年後にこの本を手にする方もいると思います。そういった方のために、一からきちんと説明したいと思います。

まずは、手記の本編をお読みいただいた方に、お詫《わ》びをしなければなりません。先に読んでいただいた手記の内容は、嘘だらけでした。読者の皆様、騙してしまってごめんなさい。

ここからは、嘘の内容についてきちんと説明させていただきます。もちろんこれも、大部分の読者の方はすでにご存じかと思いますが、先に述べた通り、ご存じない方もいらっしゃると思うので、一からきちんとお伝えいたします。まずは最も大きな、根本的な嘘についてです。

実は、手記『逆転美人』を書いたのは、文中で「香織」という名前だった母親ではなく、事故で車椅子生活になった十六歳の娘だったのです。

手記につづった「香織」の半生については、娘のわたしが、以前から母に聞いていた生い立ちを、新たに母に聞いた話も交えて文章にしました。つまり、娘のわたしがインタビュアーであり、ゴーストライターという形で執筆しました。ですから、母の半生に関する記述の大半は、母の語った事実に基づいています。

というわけで、手記本編での「私」は、母の香織を指していましたが、この追記では、一人称を「わたし」にさせていただいて、車椅子に乗った十六歳の娘が書いているのだとご理解ください。そして、本編での「私」視点の文も、本当は全て十六歳の娘である「わたし」が書いたものだということもご了承ください。

もっとも、わたしが母から聞いた生い立ちを事実に基づいて書いたというのは、手記の途中までの話です。特に手記の終盤に関しては、事実と異なる記述も非常に多かったのですが、それについては後できちんと説明します。

ちなみに、娘のわたしが手記を書いていたという事実は、発行元の四葉社に対しても秘密にしていました。四葉社からの手記出版のオファーを受けて、母が自ら書ければ手っ取り早かったのでしょうが、残念ながら我が家の中で、人様に読ませられるレベルの文章を書けるのはわたしだけだったのです。手記の本編でも書きましたが、母は昔から作文などが大の苦手、というより学校の勉強全般が苦手ですし、弟はまだ保育園の年長さんなので、文字すら満足に書けず、平仮名の「ぬ」と「め」を混同してしまうレベルです。手記の執筆はさすがに荷が重すぎました。

その点わたしは、教員だった亡き父の影響もあって、小さい頃から勉強は得意な方でしたし、中学時代は文芸部に所属していたので、文章を書くのも得意です。パソコンのタイピングも、小学校から教わる世代であるわたしが、家族の中では一番速くできます。一応母も、親指と人差し指で文字を打つことはできますが、スピードは手書きより劣るほどですし、弟はパソコンを使っているわたしの膝に乗ってタイピングをする遊びが好きですが、残念ながら打っている文字は「じ@g4い9ーbm3い0げk@ぽべm：」といったものばかり。やはり手記の執筆に適任とは言えませんでした。

なお、わたしの名前は、仮名で亜希《あき》とさせていただきます。わたしの母、つまり先の手記の「香織」の本名が森中優子《もりなかゆうこ》だということは、すでに多くの方がご存じだと思いますが、娘のわたしの名前は報道されてもいないので、仮名を名乗らせていただきます。

ところで、実はわたしは、「私」という一人称で書いている人物が、本物の母とは違うということを示すヒントを、手記の中で出していたのです。ひょっとしたら、報道をよく見ず予備知識があまりない状態で読んでくださった方も、それらのヒントの部分に、違和感を覚えていたかもしれません。

まず、「私」が人から美貌を褒められる際に「女優の誰々に似てる」と言われるシーンがありましたが、この年代考証が間違っているのです。

「私」が1983年の秋生まれだということは、19ページの最終行に書かれています。実際に母が生まれたのも1983年の10月です。なのに50ページで、中学校入学直後に男子生徒から「最近出てきた深田恭子に似てる」と言われるシーンがあるのです。83年秋生まれの学年の中学校の入学式というのは、96年の春になるわけですが、深田恭子さんは96年の秋に芸能界デビューしているので、この時はまだ一般人なのです。いくら当時の母が美人でも「深田恭子に似てる」と言われるはずがないのです。

同様に、「私」がまだ未成年である158ページで、繁華街のスカウトに「佐々木希に似てる」と言われるシーンがあるのですが、佐々木希さんのデビューは2006年、つまり「私」が23歳になる年までは一般人なので、このシーンは年代が大幅にずれています。わたしは、母が今まで似ていると言われたと豪語している美人女優についてネットで調べて、「この時点でこの人に似ていると言われたはずがない」という間違いを、わざと手記の中に残したのです。

それ以外にも、「私」が中学一年生、1996年である50〜51ページで、「この前の

『さんま御殿』見た?」「『学校へ行こう!』は?」と話しかけられるシーンがありますが、この両番組はいずれも翌97年放送開始ですし、同じ年の55ページでも、当時見ていたドラマとして『白線流し』『ロングバケーション』に交じって、翌97年放送の『踊る大捜査線』を挙げています。さらに114ページには、コンビニバイト時代に警察官と開いた合コンの中で「たけのこニョッキ」をするシーンがありますが、「たけのこニョッキ」は深夜番組時代の『ネプリーグ』で2003年頃に考案されたゲームなのだそうです。この合コンの時期は「まだ二十世紀」と108ページに書いてあるので、「たけのこニョッキ」の誕生よりもだいぶ前なのです。

このように、わたしは手記の執筆時に、ネットで昔のことを調べた上で、わざと年代をずらして間違いを入れてみたのです。『逆転美人』は、ニュースで時の人となった母の話題性がホットなうちに出版する必要があったので、出版前に原稿の間違いを直す校正作業も急ぎになって多少甘くなったようで、先のような年代考証間違いは見逃してもらえました。母と同世代で勘のいい人が「なんかおかしくない?」「年代が間違ってるけど、本当に本人が書いたの?」と疑えるようなヒントを出したつもりでした。

とはいえ、それらの間違いは、母と同年代の人以外は気付きづらかったでしょうし、「単なる筆者の記憶違いかな?」と思われてしまっても仕方ありません。「この手記、さてはゴーストライターが書いてるんじゃないか?」と、年代間違いヒントのみを根拠に疑った人というのは、さすがに少ないでしょう。

そこでわたしは、さらなる大ヒントを出していたのです。

たぶん、こっちのヒントの方が、多くの人に気付いてもらえたと思います。

その大ヒントというのは、「虫が大嫌いだと言っている割に、相当な虫好きじゃないと出てこないような比喩表現が出てくる」ということです。

書き手の「私」は、36ページや194ページで「虫が大の苦手」だと述べています。実際に母は、虫が大嫌いでした。

しかし、53ページの、中学時代に男子から続々と告白されてしまった頃のシーンで、それまで教室内で男子と喋っていたのは女子の攻撃から身を守ることが目的だった、ということの喩《たと》えとして、「アブラムシがお尻から甘露を出してアリを呼び寄せ、天敵のテントウムシを追い払ってもらうようなものだったのです」という記述が出てきます。

また、147ページにも、J工業から逃げ帰る時の心理描写で「カマキリやバッタやクモなどのように、人間も女の方が男より体が大きくて強かったらよかったのに」という記述があります。さらに164ページにも、キャバクラで働き始めた頃に嫌がらせをしてきた先輩たちについて「見た目は宝石のように輝いて美しいのに、動物の糞や死体を食べるオサムシやセンチコガネなどのようでした」という記述があります。

お察しの通り、いずれも相当な昆虫好きじゃないと出てこない比喩表現です。「センチコガネ」なんて、本物の虫嫌いだったら人生で一度も使うはずのない単語でしょう。特に虫に詳しくない読者の方の中には、この三ヶ所の比喩表現を読んだ時に「なんだ？このピンとこない喩えは」と思った方も多かったのではないでしょうか。

さらには、手記の中で何ヶ所も「子供の頃から作文もろくに書けなかった」「履歴書の自己PRも書けなかった」などと述べているのに、「それにしては二百ページ以上の手記って書けすぎじゃない？」と、そもそもの根本的な不審点に気付いてくれた方もいたかもしれません。そんな「私」が手記を書いたことそのものに関する根本的な矛盾も、わざと文中に含ませておきました。

とにかく、勘のいい読者の方に、どこかしらに違和感を持ってほしかったのです。そしてあわよくば「誰か別の人が書いたんじゃないか？」「車椅子で高校浪人中の娘っていうのが、ファーブル昆虫記や図鑑に親しんでいたと書いてあるし、中学時代は文芸部にも入ってたらしいし、こいつがゴーストライターなんじゃないか？」とまで思ってほしかったのです。大半の読者がそこまでは気付かなくても、ほんの一部の人に勘付いてもらえれば御の字という計算だったのです。

さて、書き手が実は娘だったということ以外にも、先の手記の中には、真実とはほど遠い嘘がいくつも含まれていました。ここからは、わたしたち森中家の知り合い以外は永遠に気付けるはずもなかったであろう嘘についてご説明します。

まず、母が昔から、美人であることで苦労ばかりしてきて「自分ではそうは思わないけど、他人からは美人だと言われて困っちゃう」スタンスだったように書きましたが、実際はそうではありませんでした。母は美人であることを明確に自覚し、誇りに思っていました。その証拠に、母は鏡を見るのが大好きでした。幼い頃のわたしはたびたび「お母さんって鏡好きだね」とデリカシーなく指摘していましたが、そのたびに母は「ちょっと睫毛が目に入ったの」なんて言い訳をしていました。でも、うっとりと自分を見ているだけの時が大半で、はっきり言って母は完全なナルシストでした。

そんな母ですから、自分が美人であるせいでいかに苦労してきたかを、わたしに語るのも大好きでした。幼い頃に三回も誘拐されかけたこと。学校では数え切れないほどの男子に告白され、女子には嫉妬されいじめられたこと。梨沙子（これは仮名で、わたしに対しては本名を言っていました）という豚鼻の女子には小指を骨折させられた一方、彼女はのちに転落人生を送った末に自殺したこと。就労後の母は警察官から合コンに誘われたり、キャバクラで入店後すぐナンバーワンになったりしたものの、いずれも不幸な結末に終わったこと――。手記に書いた数々の母のエピソードは、わたしが幼い頃から耳にタコができるほど聞かされてきた話ばかりでした。母がそういった経験談を「人に話すと自慢だって言われちゃうの。本当に大変だったのに」と前置きした上でわたしに話す時の表情は、どこか陶酔したようでした。まあ、「自慢じゃないけど」と前置きして話す人は、だいたい自慢話をするものですが。

また、母が「芸能界に入るなんて考えたこともなかった」という部分についても、わたしは嘘を書いてしまいました。とはいえ、これは元々嘘のつもりではなかったのです。わたしも最近知ったのですが、母は実際は、高校中退後と、キャバクラを辞めて母親を亡くした後の二度にわたって、それぞれ別の芸能事務所のオーディションを受けていたようですね。一部報道によると、いずれも最終選考まで残り、特に二度目の事務所に関しては仮所属の立場にまでなって、上京して事務所の寮で暮らしながらレッスンを受けたものの、演技も歌もダンスも絶望的に下手で、厳しいレッスンにあっさり音を上げて辞めてしまった――ということがあったのだそうです。

「新人担当のマネージャーが『お前は田舎じゃ絶世の美人かもしれないが、芸能界では並の美人だ。このまま何も身につかなければ絶対に仕事は来ないぞ』と厳しく言ったら、ふてくされた態度で『もう辞めます』と告げてすぐ田舎に帰ってしまった」という週刊誌の記事も読みました。それがどこまで本当だったかはさておき、母が家でテレビを見るたびに、容姿だけで抜擢されているタイプの女性芸能人に対して辛辣に批判していた理由が、あの記事を読んで分かった気がしました。あれは、紛れもなく嫉妬だったのです。母自身が、ああなりたかったけどなれなかったのです。容姿だけを武器に、普通はまず稼げないような高収入を得る生活を、母はかつて夢見たけど叶わなかったのです。母が「芸能界に入るきっかけさえなかった」と、わたしに対して嘘をついていた理由は想像がつきます。母にとっては「挑戦したけどダメだった」より「挑戦する機会すらなかった」の方が、よほどプライドを保てたのでしょう。

そういえば、母がキャバクラを辞め、自らの母親を亡くしてから「ずっと引きこもりで自殺を考えたまま二十歳を迎え、飛び降り自殺を決意し駅前に行ったところで、のちの夫とばったり再会して即交際を始めた」というエピソードは、どうも嘘臭いとは思っていたのです。母は実際には、その時期に芸能界への挑戦と挫折を経験し、失意のうちに地元に帰っていたのでしょう。自殺をどこまで考えていたかはさておき、地元で偶然再会したわたしの父と、勢いで交際して結婚に至ったのは事実なのだと思います。

そして、わたしの亡くなった父、つまり手記本編では「鈴木さん」から「夫」になった男性についても、わたしは嘘を書きました。彼の本名が森中俊宏《としひろ》だということも、すでに報道されているのでご存じの方が多いと思います。

残念ながら、わたしが物心ついた時には、父と母の仲はもう冷え切っていました。主な原因は、父の仕事が忙しすぎて家を空けることが多く、家事育児に参加できなかったことだと思います。正直言うと、わたしにとって父は「家にたまにいる、一緒にいてもあんまり楽しくない人」でした。我が家は194ページ辺りに書かれているような、温かく幸せな家庭ではありませんでした。ほとんど家にいない父が、たまに帰ってきたら母と口喧嘩ばかりして「こんな男だと思わなかった」「それはこっちの台詞だよ」などと、声は荒らげないものの冷たいトーンで応酬することが日常茶飯事の家庭でした。二人とも外面はよかったので、ご近所に夫婦仲の悪さがばれてはいないようでしたが、わたしは幼い頃から双方に気を遣っていました。

それでも、今のわたしがいるのは父のおかげであることはたしかなので、感謝はしています。母にはない理知的な部分は、父から受け継ぐことができました。

たとえば、わたしが小学校低学年だった時、家の中でポータブルカセットプレーヤーを見つけたことがありました。その時は両親が珍しく喧嘩しておらず、「これはおばあちゃんが入院中に使ってた形見なんだよ」と母が説明してくれた記憶があります。そのカセットプレーヤーは内蔵マイクでの録音機能も付いていて、父は「今はスマホで簡単に録音できるけど、昔はこういうテープに録《と》るしかなかったんだ」と、プレーヤーの中のカセットテープを見せてくれて、磁気テープとデジタル信号の録音の違いについて、スマホとカセットでそれぞれ声を録音しながら説明してくれたことがありました。正直、当時のわたしには難しすぎる内容もありましたが、そういった知的な話は母の口から聞きたくても絶対に聞けなかったので、もし父が今も生きていたら、難しくも面白い話がいっぱい聞けたのかな、なんて思うこともあります。

それに、父は本もよく買ってきてくれました。図鑑、児童文学、子ども向けのミステリー、戦争文学など、幅広いジャンルの本が幼い頃から家にあったのは、父のおかげでした。あの父でなかったら、わたしが中学校で文芸部に入ることも、このような手記を書くこともなかったでしょう。

とはいえ、そんな父と母の仲が、年を追うごとに険悪になっていたことも、そして母が父以外の男性に心変わりしていったことも、わたしは子供ながら気付いていました。

母とKさんとの関係は、おそらく父が亡くなる数年前から始まっていました。

Kさんというのは、キャバクラ時代の母に最初についてくれた指名客で、仕事は不動産関係で――なんて、これをお読みの方の大半は、そんなことは説明されるまでもないと思います。Kというイニシャルではなく、門田修也《かどたしゅうや》という本名も、すでにご存じでしょう。だから、ここからは門田さんと書かせていただきます。

父が休日出勤をしている間に、母がわたしを連れてバスに乗って訪れたショッピングモールの中で、「あれ、久しぶり」と母に声をかけてきたのが、わたしにとっての門田さんの最初の記憶です。「お母さんのお友達」だと紹介された門田さんと、一緒にお昼ご飯を食べて、さらにゲームセンターなどで遊んで、「今日のことはお父さんには内緒ね」と母に何度も念を押されたことも覚えています。門田さんは、ハンサムな顔立ちながら少し強面でもあり、わたしは最初警戒してしまいましたが、喋ると楽しく、父と違って冗談もたくさん言う人で、わたしはほどなく打ち解けました。

ただ、今考えたら、あの出会いも芝居だったのではないかと思います。母と門田さんは、本当はもっと前に再会を果たして、あの時にはすでに仲を深めていたのでしょう。そうでなければ、小学生の娘を連れて十年以上ぶりにばったり再会した男性と、あんなにスムーズに何時間も一緒に過ごす展開にはならないと思います。

実際、門田さんはその後も、父がいない間にちょくちょく家に来ていました。わたしが学校から帰った時に、家のすぐ手前で門田さんの車とすれ違ったこともありました。家で母と二人きりで密会していたのは、まず間違いないと思います。

で、はっきり言ってしまうと、わたしの弟は、母と門田さんとの間にできた子です。ただ、まだ小学四年生だったわたしは、当時はそのことには気付いていませんでした。

ちなみに、弟の仮名は健太《けんた》とさせていただきます。

健太には、当然ながら父の記憶はまったくありません。まだ母のお腹の中にいる時に、父は火事で亡くなってしまったのです。もっとも、わたしの父は、健太にとっては本当の父親ではないのですが。

手記に書いた、父が火事を出すまでの経緯も、大半が嘘です。仕事のストレスによって父が不眠症になり、さらに喫煙の習慣も再開してしまい、処方されていた睡眠薬も効きづらくなり、寝室には来ずに書斎で睡眠薬を飲んでから限界まで仕事や読書をして眠る習慣がついた結果、書斎で寝タバコをして火事を出してしまった。——といったことを書きましたが、あれは母が周囲の人や警察に説明した作り話です。父が過去に喫煙していたという話は聞いたことがありましたが、わたしは父が喫煙しているところを一度も見たことがありません。それに、わたしが物心ついた時から両親の寝室はずっと別で、同じ部屋で寝ていた記憶はありません。

とはいえ、200~201ページ辺りの火事のシーンには、ほとんど嘘はありません。母は血相を変えてわたしを家の外に連れ出し、父がまだ中にいることに気付いて泣き叫んでいました。わたしもショックで動転して泣いてしまいました。

そんな精神状態の中、わたしは火災直後に、母に言い含められたのでした。

「私が警察とか保険会社にする説明には、ちょっと嘘が入ってるけど、これは悪い嘘じゃないからね。こう言っておいた方が私たちが大変な思いをしなくて済むから、仕方なくつく嘘だからね。だから亜希は、あの火事のことで、私と違うことを人に喋っちゃいけないよ。亜希がお母さんと違うことを話してることがよそに知られたら、お母さんも亜希も、嫌になるほど調べられて大変なことになっちゃうんだから」

こんなことを、父と家を失った大変な状況で、妊娠中で身重の母に、真剣な表情で言われたら、当時のわたしは言いつけを守るしかありませんでした。火事のことについて人から聞かれても、母の言い分と同じことを必要最小限しか話さないようにしました。もっとも、家が燃えてしまったため転居することになり、わたしも小学校を転校したので、それからは火事のことを誰かに聞かれることもなくなりましたが。

わたしは正直、家に不在がちだった父が亡くなっても、そこまで悲しくはありませんでした。わたしは幼少期から、父よりも圧倒的に長い時間を母と過ごしていましたし、母と喧嘩ばかりする父は、「味方の敵」という理由で、小学校中学年頃からはあまり好きではなくなっていたのです。とはいえ、父の葬儀で母は涙を流していたので、「あんなに喧嘩していたけど、やっぱり母は父のことが好きだったんだな」と思いましたし、もらい泣きさえしていました。とにかく当時のわたしは、まさか母のお腹の中にいるのが父の子ではないなんて思わず、そもそも子供がどうしてできるのかも分かっておらず、火事で父が亡くなって家も焼けてしまって、妊娠中の母が本当に大変だから、少しでも支えてあげようという気持ちでいっぱいでした。

父の葬儀や引っ越しなどがどうにか終わった後、引っ越したばかりの新居に門田さんが来ました。母はその日はずいぶん嬉しそうでした。仲の良い友達が来たから母も気が紛れたのだろうと、当時のわたしは思っていました。

やがて、母が健太を出産すると、門田さんは頻繁に家に来るようになりました。正直、生前の父よりも門田さんの方が、子供にとっては親しみやすかったので、門田さんならずっと家にいてもいいな、新しいお父さんになってもいいな、と漠然と思っていました。実の父が死んでしまったショックは大きかったけど、母は門田さんといる時は嬉しそうだし、正式に結婚していなくても、週に何日かしか家に来なくても、門田さんは生前の父よりもよっぽど、わたしや健太にとっては理想的な父親のような存在でした。幼い健太も、門田さんにあやされるとよく笑っていました。

そんなある夜、門田さんと母が家でお酒を飲んでいた時、酔って多弁になった母が、キャバクラ時代の門田さんとの思い出について語ったことがありました。

「修也君、いいお客さんだったもんね。ハイヒール折られた時、新しいの買ってくれたし、入院してたお母さんのためにウォークマンも買ってくれたし」

「ウォークマンは買ったわけじゃねえよ。俺の使い古しだ。カセットのやつだろ？」

「そうそう。カセットウォークマン」

「あと、あれはウォークマンじゃなくて、ウォークマンのバッタモンな。ソニーじゃなくて聞いたことのないメーカーのやつだったろ」

「あ、そうだったっけ……。でも、ごめん、もうあれ捨てちゃったわ」

「おいおい、冷てえなあ。俺の思い出のプレゼントだぞ」

「でも、カセットだよ？　もう絶対使わないもん。一回、前の家でいらない家電をまとめて捨てたから、その時に一緒に捨てちゃったかな〜。もし残ってたとしても、火事で焼けちゃったね。とにかくこの家には絶対持ってきてないわ」

「なんだよ〜。じゃ、また新しいラジカセでも買ってくるか」

「いや、今時ラジカセなんていらないから！」

「でも、爺さん婆さんは今でも使ってるんだぞ。俺がこの前担当した家でも、偏屈な爺さんが持っててさあ……」

――と、そんな二人の会話を聞きながら、わたしは以前「カセットウォークマンのバッタモン」らしき機械で、生前の父と声を録音してみたことがあったと思い出していました。でも、この場で父の話は出さない方がいいだろうと子供心に思って、口には出しませんでした。そのうちに母と門田さんの話題は、「不動産業の門田さんがこの前担当した爺さんの偏屈ぶり」にすっかり切り替わっていました。

そうやって、表面上は大きな問題もないまま、わたしたち三人家族と、時々家に来る門田さんの良好な関係は続きました。

一度、「門田さんはうちのお父さんにならないの?」と尋ねてみたこともありました。すると門田さんが「そしたらイゾクネンキンが……」と言いかけて、母に「やめてよ」と止められたのを覚えています。――今なら分かります。二人がおおっぴらに交際できない理由として、母と門田さんが内縁関係だとみなされてしまうと、父の遺族年金を受け取れなくなってしまうどころか、最悪の場合、不正受給とみなされた分の返還義務を負うリスクもあったので、関係を公にすることには尻込みしていたのでしょう。

ただ、当時のわたしはそんな事情は知らないまま、小学校から中学校に進学しました。ちなみにわたしは、母の少女時代のように、ひどいいじめなどは受けていませんでした。母は、美貌のせいで学校でいじめられて不登校になったようですが、その点わたしは、眉毛がつながりそうなほど濃かった父の遺伝子が半分入ったせいか、特段美女というほどではない、十人並みの顔面の女子に仕上がりました。ただ一方で、社交的というわけでもなく、また小さい頃から母に「友達ってのは裏切るからね」と折に触れて刷り込みをされていたこともあり、友達は少なめで交友関係も薄めでした。

とはいえ、わたしは亡父の影響で読書好きで、図書館の本さえあれば孤独でも平気な性格だったので、友達の少なさをコンプレックスとも思いませんでしたし、スマホも特に欲しいと思わなかったので、今やかなり少数派の、スマホ・携帯電話未所有の中学生でした。学校で最も楽しみだったのは文芸部の部活動で、小説を書いて公募の文学賞に応募したこともありましたし、わたしは知らない作家さんだったので名前はうろ覚えですが、たしか藤なんとか翔さんという、無名だけど一応プロの作家さんを特別講師として呼んで、原稿の書き方などのレクチャーをしてもらったこともありました。

弟の健太も保育園に入り、毎日楽しそうに通っていました。家の焼失と父の死という悲劇はあったけど、それを乗り越え、我が家は平穏を取り戻しつつある――と思っていたのですが、うまくいっていないこともあったのだと、のちに知りました。

わたしの祖父、つまり母にとっての父親との関係です。

手記の中では、「私」は父にお金では苦労させられたけど、たった一人の父親として愛していた――といった感じで書きましたが、実際の母と祖父は、ずっと不仲でした。火事になってしまって我が家が引っ越した後、祖父の家と距離が近くなったのは事実ですが、２０５ページに書いたように、週に一、二回は会って食事をするようになった、などというのは嘘です。

手記を書くにあたって母から詳しく聞いた限りでは、母が子供の頃の祖父は、仕事が長続きしない上に酒に酔って家族に暴力を振るうこともあったし、母が教師に二股をかけられた末に高校を中退した時には、「この淫乱が！」なんてひどい言葉まで浴びせられたのだそうです。それに、祖父自身が一度マルチ商法に騙されたことがあるくせに、母がキャバクラ勤務時代に同じ目に遭った時、「騙されるなんてどれだけ馬鹿なんだ！」と自分のことを棚に上げて罵倒してきたのだそうです。

母は、自らの母親、つまりわたしにとっては生まれる前に亡くなってしまった祖母のことは、本当に好きだったようです。でも、その祖母が早死にしてしまったのは、長年にわたって祖父に金銭面で苦労させられた上に、粗暴で横柄な祖父の妻としての立場に縛られ続け、精神的に疲弊したせいだったという思いもあったようで、それでますます祖父を恨んでいたようです。わたしも、まだ父が生きていた頃から違和感はありました。母方の祖父の家の方が、父方の祖父母がいる実家よりも近かったのに、盆と正月に顔を出すのは父の実家だけで、母方の祖父にはめったに会わなかったのは、母と祖父が不仲だからなのだろうと、子供心になんとなく察していました。

ただ、母からたびたび恨み言を聞いていた一方で、わたしは祖父に対して悪い印象はありませんでした。父が生きていた時、数えるほどしか会ったことのなかった祖父は、わたしをとても可愛がってくれましたし、のちに引っ越した我が家から中学校への通学路が、祖父の通り道でもあったため、祖父はわたしを見つけるたびに嬉しそうに声をかけてくれたのです。一度、母が買い物で不在の時に、祖父がもらい物の野菜を届けに家に来たことがあって、当時まだ二、三歳だった健太が、家の近くの下り坂で、205～206ページに書いたような「ジェットコースター」の遊びを祖父にしてもらったこともありました。その後、帰宅した母は、わたしたちが祖父と遊んだことを知ってひどく不機嫌になったのですが、とにかく孫のわたしたちと祖父との関係は良好でした。

そんな祖父との別れが、あんなにも突然訪れてしまうとは思いませんでした。

それも、わたしの大怪我とともに――。

２０２１年12月21日。わたしは自転車がパンクしてしまったため、一人で自転車を押して下校していました。――ちなみに手記の中では、「美人であるせいで私たちは不幸になった」というテーマに沿うために、学校の誰かにパンクさせられたように書きましたが、実際は自転車で走り出してからパンクしたので、たぶんガラスか尖った石を踏んだだけの、ごく普通のパンクでした。この手記の初版の発売後、あの記述のせいで母校は少し騒ぎになってしまったそうで、その節はご迷惑をおかけしました。もっとも、それどころではないご迷惑を、我が家はかけてしまったのですが。

さて、自転車を押して一人で下校するわたしの、すぐ横の車道に車が停まり、「亜希ちゃん」と声がかかりました。見ると、祖父が助手席の窓を開けてこちらに手を振って、話しかけてきてくれました。

「どうしたの？」

「パンクしちゃった」

「乗せてってやるよ」

「え、いいの？　ありがとう」

家まではまだ距離があったので、わたしはありがたく乗せてもらうことにしました。

実はその前にも一度、雨合羽を持っていない日の下校中に大雨に降られて、運のなさを呪いながらびしょ濡れで自転車に乗っていた時に、祖父の車が通りかかって乗せてもらうという経験をしていたのです。祖父の車は、後部シートを畳むと自転車を積み込めたので、わたしはその日も、パンクした自転車を積んでもらって助手席に乗りました。

そして、走り出した車の中でふと、わたしは祖父に言いました。

「これで帰った後、またお母さんと喧嘩しないでね」

今考えたら、虫の知らせだったような気がします。なんだかその時ふいに、祖父と母の関係の悪さが気にかかり、デリカシーに欠けるとは分かっていながら、そんなことを口に出したのです。

「別に、毎回喧嘩してるわけじゃねえよ」

祖父は運転席で苦笑した後、少し間を空けてから言いました。

「でもなあ……あの門田って奴がちょっと、俺は信用できねえんだよ」

「ああ、門田さん？」

祖父の口から門田さんの名前が出たのは意外でした。わたしは、祖父に門田さんとの面識があったことも知りませんでした。

「あいつに、うちの土地を売れって言われてんだよ。こっちが乗り気じゃないのは分かってるはずなのに、しつこく言ってきてよお」

「ふ～ん……」

わたしや弟に対しては優しい人だけどね、なんて言って門田さんを擁護したところで、祖父の気分を害するだけかと思い、その後は話題を変えて、学校のことや受験のことなど、当たり障りのない話をしたと思います。

そして車は、我が家の手前の、長い下り坂のカーブに差しかかりました。いつも通り坂を下りていく……と思いきや、突然祖父が叫びました。

「おい、なんだこれ！」

その直後、車はぐんぐん加速し、ガードレールに突っ込んでしまったのです。

「なんでだ！」

祖父の叫び声とともに、車がガードレールと草木をなぎ倒し、急斜面の下へと転落していきました。わたしも悲鳴を上げたでしょうか。いや声も出なかったかもしれません。

「なんでだ！」というのが、わたしの聞いた、祖父の最後の言葉でした。

その後の記憶はおぼろげです。崖と言っていいほどの急斜面の下に転落し、砕け散るフロントガラス、膨らむエアバッグ。目の前に飛び散った赤色は、わたしの血だったのか、それとも祖父の血だったのか。シートで挟まれた体に、とてつもない激痛が走って、ああこれで死んでしまうのだと、わたしは急速に薄れゆく意識の中で思いました。

しかし、わたしは生きていました。

体中に包帯を巻かれ、管を挿《さ》されながらも、病院で目覚めたわたしはどうにか生きていました。そんな極限状態のベッドの上で、お医者さんから、祖父が死んでしまったことと、わたしの下半身には麻痺が残って車椅子生活になる可能性が高いことを知らされたのですが、それよりも頭に肩、腕、背中と、そこらじゅうが痛すぎたせいで、悲しみも薄れてしまいました。人間は心の痛みよりもまず体の痛みの方が優先されるのだと、わたしは身をもって知りました。

その後も何度かの手術と、それに伴う強い痛み、どうしても耐えられなくなった時に打ってもらう鎮痛剤、それによってぼやける思考、おむつで排便しなければいけない恥ずかしさ、ふいに訪れるとてつもない悲しみと喪失感であふれ出す涙……等々、今となってははっきりとは思い出せない、記憶をぼやけさせないと強いトラウマになってしまうレベルの苦痛に見舞われ続けた日々を過ごしました。

ただ、そんな中で、新型コロナウイルス対策のため直接は会えず、電話でしか話せなかった母と、こんな会話を交わしたことは、はっきり覚えています。

「どうして、おじいちゃんの車に亜希が乗ってたの？」

「自転車がパンクして押して歩いていたら、ちょうど通りかかったおじいちゃんが乗せてくれたの」

「そうだったの……。ああ、ごめんね亜希」

母がわたしに「ごめんね」と謝ったことに、少し違和感を覚えました。あれは不幸な事故であり、母の過失ではなかったからです。

とはいえ、そんな小さな違和感について考えている余裕などないほどに、痛くてつらい治療とリハビリの日々が続いていきました。そんな状況では、高校受験をするなんてとても無理そうだったので、わたしは泣く泣く、いわゆる高校浪人をすることになってしまいました。中学校の親切な増谷《ますたに》先生が、わたしの勉強の支援を買って出てくれて、わざわざ母に電話をしてくれたと聞きましたが、やはり当時は勉強のことを考えている余裕などなく、両脚が動かせなくなってしまった肉体をコントロールするための訓練で精一杯だったので、「勉強の支援は、勉強できるぐらいまで体が回復したらぜひお願いします」と母に返事をしてもらった上で、まずはリハビリに励みました。

残った体の機能で、どうにか日常生活の動作はできるようにならなければいけません。病院で、お医者さんや看護師さんや理学療法士さんたちの指導による訓練に励み、どうにか家に戻れる程度の体を作れたところで、わたしは退院しました。

その後も自宅でひたすら、車椅子生活に慣れるための努力を続けました。手記にも母の視点で書いた通り、わたしは当初トイレもお風呂も一人ではできませんでしたが、廊下やトイレに工事で手すりを付けてもらったり、お風呂に台を入れてもらったりして、わたし自身も練習を重ねて、生活のほとんどの動作を一人でできるようになりました。もちろん祖父が死んでしまったことと、わたしが歩けなくなったことは人生最大の悲劇だったけど、これからはこの体で頑張って生きていくんだ、勉強もしっかりやって車椅子も使いこなして高校に進学するんだと、決意を固めつつあった、今年2022年6月の、ある夜でした。

わたしの人生が、すべてひっくり返る出来事が起きたのです。


車椅子というのは、当然ながら足音がしません。うまく進めた時は、自分で意識していなくても、忍び足より静かに進むことができます。

あの夜もそうでした。

門田さんが家に来ていたあの日の夜中、わたしは就寝後にふと目が覚めて、喉が渇いたからキッチンで水を飲もうと思いました。それほど意識はしていませんでしたが、夜中だから車椅子への移乗やドアの開け閉めも、静かに行《おこな》っていたのでしょう。

そして、一階のわたしの部屋から廊下を通り、LDKの部屋のドアを開けようとした時も、中にいる母と門田さんに気付かれることなく、会話を聞けてしまったのです。

「亜希には本当に悪いことしちゃった。亜希の足がこのまま動かなかったら、私、本当にどうすれば……」

ドアの向こうから聞こえた母の声の後に、門田さんの声が続きました。

「つらいけど、しょうがない。時間は戻せないからな。まあ、親父さんを生かしとくわけにはいかなかったんだから」

その言葉に驚いて、わたしはドアノブを握った手を止めました。とんでもない会話を聞いてしまっているのだとすぐに悟り、血の気が引きました。

ドアの向こうで、母と門田さんの会話は続きました。

「警察にばれなかっただけでもよしとしないと」と門田さんの声。

「大丈夫かな？　これからもばれないかな」と母の声。

「捕まることはないはずだ。旦那を焼いた時と同じように、証拠は何もないんだからな。まあ、亜希は本当に気の毒だったけどな……」

しばらく間が空いた後、さらに門田さんの声。

「保険金殺人で捕まる奴らってのは、結局どいつも欲張りすぎなんだ。やたら高い保険に入ったり、短期間に何人も殺したり。――俺たちみたいに、欲張りすぎないのが一番だよ。五年越しに二人やるぐらいがちょうどいい」

ここまで聞けば、どんなに受け入れ難い事実でも、さすがに認めるしかありませんでした。

父も祖父も、母と門田さんによって殺されていたのです。

どちらの死も、母と門田さんが共謀した保険金殺人だったのです。

そうと分かると、わたしの心の中に眠っていた数々の疑問も、一瞬にして解決されたのでした。ドミノ倒しのように、母と門田さんが殺人犯だったのだという事実を起点にして、記憶の片隅にあった疑問点の答えが、次々と導き出されていきました。

父が焼死した後、母が「夫は喫煙を再開していた」などという実際とは異なる説明をしていたこと。――あの説明で、寝タバコによる失火だったことにして、殺人だとばれることなく保険金を詐取したのでしょう。

父が亡くなって引っ越した後、門田さんが新居に来た時の母がとても嬉しそうだったこと。――保険金殺人を無事に成功させた共犯者同士だったのだから当然です。葬儀の時の母の涙も、すべて芝居だったのでしょう。

祖父が事故直前「おい、なんだこれ！」「なんでだ！」と叫び、車は減速しないまま斜面を転落したこと。――ブレーキに細工が施されていたのでしょう。

その事故の後、母がわたしに「ごめんね」と謝ったこと。――車のブレーキに細工をして祖父を殺す計画に、意図せずわたしを巻き込んでしまったからだったのでしょう。あの日、わたしの自転車がパンクして、たまたま祖父の車が通りかかって乗せてもらうことになるなんて、さすがに母と門田さんは予測していなかったのです。

わたしはドアノブに手をかけたまま、気付けば震えていました。ずっとわたしを育ててくれた母と、その恋人の門田さんが、連続保険金殺人犯だと分かったのだから、震撼《しんかん》して当然でした。

ただ、その手の震えが、わずかにドアに伝わってしまったのは、痛恨のミスでした。

「んっ？」

ドアの向こうから母の声が聞こえました。わたしは即座に、いったん自分の部屋の反対側に車椅子をバックさせ、すぐ前進して自分の部屋へと急ぎました。背後でドアが開き、暗い廊下にリビングの明かりが差し込み、母が小声で「亜希」と言った声も聞こえました。わたしは、そんなことには気付いていないふりをして、そのまま自分の部屋に入り、可能な限り速くベッドに移り、寝たふりをしました。

母は、わたしの部屋まで追いかけてはきませんでした。

でも、ものすごく不自然な芝居になってしまったのは、わたしも自覚していました。

当然、わたしはその夜、一睡もできませんでした。母と門田さんも、どうやら夜通しリビングで話し合っていたようでした。

わたしは、母と門田さんが連続保険金殺人を働いていたという、恐ろしい事実に気付いてしまいました。

しかし問題は、母と門田さんも、わたしが気付いたことに気付いてしまったということでした。

その夜を境に、わたしの生活は格段に不便になりました。母と門田さんが連続保険金殺人犯であることを、わたしが外部に漏らすことができないように、あらゆる方策が二人によってとられたのでした。わたしは実質的な軟禁状態になってしまいました。

わたしは先述の通り、元々スマホもガラケーも持っていませんでしたが、それまで自由に使えていたパソコンも、母の監視下でしか使えなくなりました。まずキーボードとマウスが、車椅子のわたしの手が届かない棚の最上段に保管されるようになりました。さらに、我が家のパソコンのネット接続に使う小型のモバイルＷｉ‐Ｆｉルーターも、母が毎回取り上げて電源を切り、必要な時だけ電源を入れてパソコンにつなぎ、ネットを使うわたしを母がずっと監視するというルールになってしまいました。「受験生がネットばっかりしてちゃいけないからね」と母は笑顔で言っていましたが、わたしがネットを使って保険金殺人の件を通報するのを防ぐのが目的なのは明らかでした。

また、我が家に固定電話はなく、それまでテーブルの上などに無造作に置いてあることも多かった母のスマホは、母が常に肌身離さず持ち歩くようになりました。ひょっとしたら入浴中や就寝中に奪えるのではないかと思いましたが、母の入浴時に何度かそっと脱衣所を覗いたら、やはりわたしの手が届かない棚の最上段にスマホが置かれていましたし、母の寝室のドアには、門田さんによる日曜大工で鍵が取り付けられ、就寝中にそっとスマホをかすめ取ることも不可能になりました。

もしわたしが車椅子生活でなければ、そうやって通信手段を奪われたところで、母と門田さんの罪を告発することなど簡単だったでしょう。一人で外に出て、警察署に行って洗いざらい喋ってしまえば、それだけで告発完了です。でもわたしは、一人で外に出ることが不可能なのです。我が家は、玄関の内側と外側、それに門と道路の間にも大きな段差があり、その三ヶ所はどんなに訓練したところで、母の介助がなければ絶対に越えられません。それらのバリアフリー化工事をしなかったのは、さすがに母がこうなることを予見していたわけではなく、単に高額な工事費をケチっただけだと思いますが、結果的に母と門田さんにとっては大正解だったと言えるでしょう。

それに、この時のわたしはまだ、母と門田さんの罪を告発しようという強い気持ちを持っていたわけではありませんでした。当然ながら、母が捕まれば、わたしも弟も保護者がいなくなります。わたしはまだしも、まだ幼くて実の両親が殺人犯だなんて知らない弟にとっては、両親がいなくなることの方が、知らずに殺人犯の両親に育てられることよりも不幸なのではないかと思えました。

加えて、母と門田さんを告発しようと思えなかった理由は、そもそも二人を罪に問えるだけの証拠がないと思ったからです。二人がわたしの父と祖父を殺した証拠というのは、「わたしがドア越しに聞いた会話の記憶」だけです。父が亡くなった火災も、祖父が亡くなった交通事故も、警察はすでに事件性はないと判断しているはずですから、警察にとっては嘘か本当か分からない、娘のわたしの証言だけで捜査を始めるようなことは、おそらくないだろうと思いました。せめて弟が小学校高学年ぐらいになっていて、弟とわたしの二人が証人だったら、いくらか説得力が増したかもしれませんが、先述の通り弟は五歳で、母と門田さんの本性など一切知りません。そもそも殺人という言葉もまだ理解できていないであろう弟に、協力を頼めるはずがありませんでした。

こうしてわたしは、親が殺人犯だと知ってしまうという最悪の苦悩を抱えながらも、このまま生きていくしかないのだと諦観《ていかん》しつつありました。

そんな時、昨年度までわたしの学年主任で、数学も担当していた増谷幸二《こうじ》先生から、わたしの勉強の支援を申し出る電話があったのです。

わたしが母のふりをして書いた手記の中で、最も罪深かった嘘は、「M教諭」という表記とはいえ、増谷先生を悪人に仕立て上げてしまったことです。増谷先生は本当は、わたしを助けようとしてくれたのです。

ただ、手記の発表前にすでに、多くのメディアで増谷先生は異常犯罪者扱いされていましたし、そのように書くことでしか、手記を世に出す方法はありませんでした。すぐに名誉を回復できるから、それまでごめんなさい――。そう心の中で謝って、増谷先生を犯罪者扱いした手記を発表しました。すでにご遺族には直接会って深くお詫びさせていただき、事情をくみ取った上でお許しをいただきましたが、大変つらい思いをさせてしまったことは紛れもない事実です。改めて深くお詫びいたします。

増谷先生は、実際は性犯罪者などではまったくない、いい先生でした。「離婚歴があり、女子生徒からも嫌われていた」などとも手記には書きましたが、離婚は円満だったようですし、一部の女子生徒から陰口を叩かれていたのは、単純に小太りで頭髪が薄くなっていたことを揶揄《やゆ》するような内容でした。それこそまさにルッキズムでした。もっとも、増谷先生がそんな陰口を叩かれてしまったのは、先生自身が「静かにしなさい。あんまりうるさいと先生ストレスでますますハゲちゃいます」なんて、自らの見た目を揶揄する自虐ギャグを連発していたことも原因だったと思いますが……。とにかく、増谷先生は優しくてユーモラスで、わたしにとっては好きな先生でした。

そんな増谷先生が、最初に我が家に電話をして、高校浪人中のわたしの学習支援を買って出てくれたのは、少し前の２６１ページにも書きましたが、まだわたしが母と門田さんの正体を知る前の、事故後のリハビリに励んでいた時期でした。その時のわたしは本当に勉強どころではなかったのですが、先生のご厚意は非常にありがたかったので、勉強ができる状態になったらぜひお願いしたいと、母を通じて答えていました。

その後、わたしは訓練を積んで車椅子を使いこなせるようになった一方、母と門田さんの正体を知ってしまいました。そこで再び、増谷先生からの電話があったのです。

母は当然、わたしが増谷先生に秘密を漏らしてしまうリスクを検討したことでしょう。とはいえ、前に先生から申し出があった際にはとても前向きだったのに、急に方針転換して断ってしまえば、それはそれで不自然に思われるリスクがあります。そういえば母は、増谷先生からの再度の電話があった直後、ひどい虐待を受けていた幼児が、近所の住人の通報を受けた児童相談所の職員に助け出され、両親が逮捕されたというテレビのニュースを、眉間に皺を寄せてじっと見ていたことがありました。おそらく母は、増谷先生の学習支援の申し出を断ることでむしろ不審に思われ、それこそ虐待を疑われて児童相談所に通報され、職員がアポ無しで来てしまった場合などの方が、わたしに秘密を漏らされるリスクが大きいと判断したのでしょう。最終的に母は、おそらく門田さんにも相談した上で、増谷先生にわたしの勉強の支援をお願いしたのでした。

もちろん、増谷先生が家に来ても、わたしが先生に秘密を暴露したりしないように、母は常にわたしを見張っていました。リビングで勉強を教わっている間は常に同じ部屋にいることはもちろん、一瞬でも隙を作らないよう、トイレも先生の来訪前に済ませていました。そうやってトイレに行く際も、母はスマホと、電源を切ったモバイルWi-Fiルーターを、わたしが使えないように必ずポケットに入れていました。

増谷先生は毎回、我が家の近くの自動販売機でペットボトルのカフェオレを買ってきました。「これ美味しいから毎回買っちゃうんだよ。こんなの飲むから太るんだけどね」と自虐的に笑うというのが定番ギャグでした。たぶんわたしはあまり上手に笑えていませんでしたが……。また、先生はあのカフェオレを、最初は二本買ってきてわたしにも勧めてくれましたが、一度飲ませてもらって「すいません、わたしにはちょっと甘すぎます」と正直に感想を言うと、「あら、そりゃごめんね」と笑って、次から自分の分だけを持ってくるようになりました。ただ、あれも今思えば、我が家でお茶を出してもらうのを断るのが目的だったのだと思います。

治療やリハビリのために、勉強のブランクが空いていたわたしは、増谷先生の指導や、先生が持ってきてくれるプリントでの学習が、本当に助けになっていました。また増谷先生は、母とも気さくに会話していました。増谷先生が大学時代から二十代半ばまで住んでいたアパートと、母の子供時代の家が同じ地区にあって、二人がちょうど同時期に同じ地区に住んでいたことが判明し、「もしかしたら一度ぐらい道ですれ違ってたかもしれませんね」なんて盛り上がっていたこともありました。

わたしはてっきり、増谷先生は、純粋にわたしの学習面を心配して来てくれているのだと思っていました。

でも、その裏で増谷先生は、別の目的を秘めていたのです。

もちろん、わたしの学習を手助けすることも目的の一つではあったのですが、先生のより大きな目的は、別のところにあったのです。

増谷先生は、母が一瞬でも油断する隙を狙っていたのです。一方、母も先生の訪問のたびに隙のない警戒を続けるのはさすがに無理で、先生に自分たちの罪がばれることも、わたしが先生に母たちの罪をばらしてしまうこともないだろうと油断したのでしょう。ある日、玄関に宅配便が来て、母が取りに行った隙に、先生がポケットから小さく折り畳んだ紙をさっと取り出し、わたしに差し出してささやいたのです。

「これ、ポケットにしまって、お母さんに見られないところで読んでね」

わたしはとりあえず、先生に言われた通り、それをポケットにしまいました。その後、先生はいつも通り、わたしの勉強を見てくれてから帰っていきました。

それからわたしは自分の部屋に入り、増谷先生から渡された、小さく畳まれた紙の束を、ポケットから取り出して読みました。――ここで懺悔《ざんげ》をしますと、わたしはこの時、まさかラブレターだったらどうしよう、などと想像してしまいました。わたしもまた、独身男性の増谷先生に対して数十分間、たしかに偏見を持っていました。

しかし、わたしの予想は大きく外れました。その手紙は、次のような内容でした。今は手元にないので正確な文面ではありませんが、記憶をもとに長い手紙を再現します。

＊　　＊　　＊

森中亜希さんへ。

突然こんな手紙を渡してごめんなさい。亜希さんがスマホを持っておらず、ＬＩＮＥ

なども使えないので、このような形で失礼します。

さて、亜希さんに大事な質問があります。

もしかして亜希さんは、何か隠し事をしていませんか？

その隠し事というのは、お母さんについての、重大な話ではないですか？

実は僕も、あなたのお母さんに関して、重大な疑惑を抱いています。そのことについて、この手紙で包み隠さず説明します。

もし、僕の抱いている疑惑が何もかも間違いだったら、亜希さんが僕のことをお母さんに報告し、この手紙を見せてしまったとしても文句は言えません。その場合、僕がこうして森中家に来ることは二度となくなるでしょうし、教育委員会に報告されて処分を受けても仕方ありません。

でも、もし僕の抱いている疑惑が正しければ、僕には教師として、亜希さんを救い出す責務があります。だから、この後に書かれている内容が間違っていなかった場合は、くれぐれもこの手紙はお母さんに読まれないようにしてください。

実は僕は、亜希さんのお父さんの俊宏さんの、かつての同僚なのです。僕が先輩で俊宏さんは新卒の後輩でしたが、一時期はとても仲がよく、飲みに行ったことも十回ぐらい。それに一緒に競馬に行ったこともありました。僕が無理に誘ったんですが、結果がさんざんだったことも、はっきり覚えています。（一万負けでした。）

それぐらいの仲でしたから、俊宏さんに恋人ができたという報告も、割とすぐに聞きましたし、その一年ほど後には結婚の報告も聞きました。

俊宏さんは結婚式は挙げませんでしたが、彼に奥さんの写真を見せてもらって、職員室中がどよめいたのを覚えています。「えっ、奥さんこんなに美人なの⁉」「女優さんみたい！」と驚く人もいれば、「嘘つけ、これはどこかのモデルの写真だろ。見栄張るなよ」なんて疑う同僚まで出る始末でした。まあ僕もその一人だったのですが……なんて冗談はさておき、とにかく森中俊宏さんは僕にとって、かつて仲がよかった同僚で、美人の奥さんと結婚した幸せ者だという印象が強く残っていました。

奥さんが妊娠したこと、子供が女の子だと分かったこと、そして無事に奥さんが出産したことも、僕は俊宏さんからリアルタイムで聞きました。当然、その子が亜希さんになるわけです。

また、俊宏さんは奥さんの妊娠を機に、すっぱりタバコをやめたのだと、ある日の職員室での雑談の中で話していました。その際に、一緒に雑談していた独身の女の先生が、「子供の頃、近所の家が父親の寝タバコで全焼しちゃって、その家は結局両親が離婚しちゃったんだよね。だから私、タバコ吸う男は絶対無理だわ」という話をしたのです。

その時、俊宏さんが言った言葉を、僕は今でもはっきり覚えています。

「さすがに俺も、寝タバコだけはやらなかったですよ。あんなのメチャクチャ危ないですもん。まず寝室に灰皿を置いちゃ駄目ですよね」

僕は、人生で一度もタバコを吸ったことがないので、ああ、そういうものなのかな、となんとなく思ったのですが、とにかく俊宏さんがそう言ったのは、たしかに記憶に刻まれたのです。

やがて、僕が人事異動で別の中学校に赴任することになり、俊宏さんとはたまに教員研修などで再会する程度になりました。僕の方も、その後離婚を経験して、前向きな離婚ではあったのですが、まあまあ落ち込んだりもしましたし、かつて一緒に飲みに行くほど仲がよかった俊宏さんとも、いつしか没交渉になりました。

それから何年も経ち、かつての同僚から、俊宏さんが亡くなったと聞いた時は、非常に大きなショックを受けました。しかもその詳細を聞いて、僕はさらに驚きました。

そもそも僕は、俊宏さんが教員を辞めて塾講師になっていたことも知らなかったのですが、何より驚いたのは、死因が寝タバコによる火災だったことでした。寝タバコの危険性を認識し、絶対やらないと断言していた彼が、まさか寝タバコで死んでしまうなんて……。正直、本当に寝タバコが原因だったのだろうかと、疑問にも思いました。

とはいえ、当時の僕は「彼の死因は間違ってるんじゃないですか。もう一度調べてください！」などと警察に訴えたりまではしませんでした。盟友である俊宏さんの死に強くショックを受けながらも、俊宏さんの葬儀に参列する以外の行動は、結局起こすことはありませんでした。

葬儀には、たくさんの人が来ていました。もちろん亜希さんは僕を覚えてはいないでしょうが、小学生だった亜希さんと、相変わらずの美貌でお腹が少し膨らんだお母さんがいたのを、僕ははっきり覚えています。僕は焼香後に亜希さんとお母さんに一礼しただけで、会話する機会はありませんでしたが、もしこの時、お母さんに悲しんでいる様子がなかったら、もっと疑念を持っていたと思います。しかし、亜希さんのお母さんは葬儀中に何度も涙を拭っていたので、それ以上疑ったりはしませんでした。

それからさらに時が経ち、中学生になった亜希さんの学年を、僕が主任として受け持つことになりました。その上、亜希さんの数学の授業も担当することになりました。森中家が全焼した家から引っ越したことで、結果的にうちの中学校の学区に入ったんですね。そういう経緯で、亡くなった俊宏さんの娘さんを教えることになったのは、巡り合わせだと思いました。もし僕が亜希さんのクラス担任だったら、一度ぐらい亜希さんにそんな話をしていたかもしれません。でも、学年主任という立場だと、生徒一人一人とそこまで密接に話す機会もないし、亡くなったお父さんのことを話題にするのも、もしかしたら亜希さんにとってはつらいことかもしれないと思って、結局一度もそんな話はしませんでしたね。

俊宏さんの死因の不可解さについては、その頃の僕は正直、忘れかけていました。娘ができたのを機にタバコをやめて、「寝タバコなんて考えられない」とも言っていた人が、それから十年ほどの年月を経て、喫煙の習慣を再開して、寝タバコもするようになってしまう。――そんなことが絶対にありえないかというと、そこまでは言い切れないような気がしたからです。もっとも、親しかった後輩が実は殺されていたなんて思いたくないという、いわゆる「正常性バイアス」に近いものが、僕の心の中で無意識のうちに働いていたのかもしれません。

ところが、そんな中で昨年末、亜希さんがお祖父《じい》さんの運転する車で事故に遭い、お祖父さんが亡くなり、亜希さんが車椅子生活になる大怪我を負ってしまいました。

さすがに僕は、いてもたってもいられなくなりました。そもそも学年主任として、受け持つ生徒が大事故に巻き込まれたというのは、とてつもない一大事ですが、僕の頭をよぎったのは、亜希さんの父親である俊宏さんの死因に関する疑問でした。

もしかしたら、僕があの時、警察に相談しなかったことが、今回の事故にもつながってしまったのではないか……。僕は自責の念にも駆られ、公務員として問題があるのは承知の上で、亜希さんのお祖父さんについて調べることにしました。

亜希さんのお祖父さんのフルネームが、宮城規夫《みやぎのりお》さんだという情報は、学年主任として知ることになったので、市内の電話帳で調べてみたところ、同姓同名の人が一人いました。決してありふれた名前ではないので、ご本人で間違いないだろうと思い、日曜日に電話帳に載っていた住所を見に行きました。

するとと、宮城規夫さん宅の近くの家の庭先に、年配の女性の姿があり、目が合うと「こんにちは」と挨拶をしてくれたので、僕は思い切って話を聞いてみました。その方は規夫さんと交流があったようで、色々と教えてくれました。

「私、宮城さんに病院の送り迎えをしてもらったことがあるんだけど、安全運転だったよ。ガードレールを突き破って死んじゃったなんて、今でも信じられない。それと宮城さん、娘さんと、その内縁の夫とうまくいってないって言ってたの。土地を売れって言われたっていう話も聞いた。ほら、この辺の土地、向こうにショッピングセンターができることになって、値上がりしてるから。――あ、まさか、そういうお金がらみで宮城さんが殺されたなんてことはないよねえ。犯人は娘夫婦なんてことは……。でも、宮城さんのお孫さんも事故で大怪我したって聞いたから、さすがにないか」

そんな話まで聞いて、僕はいよいよ、亜希さんのお母さんへの疑念を深めました。保険金や土地を売った金を得るため、夫の俊宏さんを寝タバコに見せかけて殺し、父親の規夫さんも、車に何らかの細工をして事故を起こさせて殺したのではないかと。

亜希さんはあの日、下校中にお祖父さんの車が偶然近くを通って、乗せてもらうことになったんですよね。亜希さんが同乗することになったのは、さすがに偶然だったのだろうと思います。しかし、あの事故自体は、車のハンドルかブレーキに、悪意を持った細工を施されたのが原因だったのではないかと思うのです。

とはいえ、規夫さんの近所の人がこんな証言までしていて、それを素人の僕でさえ知ることができたのだから、近いうちに警察が動くのではないかとも思いました。でも、今のところ、そのような動きはないようです。あれは事故であって事件性はないのだと、警察は判断を下してしまったのかもしれません。高齢者の自動車事故が多い昨今では、規夫さんのような事故も珍しくはないでしょうから、それがなおさら、警察が動かない要因になってしまったのかもしれません。

しかし、僕はもう、何もしないわけにはいきません。間違っても、森中家にこれ以上何かがあってはいけません。何かがあったとしたら、次に被害に遭うのは亜希さんか弟さんである可能性が高いのです。森中家で約五年越しに起きた火災と事故の不可解さについて、僕が独断で警察に通報しようかとも思いましたし、スマホで警察署の電話番号を途中まで入力したことさえあります。

でも、葛藤の末に、結局思いとどまりました。

なぜなら、僕が今しようとしていることは、亜希さんにとって唯一の保護者である母親の優子さんを、警察に突き出すことだからです。一度実行してしまったら、二度と後戻りはできないのです。亜希さんの今後の人生に甚大な影響を及ぼす決断を、僕のひとりよがりで勝手に下していいはずがないのです。

僕の疑念が当たっていて、優子さんが逮捕され裁かれた場合、亜希さんは結果的に、両親とも失ってしまうことになります。一方、僕の疑念がすべて勘違いで、森中家にはただ不幸な偶然が重なっていただけだった場合は、僕の通報のせいで森中家に警察の捜査が入り、亜希さんも弟さんも優子さんも、精神的に深く傷付いてしまうかもしれません。そう考えると、僕が独断で警察に連絡してしまうのも問題があると思い至りました。少なくとも、亜希さんの意向は聞くべきだろうと思いました。

だから僕は、亜希さんにコンタクトをとるために、また優子さんと直接対峙するために、亜希さんの学習の支援という名目で森中家にお邪魔することにしました。もちろん、亜希さんの学習の助けになりたいという思いも本当にありましたが、正直言って、メインの目的はこっちでした。また、さすがに警戒しすぎな気もしますが、毎回僕が自転車で森中家に行っているのは、万が一僕の意図がばれて、事故を起こすような細工を車両に施されたとしても、自転車だったら異常を感じてすぐに飛び降りてしまえば、命には関わらないと思ったからです。

そして、何度か森中家にお邪魔した結果、僕の疑念はさらに深まりました。

優子さんの、片時も僕から目を離すまいという姿勢は、さすがに度が過ぎているように思えてなりません。自分の娘と男性教師を、目の届かないところで長時間一緒にいさせたくないという気持ちは分かりますが、亜希さんと僕がリビングで勉強している間、優子さんは家事でも読書でも何でもできるのに、トイレにも行かず、こちらから目を離さずにずっと監視しています。はっきり言って、優子さんは何かを強く警戒しているようにしか見えません。この手紙を渡す隙も、なかなか見つからないぐらいです。（本当は二度目の訪問で渡したかったんだけど、いつ渡せるか……と、今二度目の訪問後に追記してます。）

それに、優子さんが亜希さんにスマホもパソコンも使わせていないというのも、束縛の度が過ぎるように思えてなりません。娘が車椅子生活になり、自由に外出できなくなった以上、親として普通の感覚なら、むしろインターネットは自由に使わせると思うのです。そうしないと、娘と社会とのつながりが絶たれてしまうのですから。

間違っていたらごめんなさい。冒頭でも触れましたが、これは僕の推測です。

もしかして亜希さんも、僕と同じように、母親の優子さんが怪しいと思っているのではありませんか？

いや、もしかしたら僕以上に明確に、優子さんの犯罪の証拠をつかんでしまったのではありませんか？

そして、優子さんもまた、亜希さんに証拠を握られたことに気付いていて、それは命取りになるほどの重要な証拠で、亜希さんがそれを外部の人間の僕に伝えてしまうことを阻止するために、徹底的に監視しているのではありませんか？

もしそうだった場合は、僕がいつでも警察に通報します。亜希さんの許可が下り次第、早急に警察署に行く覚悟があります。ただ、それは亜希さんの保護者を奪ってしまう結果にもつながるので、亜希さんの許可なしに警察署に行くことは絶対にありませんし、現時点で僕はこの件について、一切他言していません。

冒頭にも書きましたが、僕の推理が外れていて、この手紙をお母さんに見られた場合、僕は二度とこの家の敷居をまたげないどころか、教員として重い処分を受けるかもしれません。だからこの手紙を書くかどうか本当に悩みました。でも、もし僕の推理が当っていて、亜希さんにも保険金をかけられて危害を加えられたりしたら、本当に取り返しがつきません。だから最終的に、すべてをこの手紙に託す決断をしました。

亜希さん。僕が次に来る日に、僕がこの手紙を渡したのと同じ要領で、手紙の返事を渡してもらえませんか？

当分は勉強なんて手につかなくなってしまうかもしれませんが、どうかお母さんには異変を悟られないようにして、手紙の返事を書いて、次回僕に渡してもらえればと思います。酷なお願いをして本当にごめんなさい。

増谷幸二

＊　＊　＊

増谷先生からの、ところどころ修正液で直した跡もある、便箋七枚にびっしり手書きで綴られた手紙を読んで、わたしの心は動きました。

まず、増谷先生がかなり真相に近いところまで気付いていることに驚きました。まさかわたし以外に母の正体を見抜いている人がいるなんて、わたしも想定外でしたし、母や門田さんにとっても完全に想定外のはずでした。

それともう一つ、手紙の終盤で「亜希さんにも保険金をかけられて危害を加えられたりしたら」と書かれているのを読んで、遅ればせながら、わたしや弟がこの先殺されてしまう可能性もあるのだと気付かされました。

この時までわたしは、さすがに母と門田さんも、子供のわたしたちに手出しはしないだろうと思っていました。でも、夫と実の父を殺した人が、子供のことだけは絶対に殺さないなんて、いつまでも言い切ることはできないと思い直しました。今すぐに殺してしまっては、さすがに警察も怪しむと思いますが、何年か経ってほとぼりが冷めたら、わたしたちだってどうなるか分からない——。そう考えるようになりました。

何より、こうまでしてわたしを助けようとしてくれて、わたし以上にわたしのことを心配してくれている増谷先生がいるのに、このチャンスを逃してしまえば、二度と救いの手を差し伸べてくれる人は現れないでしょう。これが最初で最後のチャンスなのです。

わたしは意を決して、増谷先生に真実を伝えるべく、手紙の返事を書きました。

＊　＊　＊

増谷先生へ。

お手紙ありがとうございました。

単刀直入に言います。先生の推理は、ほぼ当たっています。

母は、恋人の門田さんという男性と組んで、私の父と祖父の二人を殺しています。これは間違いありません。なぜそこまで言えるかというと、母と門田さんが、夜中にリビングで、父と祖父を殺害したことや、そこに私を巻き込んでしまったことについて話しているのを、私はドア越しに聞いてしまったのです。動機は、私の父とも祖父とも元々仲が悪かったこともあるようですが、保険金目当てでもあったようです。

しかし、その話を私が盗み聞きしてしまったことが、母と門田さんにばれてしまい、私はそれ以来、パソコンを自由に使わせてもらえなくなりました。これもまさに先生の推理通りです。母は、私が警察に密告するのを恐れています。私は一人で玄関から出ることもできないし、スマホや携帯電話は元々持っていないし、家に固定電話もないので、今では増谷先生以外の外部の人との連絡手段が完全に断たれた状態です。

母は、私にとってたった一人の親ですし、大切な存在です。でも、さすがに殺人を許すわけにはいきません。ただ、母と門田さんのことを警察に告発したところで、たぶん二人とも簡単には逮捕されないと思います。今のところ、母と門田さんの殺人の証拠は、私が盗み聞きした会話だけです。警察からすれば、嘘か本当か分からない私の証言だけを根拠に、二人を逮捕することはできないはずです。

だから、増谷先生が持っている情報も含めて、すべてを警察に伝えてください。

警察が捜査を重ねて、やはり逮捕はできないというのなら、私はこの母親と暮らしていくしかありません。それでも今のところ、母と門田さんが私や弟に牙をむくようには思えません。私が聞いてしまった会話の中で、門田さんが母に向かって「警察に捕まる保険金殺人犯っていうのは欲張りすぎだ。俺たちみたいに五年越しに二人しか殺さないぐらいがいいんだ」というような話をしていたのも聞こえました。祖父が亡くなって、私が車椅子生活になって、その後すぐ私が死んだりしたら、さすがにどう見ても怪しすぎます。だから母たちも、そう簡単に私や弟を殺しはしないはずです。

私は、警察に運命を委ねます。母が捕まっても捕まらなくても、私の今後の人生が過酷になってしまうのは、どっちみち確定しているのです。ただ、今の私にとってただ一人の、接触可能な外部の人である増谷先生が、こうして手を差し伸べて、私の手をつかもうとしてくれている以上、その手を振り払うなんていう選択肢はありえません。

私と弟が今後どうなっても、先生が気に病む必要はありません。先生はベストを尽くしてくれましたし、私もこれがベストだと思って、先生に助けを求めました。私のためにありがとうございます。先生には感謝しかありません。

増谷先生。どうかこの手紙を持って、警察署に行ってください。お願いします。

森中亜希

＊　＊　＊

増谷先生から手紙をもらった日の夜中に、わたしはその返事を一気に書き上げました。それを、次に増谷先生が来ることになっていた二週間後の土曜日に渡すつもりで、先生からの手紙と重ねて、自室の勉強机にしまいました。鍵がかかる引き出しがあればよかったのですが、あいにくなかったので、一番きれいに使っていた最上段の引き出しの、一番奥にしまいました。

その後は、重大な決意を母や門田さんに悟られないように、それまでと同じように生活して、二週間を過ごしたつもりでした。

そして、増谷先生が来てくれることになっていた、２０２２年8月20日土曜日を迎えました。

朝食をとった後、母がいつも通り、わたしが外部と連絡を取れないようにスマホとWi-Fiルーターを持ってから、健太を保育園へ送って行きました。母はまさか、今日わたしが増谷先生にすべてをリークしてしまうとは思っていないだろう――。そう高を括《くく》りながら、わたしは自分の部屋の机の引き出しを開け、増谷先生に渡す手紙の返事を取り出そうとしました。

その時、ふと気付きました。

先生からの手紙と、今日先生に渡す返事が、上下逆になっている気がしたのです。というのも、わたしは先生への返事を書いて小さく畳んだ後、同様に畳んだ先生からの手紙を上に重ねて、机の引き出しの奥に入れた記憶があったのです。でも、改めて取り出してみたら、わたしの返事の方が上になっていたのです。

不吉な予感がしました。まさか母に手紙を読まれたのではないかと、当然思いました。でも、母の帰宅を待って「手紙読んだ?」なんて聞くわけにもいきません。読んでいたとしても正直に答えるはずがないし、読んでいなかったら逆に秘密を教えてしまうことになるし、その秘密は絶対に知られてはいけないのです。

気のせいだろうか。どうかそうであってほしい――。何ともいえない緊張感と焦燥感で軽いめまいを覚えながら、わたしはじっと車椅子に座り、机に向かっていました。

しばらくすると、めまいがだんだん強くなり、やがて眠気に変わっていきました。

はじめは、極度の緊張感に伴う感覚なのだろうと思っていました。

しかし、めまいが転じた眠気は、どんどん強くなっていきました。

これはおかしい。もしかして、朝食に睡眠薬が混ぜられていたのか――。そんな思考も霧散していきました。わたしはそのまま、机に突っ伏して眠ってしまいました。

その後、微かに覚えているのは、眠りの中で「わっ」という男性の叫び声を聞いたことです。それは増谷先生の声のようでした。

大変だ、助けなきゃ――。わたしは頭ではそう思ったのですが、体は眠ったままで動かず、すぐにまた眠りの底へ沈んでしまいました。

その次の記憶はもう、起こされた時でした。

「亜希、起きて」

肩を揺すられて目を覚ますと、傍らに母がいました。場所は、わたしが寝入ってしまったはずの自室の勉強机から、リビングのテーブルに移動していました。また、窓の外の太陽が、すでに西に傾いていることにも気付きました。驚いて壁掛け時計を見ると、もう五時を過ぎていました。

わたしが眠ってしまったのは、まだ午前中だったはずです。増谷先生が来る予定だった午後一時も、とっくに過ぎてしまっています。混乱するわたしに、母が言いました。

「大変。私たち、増谷先生にレイプされそうになったの」

「……えっ？」

まったく意味を理解できないわたしに、母が説明を始めました。

「ほら、いつも先生が持ってくるカフェオレを、今日に限って『お二人で飲んでください』って言われて、二人で飲んだでしょ？　あれに睡眠薬が入ってたんだよ。私たちは二人とも眠っちゃって、私が起きたら、先生が私の服を脱がそうとしてて……」

「いや、あの、お母さん……」

わたしはたまらず、母の話を遮りました。そして、はっきりと言いました。

「そんな話、嘘だよね？」

母は、不思議そうに目を丸くしてわたしを見つめた後、悲しげな表情になりました。

「いや、嘘じゃないよ。本当だよ」

「わたし、先生にカフェオレなんて勧められてないし、飲んでもいないよ。ていうか、今日は先生に会ってもいないよ」

「ああ、亜希、かわいそうに……」

母はわたしを憐れむように見つめ、芝居がかった口調で諭してきました。

「亜希は睡眠薬のせいで、記憶が消えちゃったんだね。もしかすると薬で眠った瞬間に、少し頭を打っちゃったのかもしれないね。ひょっとしたら今日の記憶の一部はもう永遠に戻らないかもしれないけど……でも、その方がいいかもしれない。私たちは本当に、増谷先生にひどいことをされそうになったんだから」

「ていうか……わたし、増谷先生の悲鳴を聞いたよ。『わっ』ていう声、はっきり覚えてるもん」

わたしは、母が言いくるめようとしている言葉など聞かず、意を決して言いました。

「もしかして今日、朝ご飯に混ぜた睡眠薬でわたしが眠ってる間に、先生のことを……お母さんと門田さんで、殺しちゃったの？」

口に出したくなかった言葉を発したため、最後は声が震えてしまいました。

「亜希、何を言ってるの？　全部亜希の勘違いだよ。きっと悪い夢でも見たんだね」

母はなおも、作り物のような表情で、わたしに語りかけてきました。

わたしは、そんな母から目をそらし、車椅子をクイックターンさせ、自分の部屋に向かいました。ドアを開け、机の引き出しを開け、増谷先生からの手紙と、今日渡すはずだったわたしからの返事を探しました。

しかし、どちらの手紙もなくなっていました。

と、その時。わたしの首元に、ぎらっと輝く物体が滑り込んできました。

それは、包丁でした。刃に赤い血のようなものが少し付いているのも見えました。

はっと振り向くと、部屋に入ってきた母が、わたしの首に包丁を突きつけていました。

「やっぱり、もう素直に従っちゃくれないか……。そりゃそうだよね。私たちを警察に売ろうとしたんだもんね」

わたしの部屋の、水玉模様のカーテンの隙間から差し込む西日で、母の美貌の眉間に入った皺が強調されていました。その顔をぐっと近付けて、母は左腕でわたしの両手を強く押し下げると、包丁を首筋すれすれまで近付けてきました。わたしは恐怖で思わず「ひっ」と情けない声を漏らしてしまいました。

「あの手紙、読んだよ。もう増谷のもあんたのも捨てたけどね」

母が、さっきまでとはまるで違う、低い声で言いました。

「前に増谷が来た日の夜、手紙の返事を書いてたでしょ？ 夜中になっても亜希の部屋の明かりがドアの隙間から漏れてて、そっと近付いたら何か書いてる音がしたから、おかしいと思ったんだよ。この時期に夜中まで根詰めて勉強するのも変だし、何を書いてるんだろう、もしかして私たちを告発する文章でも書いてるんじゃないか、なんてことは簡単に想像できた。で、次の日に亜希がお風呂入ってる間に、机の中を探ったら、増谷からの手紙と亜希の返事が入ってた。すぐ修也君にLINEして、手紙をパソコンのプリンターでコピーして、原本は元に戻しておいた。――まあ、そういうわけよ」

母が淡々と種明かしをしました。その間も、刃が少し赤くなった包丁をわたしの目の前に突きつけていました。わたしは恐怖で震えながらも、母に何もかも見破られ、知らぬ間に手紙をコピーされていたことにも全然気付けなかった自分を恥じていました。

「で、増谷は絶対に始末しなきゃいけないって、あの手紙で分かったから、今日消えてもらったの」

母の言葉を聞いて、視界が歪《ゆが》み、呼吸ができなくなりました。眠りの中で聞いたあの悲鳴は、やはり増谷先生の声だったのです。先生は今日、この家で殺されたのでしょう。包丁の刃に付いている赤い色は、増谷先生の血なのでしょう。わたしが手紙を読まれたせいで、先生は殺されてしまった――。後悔が一気に押し寄せ、鼻の奥がつんとしました。でも涙がこぼれ落ちる前に、母はさらに恐ろしい言葉を並べました。

「警察に捕まるぐらいなら、私は亜希と健太を道連れにして死ぬからね。刑務所に入るなんて、私絶対に嫌だから。それでも亜希だけ逃げたければ、そうすればいいよ。私は必ず健太と一緒に死ぬ。修也君にも協力してもらう」

母は、またわたしの首に包丁を突きつけながら、美しい顔を引きつらせていました。わたしの涙はすっと止まり、代わりに恐怖で鳥肌が立ちました。

「ねえ、分かって。私は人殺しなんて全然好きじゃないの。もちろん心中だってしたくない。でも捕まりたくもないの」

母はふいに泣き顔になると、車椅子に乗ったわたしを抱きしめました。情緒不安定にもほどがありました。抱きしめながらも、包丁の刃はわたしの首筋に向けたままでした。

娘の首に包丁を突きつけながら抱きしめる母親。――その異常さを思い知り、わたしは震えが止まりませんでした。

「亜希が裏切ったら家族はみんな死ぬ。でも亜希がこっちに従ってくれれば、誰も死なくて済むの。どっちがいいか分かるよね？」

心中も辞さないと言っている母を、まずは落ち着かせなければなりません。うなずいたら首が切れてしまいそうだったので、わたしは「はい」と小声で返事をしました。

そこで、ふいに部屋のドアが開きました。入ってきたのは門田さんでした。

「おお、大丈夫かよ」

門田さんはわたしたちを見て苦笑しました。この光景を見て笑う彼もまた、まともな人間ではないのだと痛感しました。とはいえ、母は門田さんが来たのを見て、わたしからすっと体を離したので、少しだけ安堵しました。

「今、事情を説明して、分かってもらってたところ」

母がわたしを指し示して言いました。この人たちの事情なんて分かりたくもないけど、分かったふりをしなければいけないのだと、わたしはもう分かっていました。

「お父さんの時と同じだからね。ちょっと嘘をつくけど、それは家族のための嘘なの」

母に言われて、わたしは遅まきながら自覚しました。まだ小学生の時、父が自宅で焼死した際も、わたしは母に協力し、母が警察に虚偽の説明をしていることを周囲には秘め、保険金殺人の協力者となっていたのです。もっとも、当時は本当に、あれが殺人だったなんて想像もしていなかったのですが――。

「ちゃんと覚えてね。増谷先生は今日、いつも通り勉強を教えに来た。いつもとちょっと違ったのは、カフェオレを自分では飲まずに、私たち二人に勧めてきたこと。亜希はそれを飲んだら眠くなっちゃって、起こされた時にはもう夕方だった。そこで私から、増谷先生が私たちを襲おうとしたっていう信じられない話を聞いた――」

母がわたしに言い聞かせていたところに、門田さんが口を挟みました。

「一応、俺が先に起こしたのは亜希ってことになるからな。亜希と俺で、優子を起こすんだよ。窓の外から見える順番としては、車椅子に座って高い位置にいる亜希が先になるのが自然だからな」

「あ、そうだった。ごめん、忘れてた」

母は、いつもの門田さんとの会話と同じように、微笑んでうなずきました。殺人を隠蔽し、警察を欺く計画について話している時に、こんな表情ができることが心底恐ろしく感じられました。

「まあ、詳しいことは俺が説明するか……」

「修也君の方は、もう大丈夫なの？」

「こっちはもう片付いた。だからここに来たんだよ」

「さすが、仕事が速いね」

「慣れてるからな」

門田さんと母は、まるで世間話でもするかのように、微笑みながら会話を交わしました。門田さんが言った「慣れてる」とは、殺人の証拠隠滅について言っているのでしょう。わたしはまた鳥肌が立ち、恐怖で頭がぼおっとしてきました。

「じゃ、亜希、改めて説明するぞ。今日、この家で何が起きたことになるのか——」

そこから門田さんが、さっき母が一部だけ話したシナリオを、より詳しくわたしに語って聞かせました。

——増谷先生は、かつて子供時代の母を拉致しようとした性犯罪者だった。増谷先生は母を今度こそ我がものにしようと考えて、わたしの勉強の支援を申し出て我が家に出入りするようになり、ついに今日、わたしたち母娘に睡眠薬を飲ませて眠らせた。しかし母が目を覚ましてしまい、包丁を突きつけたものの抵抗され、娘のわたしを先に犯そうとした。それを見た母が必死に包丁を奪い取り、増谷先生を切りつけた。そのタイミングで門田さんの車が偶然家の前にやってきて、母が「助けて！」と叫んだら増谷先生が逃げた。そこで母は緊張の糸が切れ、睡眠薬の作用で眠りに落ちてしまった。門田さんはドアチャイムを鳴らしても誰も出なかったのでいったん我が家を去り、数時間後に改めて戻って来て、今度は庭に回って異変に気付き、テーブルに突っ伏したわたし、次いで床に倒れた母を揺り起こした――。

「まあ、優子も亜希も、警察に話を聞かれて、少しぐらい間違えても問題ない。睡眠薬を飲まされた上にひどい目に遭って、混乱してたことにすればいいんだからな」

門田さんは、説明の最後に、母とわたしを安心させるように言いました。

「じゃ、そろそろ保育園だな」

「うん、そうだね。じゃ、あとはよろしくね」

母は時計を見てうなずくと、土曜保育に預けていた健太を迎えに、自転車で出かけました。わたしは門田さんと二人で家に残されました。

重苦しい沈黙がしばらく続いた後、門田さんは改めて、わたしを見つめて言いました。

「増谷が持ってきたカフェオレを飲んで、気付いたら眠ってて、俺に起こされた――。亜希が言うことはそれだけだ。それ以外は何も言うなよ」

わたしは黙ってうなずくしかありませんでした。

「俺は優子を本気で愛してる。一緒に死ぬことだって全然怖くない。ムショに入るぐらいなら子供も連れて一緒に死のうって、優子と約束したんだ。――もし亜希が、健太を見殺しにしてでも自分だけ助かりたいって思うなら、警察に何もかも話せばいい」

のちに、この言葉はわたしを脅すためのブラフだったと分かるのですが、当時のわたしは、門田さんと母は狂った絆で結ばれているのだと信じてしまっていたので、か細い声で答えました。

「……そんなこと、しません」

「それならいい」門田さんは満足げにうなずきました。「このあと警察が来るけど、こっそり告げ口しようなんて考えるなよ。亜希と健太が、同時に俺たちの監視から逃れることなんてまずない。亜希が不審な動きをした瞬間、優子と俺のどっちかは健太を殺すことができる。健太なんて、思いっ切り頭ひねって首の骨を折りゃ一秒で殺せるよ」

門田さんが、幼児の首を折るジェスチャー付きで言って、口の端を上げて笑いました。

恐怖でまた一気に鳥肌が立ちました。

「嘘だと思うなら、弟の命を賭けて試してみればいい」

「やりません、そんなこと」わたしはまた震える声で返しました。

「それでいい。――じゃ、今から作戦決行だ」

門田さんは笑ってうなずくと、わたしから目を離さずにスマホを取り出し、一一〇番通報をしました。通話が始まった途端、彼の表情と声色は一変しました。

「もしもし、すいません、あの……今、ちょっと、知人の女性の家にいるんですけど、その女性が睡眠薬を飲まされて、男に襲われそうになったっていうことで、でもその男はもう逃げてて……。ちょっと説明が難しいんですけど……なんか、彼女が抵抗したら、悔しがって男が逃げていったらしいんですけど、しかもその男ってのが、さっき聞いたら彼女の娘の学校の教師らしくて、ちょっと僕もよく分かってないんですけど……」

門田さんは、突然とんでもない事件に巻き込まれて混乱気味の男性を演じながら、実際は自分で組み上げたシナリオを、電話でたどたどしく説明しました。見事な役者ぶりでした。つい数ヶ月前まで、母と仲良しの優しいおじさんとしか思っていなかった自分を恥じました。きっと門田さんは、過去にも数々の犯罪に手を染めて、警察にばれずに生きてきた大悪人なのだということは、容易に想像できました。

そこでわたしが、門田さんのスマホに向かって「嘘です、この男が真犯人です！」などと叫ぶこともできたでしょう。でも、もちろんそんなことをすれば、わたしが門田さんに殺され、母も健太を道連れに心中する――。そう思うと何もできませんでした。

その後、母と健太が帰ってきて、ほどなくパトカーがやってきました。いつもはパトカーを見たらはしゃいで手を振っていた健太ですが、母からある程度のことは聞いていたようで、いつになく神妙にしていました。

事情聴取の対象はほとんど母でした。わたしが単独で話を聞かれたのは、たった一度、数分だけで、その間は健太が門田さんに人質に取られていたので、警察に真相を伝えるチャンスなどありませんでした。母が警察に説明をしている間も、わたしと健太は別の部屋で、門田さんの監視下にありました。母と門田さんが殺人犯だなんて分かっていない健太は、無邪気に門田さんに抱っこしてもらったりして遊んでいました。その光景を見ながら「健太なんて、思いっ切り頭ひねって首の骨を折りゃ一秒で殺せるよ」という門田さんの言葉を思い出し、わたしはずっと両腕の鳥肌が治まりませんでした。

母はシナリオ通り、警察官に説明していました。

「増谷先生に襲われそうになって、私が抵抗したら、台所から包丁を持ち出してきたんです。それでも私が抵抗すると、今度はあの人が娘を襲おうとしたから、私が足をかけて転ばせて、包丁を奪って、そのあとちょっと切りつけちゃったんですけど――」

ショックと怒りを滲ませたような声で、身振り手振りを交えながら、母も門田さんと同様、警察に対していい芝居をしていました。あの演技力が若い頃にあれば、女優として成功できたのではないかと、今では思えてしまいます。

それでも警察は、母と門田さんの言い分をすんなり信じたわけではありませんでした。通報が事件発生から何時間も遅れたことや、増谷先生の行方がまったく分からないことから、この二人が怪しいのではないかと疑ってくれたようで、事件現場となった我が家にも、門田さんの家にも、警察の捜査が何度も入りました。

そもそも門田さんが作ったあのシナリオは、増谷先生を殺害して遺体を遺棄していた数時間の、門田さんのアリバイがないことをごまかす目的で考案されたわけで、心なしか強引なストーリーになっていたのです。どうかその点に気付いてほしいと、わたしは心の中で警察を応援していました。——増谷先生が我が家に来ることになっていた午後一時から、わたしが目覚めた午後五時過ぎまでの四時間余りの間に、殺人と死体遺棄が行われたということは、母と門田さんに聞くまでもなく、わたしには分かっていました。そこに警察が気付いて、母と門田さんの嘘を暴くのに十分な証拠を見つけてくれれば、二人は逮捕されるはずでした。

しかし、門田さんの偽装工作も抜かりがなかったようでした。増谷先生の殺害と死体遺棄の証拠は、見事なまでに隠していたようです。都会だったら困難だったでしょうが、我が家は直近の家も百メートル以上離れているような過疎地域のため、目撃者もおらず、遺棄現場までのルートには防犯カメラもなく、また犯行時間帯の門田さんの行動についても、「車を運転中に、手書きの書類を作る急ぎの仕事が残っていたことを思い出し、人けのない田畑の中の道に駐車し、急遽車内で仕事を片付けていた」という、本当とも嘘とも証明できない絶妙な理由を用意していたのです。その結果、母と門田さんは怪しくは思えるものの、逮捕できるほどの証拠はないという状況になっていました。

一方で、母と門田さんの証言に沿う証拠を、警察は続々と見つけていきました。

まず、我が家のコップ二つに残ったカフェオレと、母とわたしの体内から検出された睡眠薬の成分が、不眠症気味の増谷先生に処方されていた睡眠薬と一致したこと。

そのコップの中のカフェオレを、増谷先生が我が家を訪れる前に自動販売機で買う様子が、自販機の防犯カメラに記録されていたこと。

勝手口の内側のドアノブから増谷先生の指紋とDNAが検出され、そのすぐ外からは、玄関に残っていたのと同じ先生の靴跡が検出されたこと。

増谷先生の自宅から、女性に性暴力を振るうようなおぞましい内容のアダルトDVDがいくつも見つかったこと。

若い頃の増谷先生と小学生の頃の母が、同時期に同じ地区に住んでいたことが確認され、増谷先生が母を襲おうとした際に、三十年以上前の連れ去り未遂事件の犯人が自分であることを告げられた、という母の証言と符合したこと。

――ただ、これらの証拠はすべて、捏造されたものか、母と門田さんに利用されたものだということを、わたしは分かっていました。

先生が我が家に来る前にカフェオレを買っていたのはいつものことでしたし、門田さんは増谷先生のマンションの部屋の合鍵を調達して侵入し、先生が服用していた睡眠薬を、犯行に使う分だけ盗み出していたのでしょう。その際にアダルトDVDも、先生がすぐには見つけないような場所に置いて、先生の自宅が捜索された時に印象が悪くなるように仕向けたのでしょう。

門田さんは、先生のマンションの防犯カメラの映像保存期間が二週間未満で、カメラを警察が調べる頃には、自分が映った映像が消えていることも認識していたのです。犯罪を知り尽くしていた上に、不動産関係の仕事をしていた門田さんは、設置されている防犯カメラを見れば映像保存期間をおおむね推察できてしまうという、素人にはまず備わっていないノウハウを持っていたようです。

また、若い頃の増谷先生と小学生時代の母が同時期に同じ地区に住んでいたというのは、増谷先生が母と雑談していた際に偶然発覚した事実です。母と門田さんは、それも利用したのです。増谷先生が三十年以上前の連れ去り未遂を母の前で自白したと証言し、時期と住所が符合すれば、増谷先生が異常犯罪者だったという印象を強められます。警察からすれば、当初は「三十年越しに同じ女を狙う犯人なんているか?」と多少懐疑的になったでしょうが、警察署の昔の記録を調べたら、小学校二年生の時の母、旧姓宮城優子が被害者となった、未解決の連れ去り未遂事件の記録が見つかるわけです。さらに、増谷先生が当時同じ地区に住んでいたことも確認されれば、当初ありえないと思われた母の証言に、一気に信憑性《しんぴょうせい》が生まれます。その結果、他のイレギュラーな証拠や証言も、しだいに信じるようになってしまった——。そんな心理的効果を、あの嘘は警察にもたらしたのではないかと思います。

それに、車に細工をされて祖父が殺されたことを察していた増谷先生が、我が家に自転車で来ていたことも、門田さんは逆に利用したのです。自転車なら、遺体と一緒に車で運び、人知れず処分してしまうことも簡単です。もっとも、増谷先生が車で来ていたら、やはり門田さんは、祖父と同様の手段で殺害したのかもしれませんが。

せめて、わたしが増谷先生から手紙をもらった翌週に、また先生が来てくれていたらよかったのに、と何度思ったか分かりません。門田さんに与えられた時間が一週間だけだったら、あそこまでの殺人計画は立てられなかったと思いますし、どこかの防犯カメラに門田さんの偽装工作の様子が残っていたのではないかと思います。しかし二週間もあれば、門田さんは警察を欺けるレベルの計画を立ててしまい、多くの防犯カメラの映像の保存期間も過ぎてしまったようです。

さらに悔やまれたのは、増谷先生が不眠症で睡眠薬を服用しているという情報を、まだ母が殺人犯だと知る前に、わたしが教えてしまっていたことでした。まさかその時は、それが先生を殺して異常犯罪者に仕立て上げるための重要なツールとして使われてしまうなんて思ってもいませんでした。先生にはいくら謝っても謝りきれません。

結局警察は、不自然だと思っていた事件の内容は、犯人の増谷幸二が異常な人間だったことに起因するだけで、当初は怪しいと思っていた森中優子と門田修也が、やはり正しいことを言っているようだ——という見立てに傾いてしまいました。母や門田さんが連日取り調べを受けていたのは、事件後一週間弱の間だけでした。

マスコミも、事件後一週間ほどは、我が家の周りに連日大挙して詰めかけ、過疎地のため近所に家も人通りもないのをいいことに、道路や空き地を多くの報道陣が埋め尽くしていたこともありました。「教え子とその美人シングルマザーを襲おうとして撃退された男性教諭が、それっきり失踪した」というニュースは、世間様の好奇心を刺激するのに格好の話題だったようで、わたしたちもしばらくは外出できませんでした。

そして、その「美人シングルマザー」の父親や夫も、過去に不幸な亡くなり方をしていることから、「彼女もちょっとワケアリらしい」と、母にも疑惑の目が向けられるようになりました。あそこまで大々的に報じられてしまったのは、母や門田さんとしても誤算だったようで、母が電話で「どうしよう、こんなのいつまで続くんだろう」と苛立《いらだ》った様子で門田さんに愚痴っていたこともありました。生活必需品を買いにも行けず、やむをえず門田さんに買い出しに行ってもらい、我が家にやってきた門田さんがカメラに囲まれ、顔にモザイクがかかったまま無言で家に入っていった映像が、当時のニュースやワイドショーでは何度も流れていました。

家を取り囲むマスコミに向けて、本当の悪人は母と門田さんであることを、なんとか伝えられないかと思ったこともありました。でも「母と門田さんが増谷先生を殺したんです！」なんてわたしが大声で叫んでも、当然母に気付かれてしまいます。ただでさえ「秘密を漏らしたら心中する」と言っていた母が、マスコミに囲まれますます情緒不安定になっている時にそんなことをしたら、わたしだけでなく、外に出られず保育園にも通えなくなった健太まで殺されてしまうのは確実なので、結局思いとどまりました。

また、事件の真相を紙に書いて丸めて、敷地の外の報道陣に投げようか、なんてことも考えたのですが、わたしの遠投力では無理そうでした。車椅子のわたしが、母に気付かれずにそれを実行できそうな唯一の窓は、家の裏側のわたしの部屋の、水玉模様のカーテンが掛かったベッドサイドの窓ぐらいでしたが、そこはすぐ外が塀で、塀の向こうは大人の背丈以上の雑草が生い茂った空き地だったため、さすがにマスコミも足を踏み入れませんでした。我が家の敷地に侵入するようなモラル度外視の記者がいてくれれば、庭に投げた紙を拾ってくれたかもしれませんが、残念ながら今は報道被害を防ぐ自主規制も働いているようで、そこまでの記者も現れませんでした。

やがて警察の捜査方針が、母や門田さんの証言通りに傾いていくと、マスコミの報道も、我が家を色眼鏡で見るような論調は薄まり、それに伴って家の周りの報道陣も一気に減っていきました。被害者の過去にもきな臭い部分はあるものの、それがただの不運だった場合、報道することで批判されたり訴えられるリスクがある。それよりも、現在警察が行方を追っている、「教え子とその母親に睡眠薬を飲ませて強姦しようとした、離婚歴のある男性教師」という人物像だけで、報道の価値は十分ある。——マスコミのみなさんはそう考えたのでしょう。「被害者の美人シングルマザーは過去に夫と父親も亡くし、娘も下半身不随になり、その分の保険金も受け取っている。これは連続保険金殺人なのではないか?」といった、ろくな取材もせず当てずっぽうでありながら、真相を見事に言い当てた報道をしていたのは、ヌードグラビアや芸能ゴシップが大半の雑誌か、再生回数の少ない自称時事ユーチューバーだけになってしまったようでした。彼らがなんとか真実を世に知らしめてくれないかと、わたしは密かに期待していたのですが、彼らの我が家に対する関心もほどなく薄れていき、期待は叶わずじまいでした。

警察もマスコミも結局、母と門田さんの偽装工作にまんまと引っかかってしまいました。そして、わたしを助けようとしてくれた増谷先生を、みんなで異常犯罪者扱いするようになってしまいました。わたしは心底、無力感に苛《さいな》まれました。

ただ、そんな状況でわたしは、大きな発見をしたのです。

それは、子供部屋で無邪気に遊ぶ弟の健太に、わたしも車椅子から降りて付き合ってあげていた時のことでした。

健太は、わたしのお下がりのおもちゃ箱に、母や門田さんに買ってもらったおもちゃをたくさん入れて、いつも遊んでいました。——父が亡くなった火災で、前の家の二階にあった物はほとんど燃えてしまったのですが、一階に置いてあったおもちゃ箱は、消防車の放水で水浸しになることも免れて無事だったのです。

母と門田さんの本性など知らず、楽しそうに遊ぶ健太。このまま成長できた方がいいのか、でも平気で人を殺す両親が、今後も真っ当に子育てをするだろうか——。そんなことを考えながらも、思い詰めた表情をしていると「お姉ちゃんどうしたの?」と心配されてしまうので、わたしは笑顔を作って弟の遊びに付き合っていました。

その時、おもちゃ箱の底に、重要なアイテムがあることに気付いたのです。

それは「ウォークマンのバッタモン」こと、ポータブルカセットプレーヤーでした。キャバクラ時代の母に門田さんがプレゼントしたという、ポケットサイズの機械です。わたしが最後に触ったのは小学校低学年の頃、生前の父と一緒に中のカセットテープに声を録音して、スマホでの録音と聞き比べてみた、あの時でした。あれ以来、実物を見た覚えはありませんでしたが、おもちゃ箱の底でずっと眠っていたようでした。

そして、このカセットプレーヤーの存在は、母も忘れているはずでした。

なぜなら、母がお酒を飲みながら門田さんと交わしていた会話の中で、このカセットプレーヤーについて「捨てたか、火事で焼けちゃった。とにかくこの家には絶対に持ってきてない」と言い切っていたのを、わたしは覚えていたからです。その話が出たのは、この家に引っ越して間もない、まだわたしが小学生だった頃でした。

最初は、もう壊れているだろうと思いました。しかし、健太がおもちゃの人形で、「いらっしゃい。安いよ安いよ~」と八百屋さんごっこをしているのを見計らって、おもちゃ箱の底からカセットプレーヤーを手に取り、健太の背後で録音ボタンを押し、一人遊びをする健太の声を録ってすぐ止め、巻き戻してから再生してみると「いらっしゃい。安いよ安いよ～」と、先ほど健太が発した言葉が、きれいに録音できていました。

そこで健太が、目を丸くしてわたしの方を振り向きました。わたしはとっさに、ポータブルカセットプレーヤーを後ろ手に隠しました。

「お姉ちゃん、何か言った？」

「いや、別に、何も言ってないよ」

「ふ～ん……」

健太は腑《ふ》に落ちないような顔をしていましたが、「自分の声が背後から聞こえた気がする」という現象の原因を、五歳児の頭脳では解き明かすこともできず、すぐにまた「トマトが安いよ～」と、八百屋さんごっこの一人遊びに戻りました。

わたしは、そのカセットプレーヤーを、服のポケットに入れました。その後、健太と遊び終えて、健太用の椅子と腕力を使って車椅子に乗り、自分の部屋に戻りました。

それから、今度こそ母に見つからないように、考えに考えて、本棚の隅の英和辞書の外箱の中に、カセットプレーヤーをしまいました。そして、その日からひたすら作戦を練り、何日か経って門田さんが我が家に来た日に、思い切って決行したのです。

その夜。健太が寝た後、いつものように母と門田さんは、リビングで歓談しながらお酒を飲み始めました。そこにわたしは車椅子で近付いて、神妙に切り出しました。

「あのさあ……うちって、本当にこのまま逃げ切れるの？」

「え、どういうこと？」

母が缶チューハイを片手に、赤らんだ顔で聞き返してきました。

「最近、警察とか来なくなったじゃん。でも、もしかしたら捜査はずっと続いてるんじゃないかと思って……」

「心配してるの？　それとも、なんとか自分だけ逃げようとしてる？」

母の表情からすっと笑みが消えました。警戒されてはいけないので、わたしはすぐに首を振りました。

「そんなんじゃないよ。わたしはもう裏切ろうなんて思わない。お母さんの言う通りにするって決めたから」

わたしは、苦悩の末に決断したかのような口調で、母と門田さんに伝えました。

「そりゃ、できれば増谷先生は殺してほしくなかったけど、もう生き返らせることもできないんだし、この状況になった以上は、お母さんたちが殺したってことがばれる方が、わたしと健太にとっても困るわけだし……」

門田さんが小さくうなずいたのを見て、わたしはさらに慎重に語りました。

「でも……ちょっと不安になっちゃったの。まあ、お父さんとおじいちゃんの件はもう、さすがに時間が経ってるし、大丈夫なんだろうと思うよ。でも増谷先生の件は、まだまだ安心するのは早いような気がするから……。わたしは具体的に何をしたのか全然知らないけど、ちゃんと、証拠が残らない方法でできたの？」

わたしが言葉を選びながら、あえてたどたどしく、話を引き出すように仕向けてみると、門田さんはまんまと乗ってきました。

「そりゃ、俺たちだって馬鹿じゃないからな。ちゃんとバレないようにやったよ」

少し笑ってお酒を一口飲んだ門田さんに、わたしは小さくうなずいてから、自分なりの推理を提示しました。

「一応、表向きは、増谷先生が持ち出した包丁をお母さんが奪って、切りつけたことになってたよね？　わたしも、包丁にちょっと血が付いてたのは見た。でも、あれだけで増谷先生を殺せたわけじゃないよね？　殺すほど刺したら、床も血だらけになったはずだし、それを拭いても警察は血液の反応を調べてすぐ見抜いただろうし……。だから、増谷先生がうちに来てすぐ動けなくして、首を絞めて殺した——とかだったの？」

「おお、さすが優等生。いい推理だ」

門田さんが、にやっと笑ってうなずきました。そして、いよいよ語り出しました。

「あいつが家に入ってすぐ、スタンガンで動けなくした。で、お察しの通り、首を絞めて殺したんだ。向こうの、玄関を入ってすぐのところでな」

門田さんは玄関の方向を指差した後、笑顔で付け足しました。

「俺たちはみんな、あそこを通るたび、殺人現場を踏んで歩いてるんだよ」

わたしは思わず目を閉じました。本当なら泣き叫びたいところでしたが、こんなことで参っているのに、この話の続きを聞き出そうとするのは不自然です。どうにか感情を押し殺しました。

「ちょっと、修也君やめてよ～。亜希がかわいそうでしょ」

母が赤らんだ顔で笑って、門田さんをたしなめました。——母も、最初に自らの夫を殺した時は、もう少し罪悪感に苛まれたりしたのかもしれませんが、三人目の増谷先生を殺し、警察の追及もやり過ごした後は、もはや楽しんでいるようにすら見えました。

この二体の鬼畜を、わたしは絶対に許さない——。そんな憎しみは心の奥に押し込め、わたしは二人の悪趣味な笑みに合わせ、どうにか笑顔を作って言いました。

「大丈夫、平気」

「おお、さすがは優子の娘だ。優子も最初に旦那を殺した時はビビってたもんな。でもどんどん図太くなった」

「やめてよ」

母は笑いました。まさにわたしがさっき想像した通りだったようでした。

「でも……本当にもう、証拠とかが見つかっちゃうことはないの？」

くらくらするほどの強い怒りはひた隠しにしながら、わたしはあくまでも今後が心配で仕方ない風を装って、なるべく自然な話の流れになるように質問しました。

「もし警察が、まだうちへの疑いも完全に捨てたわけじゃないんだとしたら、どこかでうっかり証拠が出てきちゃうようなことってないかな？　それこそ、この家のどこかを改めて調べられたりしたら……」

「不安みたいだな。やっぱり、旦那をやった後の優子と似てるな」

「うふふ、そうだったっけ」

門田さんと母は、わたしを面白がるように笑い合いました。

「安心しろ。俺は最初から、しっかり計画してやってる」

門田さんは、誇らしげに自慢するかのように、犯行の詳細を語りました。

「まずスタンガンで増谷を麻痺させて、首絞めて殺した後、包丁とか勝手口のドアノブにあいつの指紋を付けたり、外にあいつの靴跡を付けたりして、仕上げにあいつの顔を包丁でちょっと切って、傷口をテープで塞いだ。血が垂れたら面倒だからな。で、死体をビニールシートで包んで車に積んで、あとは……ああ、あいつが持ってたカフェオレとか、あいつの部屋からパクった睡眠薬とか、そういうのもセッティングしたな」

「それは私の仕事だったね」母が微笑んでうなずきました。「で、ひと通り終わった後、私はその睡眠薬を少し飲んでお昼寝したの。後で体から薬の成分が出るようにね」

母はまるで楽しい思い出話をしているようでした。人を殺した直後の話なのに。

「とにかく、警察に話すシナリオと矛盾のないように、きっちりやったよ。警察だって、今さらもう一回この家を調べるなんてことはしない。事件直後にあれだけ調べて、まだ俺たちが捕まってないってことは、奴らの目はごまかせたってことだ」

門田さんがわたしを安心させるように語りましたが、わたしはなおも不安げな芝居をしながら尋ねました。

「でも……先生の死体、どこかに隠したんだよね？　それが今後、うっかり見つかっちゃうようなことはないの？」

「心配すんな。不動産屋の俺が、ここなら大丈夫っていう森を見つくろって、そのだいぶ奥に埋めたからな。穴もちゃんと前日に掘って」門田さんが腕組みして笑いました。

「本気で人を殺す時ってのは、これぐらい準備しとくもんだ。準備しないでやる馬鹿が捕まるんだ。逆にしっかり準備すりゃ大丈夫なんだよ」

「経験者は語る、ってね」

母が横から付け加え、また門田さんと二人で笑い合いました。

「そっか……」

わたしは、少し表情を緩めてうなずいた後、ふと思い出したように話題を変えました。

「あ、あと、おじいちゃんの時って、車のブレーキを壊してたんだよね？　最後におじいちゃんが、ブレーキを踏んでも利かなかったみたいで『なんでだ！』ってパニックになって叫んでたのを、わたし助手席で見てたから」

「ああ……そんなこと、覚えてたんだ」母が少し驚いた様子で言いました。

「今まで誰にも言ってなかったけどね。もちろん警察にも」

わたしは少しでもポイントを稼ぐように付け足しました。――実際には、あの事故の後で一度だけ警察の聞き込みを受けた時は、祖父が亡くなってしまったことと、自分が歩けなくなってしまったことで大きなショックを受けていて、しかもまだ怪我がかなり痛んで頭もぼおっとしていて、その上に初めての警察の聴取という状況に緊張までしていたため、祖父の最後の言葉などについては話しそびれて、ただ警察に確認されたことに簡単に答えただけで終わってしまったのでした。それでも、「すでに一度、重大証言を警察に黙っていたことがある」という事実は、増谷先生に真相をリークしようとしたわたしの悪い印象を、母と門田さんの中で少しは薄れさせたようでした。

「ブレーキは、壊したわけじゃない。完全に壊したら走り出してすぐ家の前で事故って軽い怪我するだけだし、証拠も残っちまうしな。あれはブレーキオイルを漏れさせたんだ。あのちょっと前の夜中、爺さんが寝てる間に、車庫にお邪魔してな」

門田さんはまた自慢げに語りました。お酒が入ってなおさら機嫌がよくなり、もはや犯罪のプロとすら言える自分の計画を誇っているようにも見えました。

「コツがあるんだよ。ホースからちょっとずつ漏らせば、警察も人為的かどうか判断できねえんだ。まあ、結局あの車は前がぺしゃんこになって、ブレーキホースも何も分かりゃしなかっただろうけどな――。でも唯一誤算だったのは、ちょうどオイルが抜けてブレーキが利かなくなった時に、亜希が乗ってたことだ。悪かったな、本当に」

門田さんは半笑いでわたしに謝りました。本気で謝っているはずがありませんでした。自分は悪くない、ただ運が悪かったのだと思っているに違いありませんでした。わたしは「ううん」と微笑みながら小さく首を振りましたが、手元に拳銃があれば即射殺していたと断言できるほど、腹わたが煮えくりかえっていました。

それでも、そんな怒りは押し殺して、わたしはさらに質問しました。

「おじいちゃんを殺したのは、元々お母さんと仲が悪かったっていうのもあるだろうけど、土地を売るかどうかで揉めてたっていう理由もあったの？」

「そこまで知ってたの……？」母は目を丸くしましたが、すぐうなずきました。「ああ、そうか、増谷の手紙の中に書いてあったもんね。それで知ったのか」

「それに、あの日、車の中でおじいちゃんにも直接聞いた。門田って男に土地を売れって言われてるって」

わたしが補足すると、門田さんが苦笑してうなずいてから語りました。

「あいつが土地を素直に売ってりゃ、殺す必要はなかったんだ。――二束三文で買ったこんなド田舎の土地が、近所の再開発のおかげで価値が跳ね上がるなんて、まさに願ってもない大儲けのチャンスだったのに、せっかく買ったこの家に住み続けたい、なんて寝ぼけたこと言うからよお。馬鹿な爺さんだったよ」

祖父も、父と同様に、殺されて現金化されてしまったということです。人の命を奪って金に換える悪魔が二体、今目の前にいる。——しかし睨みつけてしまったらわたしの本心に気付かれます。憎しみを必死に抑え、平然とした風を装って、「そうだったんだ」とあいづちを打ってから、また質問しました。

「あと、お父さんのことも聞いていい？　お父さんを殺したのは、健太が門田さんの子供だったから？」

「おお……」

門田さんが驚いた様子で声を漏らしました。母も目を見開いていました。

「やっぱり亜希は頭がいいなあ。そこまで気付いてたか」

門田さんは鷹揚《おうよう》にうなずいてから語りました。

「亜希も分かってただろうけど、亜希のお父さんと優子は長いこと、うまくいってなかったからな。なのに優子が妊娠して、あいつも心当たりがないもんだから当然おかしいと思って、優子を問い詰めてな。こりゃもう、すぐにでも手を打つしかないってことで、なる早でああするしかなかったんだよ」

「へえ……。よく警察にばれなかったね」わたしは言いました。

「ああ。あいつが誰かに相談してりゃまずかっただろうな。でも、まだ親御さんにも言ってなかったし、そんなことを相談できる友達や同僚もいなかったみたいだ。まあ事情が事情だし、言いづらかったんだろうな。言わないうちに、なる早でやったよ」

なる早という言葉が「なるべく早く」の略なのだと、わたしはこの時推察して知りました。こんな話題でそんな略語を使ってほしくなかったけど、気軽に使うのが連続殺人犯なのでしょう。

「火事を起こしたのは、殺人の証拠も全部焼いちゃうためだったのかな?」

わたしがさらに尋ねると、門田さんはにやりと笑いました。

「おお、本当に賢いや。まさにその通りだよ。準備の時間がとれない時は、焼死させるのが一番なんだ。死体周りの証拠隠滅なんてしなくても、全部焼いて消せるからな——。あいつは睡眠薬も処方されてたし、元喫煙者でもあったから、睡眠薬からの寝タバコってことにすれば一丁上がりだった。タバコなんて車の中に置いといて灰皿も汚しときゃ、今吸ってない奴でも吸ってたことにできるからな。その辺の作業は、優子が晩飯に睡眠薬混ぜて旦那を眠らせてから、俺がちゃちゃちゃっと済ませた」

「門田さん、あの日うちに来てたんだ」

「ああ、目撃されないうちに消えた。田舎の夜なら簡単だよ。みんな寝ちまって、少々出歩いても見られることなんてないからな。——もちろん放火を疑われたら、警察が一生懸命聞き込みをして、周辺の防犯カメラも徹底的に調べただろうけど、ここの警察はそこまで鋭かねえよ」

門田さんは饒舌《じょうぜつ》に語った後、格言のように言いました。

「日本の警察は、本気で動いたら怖い。でも動かなきゃ怖くもなんともねえんだ」

「なるほどね……」

わたしは、さも感心したかのようにうなずいてみせてから、ぽつりと言いました。

「結局、お父さんとおじいちゃんの保険金で、うちは暮らせてるんだよね」

「そうだよ。二人のおかげ」

母は赤い顔で上機嫌に、殺人犯とは思えないような笑顔でうなずきました。

「贅沢《ぜいたく》しないで節約すれば、ギリギリ一生暮らせるぐらいのお金はあるかな。もちろん、もらえるならもっと欲しいけどね――。あとは、修也君が散財しなければ大丈夫」

「俺はそんな無駄遣いはしねえよ」

「うそ～。この前、高い時計買ってたじゃ～ん」

「あれはどうしても必要だったんだよ～」

じゃれ合う二人を見ながら、やけに冷めた気持ちで、わたしは納得していました。

どうりで、母が働かなくても大丈夫なのだと――。

もしかしたら、読者の皆様の中にも、手記の後半を読みながら思っていた方がいたかもしれません。「香織、そういえば仕事してないけど大丈夫なのか？」と。わたしも、父が亡くなってから思っていました。母は仕事をしなくていいのだろうかと。

でも、父と祖父の生命保険金に、父の分の遺族年金も合わせれば、生活には困らないぐらいの金額だったのでしょう。それに加えて、祖父の土地もいずれ売るつもりなのです。全部合わせれば結構な金額なのでしょう。手記の中では、我が家はつましい生活をしているように描かれていましたが、実際はお寿司やピザの出前もよく取っていましたし、健太に買ってあげていたおもちゃも結構高そうでしたし、なかなかの贅沢をしていました。

とりあえず、殺害した三人についての話をひと通り聞けたので、わたしは納得したように振る舞いました。

「分かった……。ばれることは、ないんだね」

「ああ、安心していい」門田さんがうなずきました。

「ありがとう……。今までずっと気になってたこととか、ずっと心配してたこととか、聞けてよかった」

「こっちが思ってた以上に、亜希は分かってたよ」

「うん、それじゃ、おやすみ……」

一礼してから、わたしが車椅子を自分の部屋に向けて漕ぎ出そうとしたところで、母はふいに不安になったような表情で、声をかけてきました。

「裏切らないでね」

口角は上がっていましたが、母の目はもう笑っていませんでした。

「もう裏切らない……ていうか、裏切りたくても裏切れないよ」

わたしは、本音を吐露したかのような笑みを作って返しました。すると母も、納得した様子でうなずきました。

「まあ、そっか……。それもそうだよね」

「悪いが、ネットやスマホを使えないっていう、この縛りはまだ解いてやるわけにはいかない。あんな手紙を書いた前科があるからな」門田さんが、笑みを消して言いました。

「でも、こうやってちゃんと秘密を共有した以上、亜希ももう完全に運命共同体だ。俺たちは家族で生きていくしかないんだ。いいな?」

「うん」

わたしはうなずきました。一方、母は門田さんの言葉に反応しました。

「家族で生きていくって……じゃ、籍入れるの?」

「ああ、それは……やっぱり遺族年金がもったいねえからなあ」

「いいんじゃない? もうそろそろ入れちゃおうよ」

「まあでも、もうちょっと待った方が……」

正式に結婚したい母と、まだ煮え切らない門田さんが、笑いながらもちょっと揉め始めたタイミングで、わたしは気まずくなったように装って「おやすみ」と小さく一礼し、リビングを出て自分の部屋に戻りました。思わぬ形で、立ち去るのにちょうどいいきっかけが生まれました。

そして部屋に戻ってから、服の中に入れた、ポータブルカセットプレーヤーの録音を止めました。ずっと鳴っていたテープの回転音は、よほど耳を近付けないと聞こえないぐらいだったので、母と門田さんに気付かれることはありませんでした。

その後、高ぶる気持ちを抑えてベッドに入りましたが、やはり興奮で全然眠れませんでした。深夜三時過ぎに、布団を頭までかぶって、カセットプレーヤーに録音した音声を、最小のボリュームで聞いてみました。ちゃんと録音できているのを確認してから、すぐにテープを止めました。

こうしてわたしは、母と門田さんが三件の殺人の具体的な手口を語った音声を、カセットテープに録音することに成功したのです。

母も門田さんも、まさかわたしに会話を録音されているだなんて、思ってもいないようでした。母は五年ほど前の時点で、この「ウォークマンのバッタモン」は今の家の中にはないと認識していましたし、わたしは一人では外出できず、スマホも持っておらず、外の世界との唯一の連絡手段であるパソコンのインターネットも母の監視下でなければ使えないため、ボイスレコーダーの類いを電気店でもネット通販でも買うことはできません。だから、二人とも完全に油断していたのでしょう。

現時点で警察が、母と門田さんが連続保険金殺人犯である直接的な証拠をつかめていなくても、二人がこれだけはっきりと犯行を認めた音声を、わたしが警察に渡すことができれば、さすがに逮捕してもらえるはず——。わたしはそう思っていました。

しかし、それでもまだ、わたしの前には大きな難題が立ちはだかっていました。

このカセットテープを、警察に届ける手段がなかったのです。

カセットテープを警察宛てに郵送するという、誰もが真っ先に思いつく手段をとろうにも、わたしには越えなければいけない課題がいくつもありました。郵便ポストまで一人で行けないのは言うまでもありませんが、封筒と切手の調達も困難なのです。封筒は、家にある古紙の中から開封済みの物を抜き出して補修し、宛名の部分だけ別の紙に書いて貼れば、なんとか再利用できるかもしれませんが、切手が家のどこにあるのか分かりません。郵便離れの時代ですから、そもそも母は買い置きしていないかもしれません。せめて弟がもう五年早く生まれていれば、警察署の住所を書いた再利用封筒にカセットテープを入れて持たせて、「お母さんに内緒で切手を買って、この封筒に貼ってポストに入れてきて」なんて頼めたかもしれませんが、過疎の田舎にぽつんと立つ我が家は、最寄りの郵便局もコンビニも、事故に遭う前のわたしが自転車で十分以上かかった距離にしかありません。とても五歳児に頼めるおつかいではありませんでした。

のちに、多くの宅配業者には、電話すると荷物を取りに来てくれるサービスがあるということも知ったのですが、わたしは不勉強で知りませんでしたし、知っていたとしてもやはり、母のスマホをかすめ取って電話をかけ、母に気付かれずにドライバーさんにテープを渡すという、困難なミッションを成功させなければいけませんでした。

あとは、母に付き添われて車椅子で家の周りを散歩することはできたので、カセットテープを雨水が入らないよう厳重に梱包し、表面に「警察署に持って行ってください」と記し、母が目を離した隙に路上に置いておく、といった案も考えました。でも、最も近い家が百メートル以上離れているような我が家周辺の道路では、テープを拾ってもらえる保証はありません。拾われるより先に、車や自転車に踏まれて壊れれば一巻の終わりですし、そもそも誰にも拾われず同じ場所に置かれたまま、後日母に気付かれてしまう可能性が最も高いでしょう。家にあるカセットテープは、あの音声を録音した一つしかなく、改めて母と門田さんに喋らせて他のテープに録音することはできなかったので、唯一のテープを台無しにしてしまうリスクがある手段はとれませんでした。

母と門田さんの許されざる罪を告発する、重大な証拠が手元にあるのに、それを警察のもとへ届ける手段が全然思い浮かばない。とても歯がゆい状況でした。まるで周囲を塀に囲まれているような、八方塞がりの状況の中で、わたしは危機感を覚えていました。

ひょっとしたら、わたしの命にも、タイムリミットがあるのではないかと——。

わたしが来年、車椅子で通える高校に合格して通学するようになれば、母と門田さんの罪を、学校の先生や友人に明かしてしまうことだって、簡単にできてしまうのです。しかし、そんなことは当然、母も門田さんもとっくに気付いているはずです。

となると、母と門田さんは、それまでにわたしを殺そうと考えているのかもしれません。あるいは殺さないにしても、わたしにさらなる重い障害を負わせて、二度と外に出られないようにするつもりかもしれません。母と、母が現在愛している門田さんとの間にできた子は、弟の健太だけなのです。わたしは母にとって、憎んで殺した前夫との間にできた子にすぎないのです。来年四月までに処分されてしまっても決して不思議ではありません。わたしにも、かつての父のように保険金がかけられていて、わたしの命は年度内に現金化されようとしているのかもしれません。

そもそも、母と門田さんが殺人を認めた音声を録音したあの夜、二人とも殺害の経緯をぺらぺら喋ったのは、わたしが外部にリークしたり録音したりする手段を持っていないと高を括っていたこと、また二人が酒に酔って気が大きくなっていたことも理由だったのでしょうが、どうせわたしのことは近いうちに処分するつもりだから、冥土の土産に教えてしまっても構わないと思ったのかもしれません。とにかく、夫と実父を殺している母が、娘のわたしを殺さない保証などどこにもないのです。

わたしは、いつ殺されてもおかしくない、外部に助けを求める手段など一つも持っていない、凶悪な立てこもり犯の人質のような状態なのです。なんとかカセットテープを警察に届けて、わたしと弟の安全は確保した上で、凶悪犯である母と門田さんを捕まえてもらわなければいけないのです。なのに、その手段がどこにもない——。そんな状況に悩んでいた時に、母に重大な連絡が舞い込みました。

それが、四葉社からの、手記出版のオファーでした。


四葉社といえば、「美しすぎるシングルマザー被害者」などという見出しで我が家に関する記事を多く書いていた『週刊実態』の出版元でした。他社と比べてもひときわ、母が美人であることを強調して、まるで芸能人のように持ち上げていた報道の姿勢には決して賛同できませんでしたが、そんな社風の行き着いた先が、母への手記出版オファーだったのです。

「印税の最低保証額は三百万円。でも間違いなくもっと売れるはずなので、もっとお支払いできると思います」

そんな口説き文句で、四葉社は母に手記執筆を依頼しました。最低でも三百万円という印税額に目がくらんでいた母ですが、残念ながら文才は皆無です。履歴書の自己PR

も満足に書けないのに、本一冊分の作文能力などないことは、母も自覚していました。四葉社からはインタビュー形式での手記にすることも提案されましたが、母は「何を書かれるか分からないし、インタビューの時にうっかりボロを出しちゃうかもしれない」と門田さんにも相談して悩んでいるようでした。

それを見て、わたしはひらめきました。この機会を利用するしかないと――。手記のオファーが来てから数日後、わたしは母に申し出ました。

「わたしが、お母さんのゴーストライターになって手記を書こうか？　もちろん内容は全部お母さんにチェックしてもらって」

これを書いている間はわたしは殺されないはずだし、内容を母の意に沿ったものにすれば、わたしが母と門田さんに従うことにしたのだと、改めて思わせることができる。そう計算していました。

母は最初は「本当にそんなことできる？」と半信半疑のようでしたが、最終的には「じゃ、お願いしようかな」と承諾しました。まあ、それ以外に長文を出力できる手段など母にはなかったのですから、当然と言えば当然でしょう。もし、「わたしではなく門田さんがゴーストライターを務める」なんて案が出されたらどうしようかと心配していましたが、さすがに門田さんにも仕事があったし、女のふりをして手記を書くという紀貫之《きのつらゆき》レベルの文才までは持ち合わせていないようでした。

「じゃ、わたしがお母さんに取材しながら、いい感じの手記を書いてみるね」

そう言ってわたしは、母の話を聞きながら、ネット接続していないパソコンで、必要な時だけ母にネット接続を頼んで、母が見ている前で最低限の調べ物だけして、手記を書き上げました。もちろん、本当は母と門田さんの犯行である、父と祖父の死に関することは、すべて母と門田さんが警察に説明した通りの嘘を書きました。手記の内容は母や門田さんに読まれてチェックされたので、この追記の序盤で説明した「実はゴーストライターが書いているのだと匂わせるヒント」程度の細かい部分は見逃してもらえても、二人が殺人犯であることを直接的に書いてしまうようなことはまず不可能でした。

とはいえ、下書きはほとんど苦労しませんでした。先述の通り、母が美人だったせいでいかに苦労したかという話は、幼い頃から耳にタコができるほど聞かされてきたので、わたしにとっては、もはや自分のことを書くぐらいすらすらと進みました。タイトルは、13ページに書いたような理由を母に説明して、『逆転美人』に決めました。

下書きを終えると、わたしは母のふりをして、母名義のメールアドレスから四葉社の編集者さんに、『逆転美人』が一ページあたり何文字×何行で出版される予定かを確認しました。もちろん、メールの内容も全部母にチェックされたので、母と門田さんの犯行を編集者さんに告発するようなことも不可能だったのですが、そんなことをしなくても、この時のわたしにはもう勝算が芽生えていました。ほどなく編集者さんからの返信で伝えられたのは、一ページあたり三十九文字×十七行で出版することになったという情報でした。

そこからが、いよいよわたしの作戦の本番でした。

以前、中学校の文芸部で、たしか藤なんとか翔さんとかいう、一応プロの作家さんが特別講師として来てくれて、原稿の書き方などをレクチャーしてもらったことがあったのですが、彼は原稿をパソコンで書く時、一ページあたり何文字×何行という、完成した本の体裁に合わせて書くと言っていたのです。そうやって行の変わり目と文章の切れ目を合わせる方が、読者にとって読みやすい文章になるのだそうです。わたしも中学校の文芸部時代、学校のパソコンで小説を書いて公募の文学賞に応募していた時は、応募規定の「一ページあたり何文字×何行」という体裁に沿って書いていました。

ただ、今回の手記に関しては、まったく別の理由で、本の完成時の体裁を把握しておく必要があったのです。

わたしは、一ページあたり三十九文字×十七行の体裁で、下書きを修正しました。原稿をプリントアウトし、推敲するふりをして、手記に特殊な仕掛けをしていきました。そうやって完成した原稿には、母と門田さんのチェック、というより検閲が入りましたが、無事にくぐり抜けることに成功しました。わたしはその原稿のデータを、母名義のメールアドレスから編集者さんに宛てたメールに添付して送信しました。

後日、その原稿のデータを元に、「ゲラ」という、実際に出版される時と同じ体裁の原稿が家に送られてきました。そこからは校正という、出版社側に鉛筆書きで指摘してもらった誤字脱字などを赤ペンで直す作業に入りました。ただ、のちに編集者さんに聞いた話だとよくあることらしいのですが、わたしがパソコンで書いた原稿と、送られてきたゲラでは、記号やルビの設定の違いなどによってずれた箇所があったため、それを修正して特殊な仕掛けをし直さなければいけなかったのが少々大変でした。

ちなみに、ゲラを出版社に返送する封筒にカセットテープをこっそり同封できないか、ともちらっと考えましたが、やはりゲラも母が一枚一枚、わたしが余計なことを書いていないか紙の裏までチェックしていましたし、それを封筒に入れる作業も母がやったので、カセットテープを同封することなど不可能でした。

もっとも、その時にはもう、わたしの仕掛けが実を結ぶのは時間の問題でした。わたしは、母のゴーストライターとして書いた手記に、出版史上前代未聞の大仕掛けを施し、完成したゲラの最終確認もして万全を期した上で、発売にこぎ着けたのでした。

さて、みなさんは、手記の本編をお読みいただいた段階で、その大仕掛けに気付いていただけたでしょうか？

……なんて、今この文をお読みの方の大多数は、その大仕掛けの内容もご存じでしょう。連日トップニュースになってましたからね。ただ、この追記の書き出しから同じことを何度も言って恐縮ですが、報道をご存じない方、「えっ、大仕掛けって何？」と今まさに戸惑っている方もいらっしゃると思うので、きちんと説明させていただきます。

わたしは、母のゴーストライターになることを申し出た時点で、すでに計画していたのです。

手記の中に、あのカセットテープを警察に届けるための、隠しメッセージを忍ばせることを――。

もちろん、母や門田さんに気付かれてはいけません。二人には気付かれることなく、読者の中のほんの一部の人がどうにか気付いてくれるような、それでも何千人、何万人という読者がいれば複数の人が気付いてくれるような、そんな隠しメッセージを入れることにしたのです。それが、わたしが施した特殊な仕掛けだったのです。

さて、みなさん、手記の本編を読んでいただいて、「女優やテレビ番組などの時系列がずれてる」「虫が嫌いだと言ってる割にマニアックな虫の喩えが出てくる」といった点以外に、「なんか文章が変だな～」と思った部分が、何ヶ所かありませんでしたか？

たとえば、15ページの最終行にかけて、幼い頃の「私」が不審者に誘拐されそうになったけど、ちょうど父が失業中で家にいたことから騙されずに済んだ、という場面で、「普通の家の子供だったら、男の魂胆にまんまと引っかかって車に乗せられて、地獄の門を叩くようなおぞましい目に遭わされてしまったかもしれませんが」という一節が出てきます。

ここ、「地獄の門を叩くような」ってどういうことだよ、って思いませんでしたか？　単に「地獄のような」とかでいいですよね？　なんでわざわざ「門を叩く」という、余計な四文字を入れたのか、読みながら引っかかった人もいたのではないでしょうか。筆者のわたしが断言します。文章表現として、「門を叩く」なんて四文字はまったく必要なかったんです。——ただ、どうしても「門」が必要だったんです。

他にもおかしな箇所があります。53ページから54ページにかけて、中学時代の「私」が同級生の男子に次々に愛の告白をされるようになって、告白を断るとその男子が教室で話しかけてこなくなってしまって、取り巻きの男子が減ってしまった、という場面で、「そうして私を守ってくれる側の分母が減っていくと、必然的にガードが手薄になり、通りすがりに女子から机を蹴られたりする嫌がらせの頻度が増えていきました」という一節が出てきます。

ここ、「守ってくれる側の分母」って何だよ、って思いませんでしたか？

じゃ分子はどれだよ、分数とか割合の話はしてないだろ、って思いませんでしたか？　筆者のわたしが断言します。ここは分数とか割合の話なんてしていないのだから、何が分子で何が分母なのかもよく分からないのだから、単に「守ってくれる側の人数」なり「取り巻きの男子の人数」なり、簡潔に書けばよかったんです。――でも、どうしてもここは「分母」と書かざるをえなかったんです。

こういった不自然な箇所が、手記の中にはたくさん出てきます。まあ、わたしも素人なので、こういった意図的な箇所以外にも、単に文章力不足で読みづらい箇所もあったとは思うのですが、「特にページをめくる境目辺りに、変な表現が出てくるな～」と、勘のいい方は気付いてくれたのではないでしょうか。

そうなんです。この手記の本編では、ページをめくる境目に、不自然な文章表現が多く出てきていたのです。これはいわば、特殊な仕掛けの副作用だったのです。

そして、最も重要なのが、手記本編のラスト九行、234ページのこの部分でした。


《しかし、私は決めたのです。

つらい過去の記憶をさかのぼる時は、両肩を見ようと――。

娘の車椅子の介助をしたり、成長していく息子を抱っこしているうちに、私の両肩はすっかり筋肉が付き、まるで競泳選手のように角張ってしまいました。この角張った肩こそが、今の私が生きている証であり、子供たちへの愛が具現化した形でもあるのです。

その両肩の角を、右肩、左肩、右肩……と見ていって、ここからつらい過去をさかのぼれば、私の人生の真理が、そしてこれからやるべきことが見えてくるはずなのです。

最後までお読みいただき、ありがとうございました。

どうか、私がこの手記を出した本当の意味を、ご理解いただければと思います。》

このラスト九行には「私は過去を思い出す時、左右の肩を交互に見るんです」という、なんだか文学的なようで、よく考えたら奇妙なことが書かれてますよね。ここを読んだ人の中の誰かが「この奇妙な文は、ひょっとして何かを示唆してるんじゃないか?」と、隠しメッセージの存在に気付いてくれることを、わたしは願っていたのです。

そもそも、わたしの介助をするようになったからって、母の肩に角張るほどの筋肉が付いていたということはありません。実際に母も、わたしの書いた原稿を検閲した際、この部分に関しては「そこまでムキムキになってないと思うけど」と少々不満げに言っていました。とはいえ、書き直しを命じられたりはしなかったので助かりました。

この記述は、どうしても必要だったのです。

母の肩は、角張っていたことにする必要があったのです。

正直わたしは、出版前に四葉社の編集者さんが気付いてくれるのではないかと期待していたのですが、残念ながら気付いてはくれませんでした。まあ編集者さんというのは、毎日たくさんの原稿を読まなければいけない仕事だそうなので、わたし一人の原稿に、あまり時間を割くことは難しかったのでしょう。「右肩、左肩」という言葉でピンときてくれる人が、出版業界にはいるんじゃないかと思ったんですけどね。原稿の「右肩」「左肩」というのが、出版業界でよく使われる言葉だということは、中学校の文芸部に所属し、公募の文学賞に応募したこともあるわたしは知っていました。文学賞の応募要項には、「原稿の右肩をとじてこちらの宛先まで郵送してください」といったことがよく書いてありますし、一般社会でも時々使われると思います。「原稿の右肩」なら右上、「左肩」なら左上のことです。

　つまり、手記本編のラストに出てくる「その両肩の角」という言葉には、「開いたページの右上角と左上角」、すなわち「右ページの一行目の頭文字と、左ページの最終行の頭文字」という意味が込められていたのです。

　それを踏まえて、手記本編のラスト、２３４ページのこの部分を、改めてお読みください。

《その両肩の角を、右肩、左肩、右肩……と見ていって、ここからつらい過去をさかのぼれば、私の人生の真理が、そしてこれからやるべきことが見えてくるはずなのです》

　この一文の中に、わたしは次のような意味を込めていたのです。

〈右ページの一行目の頭文字、左ページの最終行の頭文字、また右ページの一行目の頭文字……と見ていって、ここ234ページからさかのぼって読めば、私（森中優子）の人生に関する真実が、そしてこれから（読者の方々が）やるべきことが見えてくるはずなのです〉

——これが、母と門田さんに見破られない形で、わたしが読者の皆様に対して送ることができた、精一杯の「隠しメッセージの存在を示すメッセージ」だったのです。

では、それが書かれた234ページの右上角から、ページをさかのぼって一回めくるごとに左上角と右上角の二文字を読んで、隠しメッセージを読み取っていきます。

まず、234ページの一行目の頭文字「こ」

次に、233ページの最終行の頭文字「の」

次に、232ページの一行目の頭文字「手」

次に、231ページの最終行の頭文字「記」

次に、230ページの一行目の頭文字「は」

——と、このように読んでページをさかのぼり、234ページから224ページまでの十一文字をつなげると「この手記は嘘だらけです。」となります。行頭に句読点を入れることはできないので、句読点を打ちたい箇所では、肩の頭文字の一つ下に句読点がくるようにしました。224ページ一行目の頭文字「す」も、その次に「。」が入っていますよね。だから、頭文字の次が「、」または「。」になっている箇所は、その句読点を含めて読めば、隠しメッセージが文章として読みやすくなるようにしてあります。

こういう仕掛けは俗に「縦読み」と呼ばれますが、この場合は横に読むので「横読み」ですね。ちなみに、実は『逆転美人』というタイトルも、最終ページから逆方向に読む隠しメッセージの、ささやかなヒントになっていたのです。

それでは、もう待ちきれずに読んでしまった方もいると思いますが、いよいよ『逆転美人』本編の、横読み隠しメッセージの全文を読んでみましょう。

まず、今あなたが読んでいる、この336ページに、指か栞《しおり》を挟んでください。

そして、本編最後の234ページから、最初の5ページまでさかのぼり、右ページの一行目の頭文字、左ページの最終行の頭文字、右ページの一行目の頭文字……と、一枚ページをめくって戻るごとに、「左上角、右上角」と目を動かしながら読んでください。

それらの頭文字の下に句読点が入っている場合は、それも含めて読んでください。

読み終わったら、指か栞を挟んだここに、また戻ってきてください。

隠しメッセージ、読んでいただけましたか?

句読点を除いて全230文字の隠しメッセージは、次のような文面でした。

この手記は嘘だらけです。本当は十六歳の娘である私が書きました。私の母、本名森中優子は、私の父と、祖父と、M教諭こと増谷幸二先生を、恋人のKさんこと門田と共謀して殺しました。このメッセージに気付いた人は県警に通報して、深夜に森中家一階裏側の、水玉模様のカーテンの無施錠の窓を開け、窓際に置いたカセットテープを取るように伝えてください。そこに母と門田が三件の殺人を認めた会話を録音しました。母は捕まるぐらいなら私と弟と心中すると言ってます。だから、私と弟を保護してから、母と門田を捕まえてください

——この隠しメッセージに気付いた瞬間に鳥肌が立ったとか、思わず声が出たとか、そんな感想を、多くの読者の方が寄せてくださっているようです。

もっとも、そんな感想を寄せてくれた方のほとんどが、この件が明らかになった後の報道を見てから『逆転美人』を読んでくれた方のようですが、発売直後にいち早く初版本を購入して読み、『逆転美人』というタイトルや文中の妙な記述に引っかかりを覚えたのち、最後のヒントで隠しメッセージに気付いて、B県警本部に通報してくれた方が、警察の方に聞いた話だと「全国に十人ほど」いらっしゃったそうです。

万単位の読者の中で、際立った洞察力を発揮してメッセージを解読し、県警に通報してくださった、その十人ほどの方々こそが、わたしたちの命の恩人です。いくら感謝し

ても足りないぐらいです。本当に本当にありがとうございました。

それにしても、我ながらよくこんなメッセージを根気強く忍ばせたものです。必要な文字を強引に入れた箇所も多くあって、173ページなんて「K」を入れるためだけに、KICK THE CAN CREWの話題をねじ込みました。ページの変わり目が強引な文になっている箇所は他にもたくさんあるので、よかったら探してみて「ああ、ここはこの字を入れるのに苦労したんだろうな～」と想像しながら笑ってください。

ちなみに母に対しては「手記が評判になって売れるように、創作したシーンも入れてるからね」とあらかじめ言っておいたので、この程度の脚色は許されました。まさか、それが自分を告発するための罠だとは、母も気付いていませんでした。

わたしも最初は、一般的な縦読み、つまり「頭文字をシンプルにつなげて読むと文章になっている」手法を検討したのですが、それだと母や門田さんにも一目で気付かれてしまう恐れがありましたし、そういう一般的な縦読みで、先のような具体的な内容の長文を忍ばせようとしたら、さすがに本文があまりにも不自然になってしまったんですね。だから、このような独自の隠しメッセージにするしかなかったのです。

さて、わたしはこの隠しメッセージを忍ばせた『逆転美人』の発売初日から、例のカセットテープを、中身が見えるビニール袋と緩衝材で梱包した上で、毎晩自分の部屋の水玉模様のカーテンの外側に置き、窓の鍵を開けて就寝していました。もちろんテープが母に見つかったら一大事なので、起きたらすぐ回収していましたし、朝寝坊も危険なので、母の起床より早い毎朝六時に目覚まし時計をセットし、朝から勉強をしていました。実際は受験勉強ではなくテープ回収が目的の早起きだったのですが。

いつ気付いてもらえるのか。もしかしたら誰一人気付いてくれないんじゃないか……。不安に押しつぶされそうになりながら過ごしていましたが、ついにその時が訪れました。『逆転美人』の発売から、十日ほど経った日の夜でした。

微かな物音で、わたしは夜中に目を覚ましました。ベッドから顔を起こして見ると、ちょうど窓が閉まったところでした。すぐに、水玉模様のカーテンの向こうの懐中電灯らしき二つの明かりが去って行き、ほどなく見えなくなり、静寂が訪れました。

窓際に置いたカセットテープは、なくなっていました。

『逆転美人』を読んだ人が、隠しメッセージに気付いたことは間違いありませんでした。問題は、今テープを持ち去った、どうやら二人組の人間が、警察官だったのかどうかでした。最も恐れていたのは、あの二人が門田さんやその仲間だった場合です。その場合は、間違いなくわたしが近日中に殺されることになります。

どうか、あの人たちが警察官でありますように――。わたしは祈りながら、翌朝からも普段通りに振る舞いました。母も見たところ変わった様子はなく、普段通りに家事と育児をしていました。数日後に一度、門田さんが我が家に来た時は、もしかしたら今日でわたしの命は絶たれるのかもしれないと、ずっと恐怖を感じていましたが、門田さんの様子もいつも通りで、夜になってわたしが眠ってからも結局何も起きませんでした。

そして、カセットテープが持ち去られた夜から数えて、五日後のことでした。

その日、母の同伴、というより監視付きで、わたしは散歩に出ました。我が家の周りに人家はほぼなく、散歩中に母の目を盗んで近所の人に助けを求めるようなことは不可能です。そのため、母はいつもリラックスした様子で、わたしと共に散歩していました。わたしも、外の空気を吸って日光を浴び、長い距離を車椅子で進んで運動するのが目的だったので、外で何かをして母を出し抜いてやろうとは考えていませんでした。

いつもの散歩コースを進んだところ、空き地に大きなワゴン車が停まっているのが見えました。その周りに、土木工事の作業員のような格好の人たちが何人かいました。

「あそこで工事でもするのかな」

母がつぶやき、わたしが「うん」とあいづちを打ちました。ほどなく空き地の前を、母とわたしが通り過ぎたのですが、その後ふいに、背後から足音が迫ってきました。振り向いた時にはもう、十人ほどの作業員が目の前にいました。多くは男性でしたが、女性も交じっていました。彼らをよく見ると、普通の工事現場の作業員とは異なる雰囲気で、みな一様に鋭い目つきをしていました。

その中から男女二人が、わたしと母の間にさっと割り込みました。そして残りの人々が、一斉に母を取り囲みました。

「ちょっと……何ですか、あなたたち！　マスコミですか？　やめてください！」

母が声を上げました。さすがに相手が本物の作業員ではないことは察していたようでしたが、母はまだ正体を見誤っていました。

一方、わたしは、その時にはもう勝利を確信し、顔がほころびかけていました。

作業員風の人々の中の一人が、母の目の前に紙を広げ、高らかに言いました。

「森中優子さん。あなたに殺人容疑で逮捕状が出てます」

「……はあっ？」母が声を裏返しました。

「門田修也も、もう捕まってます。あと、健太君も我々警察が保護してます」

作業員の格好をした刑事さんは、ちらりと視線をわたしに向けながら言いました。

「何言ってんの？　どういうこと⁉　亜希！　亜希！」

母は叫びましたが、刑事さんたちに取り囲まれたまま、ワゴン車の方へ連れて行かれてしまいました。わたしはそれを、万感の思いで見送りました。

一方、残されたわたしに、男女二人の刑事さんが声をかけてくれました。

「あのカセットテープ、よく録ってくれたね。あそこまでばっちり録れてなかったら、まだ逮捕できるほどの証拠はつかめてなかったからね。しかもそれを、まさかあんな、今までに前例がない方法で伝えてくれるとは……驚いたよ」

「私たちはまだこれから、やらなきゃいけないことがたくさんあるけど、亜希ちゃんと健太君は、もう絶対に安全だからね。警察が全力で守るから」

その言葉を聞いて、わたしは安堵のあまり、涙をぽろぽろと流してしまいました。

「ありがとうございます」という声も、途中から裏返ってしまいました。


それからは、わたしも連日、ニュースを見て新情報を知るような状況でした。

まず、門田さんの顔が容疑者としてニュースで流れたのをきっかけに、警察に通報が寄せられました。それは次のような内容でした。

「たしか八月頃、普段は人通りのない林道の路肩に車が停めてあって、男が乗っているのを見た。ちらっと見ただけだけど、その男が今ニュースに出ている男の顔に似ていた気がする。当時は立ち小便でもしていたのかと思ったけど、そういえばあの車を見たのは、近所の中学校の男性教師が、教え子の母親にわいせつ行為をしようとして逃げたという報道があった日の直前だった気がする。ニュースに出ている男が、その教師を殺した容疑で捕まったのなら、あの時あの森の中に教師を埋めていたんじゃないか」

その目撃者は、その林道を抜け道としてよく利用する人だったそうで、車が停まっていた場所も正確に覚えていました。警察がその近辺の森の奥を捜索したところ、数日後ついに地中から人の遺体が発見され、DNA鑑定の結果、増谷先生だと確認されました。地中からは増谷先生の遺体と一緒にスタンガンも発見され、その持ち手部分からは門田さんのDNA型も検出されました。

また、増谷先生のマンションの部屋を再度徹底的に調べたところ、やはり門田さんのDNA型がわずかながら検出されました。さらに、増谷先生の部屋から複数見つかった、女性に性暴力を振るう内容のアダルトDVDは、門田さんの会社のパソコンから購入した履歴が見つかりました。これらの証拠から、門田さんが増谷先生の部屋に忍び込んでいたことも裏付けられました。

そして、ワイドショーなどでも大きく取り上げられていましたが、母と門田さんが逮捕された数日後、母にとっては衝撃的な事実が明らかになりました。

実は門田さんには、母以外にも交際している女性がいたのです。

門田さんが母との結婚を渋っていたのは、父の遺族年金だけが目的ではなかったのだと、わたしは腑に落ちました。

それを知らされた母は、それまで否認していたのが一転、ペラペラと自白しました。

ただ、連続殺人は全部門田さんの指示で、自分は嫌々手伝ったと話しているそうです。

この追記を書いている時点で、二人の話題はトップニュースの座を譲りそうにありません。母と門田さんは、互いに相手が連続殺人の首謀者だったのだと責任を押しつけ合い、さながら泥仕合の様相を呈しているようです。

さて、『逆転美人』の隠しメッセージに気付いて警察に通報してくださった皆様に、改めて厚く御礼を申し上げます。命の恩人である皆様のおかげで、わたしと弟の、現在の平穏で安全な生活があります。

一方、隠しメッセージには気付かなかったものの『逆転美人』を買ってくださった、多くの皆様にも感謝いたします。『逆転美人』の印税は、わたしと弟の今後の人生のために貯めてありますが、前代未聞の話題性から、近年稀《まれ》に見るものすごいペースで売れ続けているようなので、まず増谷先生のご遺族と、犯罪被害者とその遺族の団体、児童養護施設出身の若者の支援団体など、わたしたちと似た境遇で苦労している方々のための団体に、まとまった金額を寄付させていただきました。わたしと弟の今後のために、全額というわけにはいかないのですが、今後の売れ行き次第で、また寄付はしていこうかと思っています。

今も本屋さんでは「史上初の伝説級トリックを見破れますか？」とか「ニュースで話題！　実話でありながら驚愕の大どんでん返し」といった宣伝文句で、この本を売ってくださっているようです。わたしは、警察にカセットテープを取りに来てもらうために、母と門田さんに気付かれないようにメッセージを送る必要に迫られて、あのような仕掛けをしただけで、トリックやどんでん返しのつもりでは全然なかったのですが、そんな宣伝や販売に携わってくださる皆様にも、厚く御礼申し上げます。

また、わたしと弟が、今どこで暮らしているのか気にかけてくれている方もいるようですが、わたしたちは児童相談所で一時保護されたのち、今は父方の祖父母に引き取られています。父方の祖父母とは、わたしも長らく会っていませんでしたし、弟は完全に初対面でしたが、祖父母ともわたしと弟を大事に育ててくれています。

――あ、手記で嘘ばかり書いたわたしが言っても、ここも嘘だと思われてしまいそうですが、これは本当です。もちろん、弟が成人するまで祖父母が健康でいられるかなど、不安要素は多少ありますが、今のところ平穏に生活できています。弟も当初は、母がいなくなってとても不安そうでしたが、新しい生活に思いのほか早く慣れてくれて、祖父母やわたしと毎日元気に遊び、新しいお友達もたくさんできているようです。

そして、わたしはリハビリと先進医療により、また歩けるようになる可能性も十分あるとのことなので、希望を捨てずに頑張っていきたいと思います。高校も無事志望校に受かり、在学中に歩けるようになったりしたら最高だと思っています。

母を警察に突き出してから、時々ふと、母の人生に思いを馳せることがあります。門田さんと共謀し、三人を殺《あや》めてしまった罪を許すわけにはいきません。母の供述通り、門田さんが主犯だったのだとしても、順当に行けば無期懲役か死刑になるだけの罪を重ねてしまったことに関しては、同情の余地は一切ありません。

ただ、そんな人間になってしまうまでの過程を思うと、やはり母は、気の毒な人だったのかもしれません。

わたしが母のふりをして書いた手記は、わたしの父と祖父と増谷先生に関する記述は嘘ばかりでしたが、母が経験したいじめや嫌がらせなどに関しては、母が話した内容をほぼそのまま書きました。もちろんその中に、母の嘘や誇張が多少は入っていたかもしれませんが、母の逮捕後に出てきた、母の昔の同級生や学校関係者などに取材した数々の報道を見ると、どうやらおおむね真実だったようです。また、生前の祖父もわたしに対して、母が小さい頃に三度も誘拐されそうになったり、ひどいいじめに遭った末に小指を骨折させられて不登校になったり、アルバイトの帰りに拉致されそうになって警察を呼んだことがある、といった話はしていました。母と祖父はずっと不仲だったので、祖父が母の嘘に話を合わせるようなことはなかったと思います。

母は本当に、飛び抜けた美人だったからこそ、質量ともに大半の人が経験せずに済むような、多大な苦しみを味わってきたのでしょう。幾度も性犯罪のターゲットにされ、初恋相手の高校教師に弄《もてあそ》ばれ、男性の欲望の対象になって傷付くことばかりだったのでしょう。一方で女性からも、さんざん嫉妬され、ひどいいじめを受け、信頼していた人に何度も裏切られ……そんな青春を過ごしてしまったら、人間不信になって人格形成に影響が出てしまうのも無理はなかったのかもしれません。

そうやって大人になった末に母が出会ってしまったのが、門田修也という、当たり前に人を殺してしまう、人間の皮をかぶった悪魔のような男だったのです。

地元の暴力団をも手玉に取り、警察の目が届かない田舎の土地をめぐる脱法ビジネスで暗躍していた門田修也は、女遊びも派手だったが、中でも際立って熱を上げていたのが、キャバクラで出会った森中優子だった。「あそこまでの美人は見たことがない。なんとか落としたい」と語っていた。周囲に対して、——という内容の週刊誌の記事も、わたしは先日読みました。

また、これも報道を通じて知ったのですが、門田さんの周辺では、行方不明になっている人が十人以上いるものの、いずれも事件化されておらず、詳細は分かっていないそうですね。わたしは、門田さんがその中の一人も殺していないということは、まずないだろうと思います。殺人に手慣れた様子の門田さんの話しぶりを目の前で聞いたわたしにとっては、彼が全員を殺していたのだとしても不思議ではありません。

そんな門田さんのことを、気さくで楽しいおじさんだと思っていたかつての自分が、今となっては恐ろしい限りですが、母もまた、最初から殺人犯だと分かった上で門田さんと付き合ったわけではないのでしょう。実際に、わたしがカセットテープに母と門田さんの会話を録音した時も、母は人生初の殺人である、自らの夫を葬った放火殺人の際には、とても動揺していたという話題が出ていました。もしかすると、門田さんの本性を母が知ったのは、門田さんの子を妊娠した後だったのかもしれません。

母が、半ば勢いで結婚したわたしの父と幸せになれればよかったのですが、残念ながら結婚生活はうまくいきませんでした。今わたしの保護者となっている父の両親によると、父は生前「優子に仕事で忙しいことを責められる。もっと長く家にいてほしいと言われるけど、残業や部活の顧問もあるから無理だ」と愚痴っていたことがあったそうです。愛に満たされず、あらゆる人に裏切られて生きてきた母は、愛する人を独占できないと不安で耐えられなかったのかもしれません。しかし父も、仕事が忙しくて母の要求には応えられず、やがて喧嘩ばかりするようになってしまったのでしょう。

そんな中で母は、キャバクラ時代の得意客だった門田さんと再会し、心の空洞を埋めるために不倫関係を持ってしまった。そして門田さんの子を妊娠し、それが夫にばれてしまったことを門田さんに相談したところ、殺すしかないと保険金殺人を持ちかけられ、ずるずると夫殺しに手を染めてしまった。しかしその犯行は警察にばれることはなく、首尾よく保険金も手に入れてしまってからは、モラルを捨てて門田さんに追従するようになり、自らの父親、そして娘の中学校の教師と、次々に殺していくことにも罪悪感を覚えない人間にまで堕ちてしまった——。

なんて、たかだか十六年しか生きていないわたしの分析が、どれだけ合っているかは分かりません。母は、娘のわたしから見たら、元から大悪人だったようには見えませんでしたが、それは娘に対して隠していただけで、案外はなからモラルなど欠落していて、そんな人間性が門田さんと共鳴してしまったのかもしれません。しかし、モラルが欠落していったことも、生まれ持った容姿のせいで子供の頃から数え切れないほどの悪意にさらされ続けた結果だったのだとしたら、やはり母は気の毒な人間だったのだと、わたしには思えてしまうのです。

人を見た目で判断するルッキズムによって、母だけでなく膨大な数の人の不幸が生まれているのだから、そういった因習は早くなくなればいいと思います。それに関しては、わたしは思っていることを手記にそのまま書きましたし、母とも意見が一致していました。人の価値基準に容姿が含まれている世の中を、早急に変えていくべきです。最近になって、テレビのバラエティ番組で「外見をいじって笑うのはやめよう」という風潮が出てきましたが、それと同様に「容姿が整った人ばかりチヤホヤするのもやめよう」という方向に世の中が動いてほしいと、わたしは本気で思っています。

「容姿を褒める分にはいいじゃないか」と考える人は、おそらく現時点で世の中にたくさんいるでしょう。しかし、結果的にそのせいで不幸になる人もいるのだということは、母を見れば明らかです。映画やドラマの主演俳優も、テレビ局のアナウンサーも、今なお美男美女ばかりが採用されていますが、もっと凡庸な容姿の人が多く採用されるべきなのです。演技力も、声による情報伝達力も、本来は容姿とまったく関係のない能力なのですから。そうやってメディアが変わっていけば、世の中全体も少しずつ変わっていくのではないかと、わたしは本気で思っています。

ただ、いくら容姿のためにつらい思いをしたからって、人を殺していいはずがありません。わたしの母は、自らの夫と父親、そして娘のわたしの恩師である増谷先生まで、身勝手に殺してしまったのです。その罪が許されるはずはありません。

そしてわたしは、母に手紙を読まれさえしなければ、増谷先生の命を奪わせずに済んだはずです。わたしは生涯、恩師を死なせてしまった責任と、殺人犯の娘である十字架を背負って、生きていくことになるのでしょう。

それでは最後に——。

この追記をまた、例の要領で、両肩の角を右肩、左肩、右肩……と見ていって、ここからさかのぼって読むと、わたしから母と門田さんへ向けたメッセージとなっています。それを読んでいただいて、お別れとさせていただきます。

ここまで長文駄文を読んでくださり、誠にありがとうございました。

・本作品は書き下ろしです。この物語はフィクションであり、登場する人物および団体等は実在するものといっさい関係ありません。

双葉文庫

ふ-31-03

逆転美人《ぎゃくてんびじん》

2022年10月16日　第１刷発行
2024年10月 3日　第20刷発行

【著者】
藤崎翔《ふじさきしょう》

【発行者】
箕浦克史
【発行所】
株式会社双葉社
〒162-8540 東京都新宿区東五軒町3番28号
［電話］03-5261-4818(営業部)　03-5261-4831(編集部)
www.futabasha.co.jp（双葉社の書籍・コミックが買えます）
【印刷所】
大日本印刷株式会社
【製本所】
大日本印刷株式会社
【カバー印刷】
株式会社久栄社
【DTP】
株式会社ビーワークス
【フォーマット・デザイン】
日下潤一

ISBN978-4-575-52612-7 C0193
Printed in Japan